恋人与铁

杨典 著

作家出版社

目 录

序

盐与蜂的文学

万家禁足期间，寂寞京城又下了雪。自凌晨至午后，鳞甲纷纷，江山尽瘦。已忘了这是今冬第几场雪了。寒气逼人下，潜心写作以御寒，自然又馋起酒来。可旋即便想起陆务观之句“中年畏病杯行浅，晚岁修真食禁多。谢客杜门殊省事，一盂香饭养天和”之类，倒句句都是过来人的话，只得写字佯醉而已。窗前静观鹅毛时，为聊补遗憾，便学乾坤一腐儒之穷酸，小赋半阕曰：“佚诗难觅追病国，馋酒不得赛相思。鹊剪寒林分疏密，雪掩群魅未舞时。”写旧诗，真算是最没有用之事。恰若庄南华山木与鸣雁，普鲁斯特躲在家里叙述他那些隐秘的、本无人会关心的少女与韶光。文学或诗大概本来就是“没有用的”。就像这窗外要风景何用？房子够住就行了。爱情何用？能繁殖就行了。美食何用？能吃饱就行了。尊严何用？能活着就行了。可那种看上去没什么实际之用，而又从生命本身中静水流深，或剧烈迸发出来的东西，或许又是人所最必需之物。

传说 1187 年，埃及苏丹萨拉丁在攻占十字军占据的耶路撒冷后，两边军队都死人无数，城市也千疮百孔，断壁残垣，只剩下一堆石头。人问萨拉丁，牺牲这么大，你要这么一座破城空城到底有什么用，有何价值？萨拉丁摊开双手笑道：“一文不值。”然后忽然又交叉双手道：“无价之宝。”耶路撒冷，便是文学。

据说，只有六十二岁的海明威曾拿着自己的一摞小说对人道：“什么文学，这就是一堆字而已，一堆字，对于真生活来说毫无意义。”然后放声大笑，走回屋里，用脚丫扳动了塞在嘴里的猎枪。鲨鱼与海没有消灭老人，巴黎的流动盛宴、两次飞机坠落、拳击、斗牛、乞力马扎罗雪山上的豹子或战场上的武器与丧钟，毫无功绩的前克格勃间谍身份等，也没有消灭这位故作强者的爱达荷州第五纵队“老兵油子”，他每天太阳照常升起，喝酒钓鱼。但最终的才思枯竭、负伤引起性功能问题（有争议）、父亲的影响与晚年的疾病、电疗、抑郁症与记忆力衰退等，却提前要了他的命。他曾说过：“死在幸福之前最光荣。”海明威生前早已闻名天下，荣誉、金钱与地位全都享有，可文学虽然对现实生活没意义，那没有文学的现实生活，却更没意义。幻想与健康，便是文学。

对太宰治而言，无数次地重复殉情于绝望，便是文学。

对川端康成而言，打开煤气阀后仍然沉默无语，不留一个字而去，便是文学。

对萨德而言，在监狱与大革命的封闭中，秘密地去虚构那些根本不可能实现的、其实根本无用的色情行为，便是文学。

对自幼与兄长一起抄遍中外群书的周知堂而言，“我一生著作不足挂齿，唯晚年所译之希腊对话录勉强可读”，这著作等身却又无牵挂之精神，便是文学。

宋人蔡绦《西清诗话》曾载杜少陵之言:“作诗用事,要如释家语:水中着盐,饮水乃知盐味。”盐有用,水更有用,而那无用的,却不能单独拿出来的咸味,便是文学。

《景德传灯录》曾载神赞禅师,一日见其师于灯下读经,忽然有一只蜂急触窗纸,满室求飞,乃云:“世界如此广阔,不肯出,钻他故纸,驴年去得。”又偈云:“空门不肯出,投窗也大痴。百年钻故纸,何日出头时?”此蜂、此驴、此钻,便是文学。

文学并不一定是已出版之书,更非文学之盛名。即便成王败寇论合理,也不能完全抵消心性之所求。文学对于爱文学者而言,只是某种与身俱存亡的本能,拿出来说,或一钱不值,放在心里则又瞬息万变。故见近日有人在谈什么“当代文学无革命”,还顺便把我也划到“文学革命”或“文学不革命”的任何范畴里,这都是错误的。我跟整体性写作倾向、代际划分、流派、风格或批评家们所设定的各种山头都毫无关系。我的写作纯属家教失误与个人行为:大多固执、渺小、独立地写了很多傲慢与荒唐的字,基本上又全是些偏见、恶趣与怪癖。我写的书都是些闲书,没什么用,故我是可以被大众忽略的,唯愿不会被大时间遗忘,就算万幸了。

不知不觉,又到今年新书付梓时刻。祖佛共杀,唯留天地敬畏;纵浪大化,仍须小心翼翼。文学上的道理也差不多吧,即凡事不做便都简单,一句话就可以否定之。真做起来才知道前人之辛苦伟大处。人都有局限。即便不高山仰止,也会对创造者的某种困境、局限与不得已心领神会。

当代汉语写作,类型化的东西太多。现在比我更年轻的一代，对那种智力游戏式的，靠机巧构思、科学幻想或错觉陷阱等编织的长短篇小说，皆驾轻就熟。譬如用量子力学来杜撰复杂的推理故事，用星际穿越来反观人类的渺小等。此类小说出现时也会引人入胜，因汉语此类作品过去不多。但不知为何，我总是觉得，这种对纯粹智力与技术的偏好最终也不会太长久。当然，此类小说我也写，不过本质却有所不同。我相信，最好的小说，除了智力与技术等之外，最重要的还是作者骨子里必须要有一种元初的本能，一种不可抑止的叛逆劲头，一种从心中迸发出来的内在激情，才能真正抵达。生命状态不仅是文学护身符，我也视此为一切伟大文学之“第一推动”。若没这个东西，恐怕再聪明狡猾的写作，最终仍会沦为机械的公式与麻木的叙述，化为某个时代语言形式的过眼烟云吧。

惭愧，我也并非想在此作什么“文学批评”。窃以为很多对当代汉语写作作批评者，也习惯性地喜欢指点江山。此历代通病，毋庸赘言。群体争鸣的意义再大，也会小于一部真正的好作品出现。四十年来，乃至一百多年来，此类泛泛之批评亦太多。而文学本是必须“小中见大”的私人心中的秘密宇宙观。我是那种相信用一本好书（包括闲书或未完成之书），就足可代表一个时代，乃至一种文化模式的人。文学本不需要搞成铺天盖地的社会思潮与普遍观点（当然，若实在有此嗜好，也有其自由，但并不是最重要）。譬如，一本始终没有作者真相的《金瓶梅》，也可以代表明人写宋人，乃至写整个中国人之历史景观了。再譬如，若只能选一位二十世纪的西方作家，那卡夫卡便几乎可以代表整个二十世纪之作家。因他的作品（其日记书信也是小说）就是他这个人，而被他写到的那些小说人物倒是次要的。这并不是说，同代就没有别的伟大作家。二十世纪的好作家多如牛毛。但于文学性本身，则不需要拉大旗作虎皮式地全都罗列出来，所谓“从门入者不是家珍”。否则加缪或马尔克斯也很好，索尔仁尼琴或科塔萨尔也可以，冯内古特、卡尔维诺或川端康成的掌小说当然无可挑剔，乔伊斯、赫胥黎、乔治·奥威尔、塞林格、舍伍德·安德森、贝克特、鲁尔福、纳博科夫、拉什迪、卡达莱、帕维奇、库切、聚斯金德或波拉尼奥等等也都叹为观止，那就没完没了了。各国文学都是群峰，而越全面，就越有明显的缺陷，越说明不了任何问题。如从博尔赫斯到埃科的很多作品，在我看来也只能算是“第二经验”之写作。只有完全从个体冲决网罗而出之文学，因内心感受达到沸点而突然发明之文学，以及文学对个体生命之“无用性”，才最接近我所认定的高度。那是根本恶的高度，怀疑一切的高度，平常心的高度，同时也是透彻爱、性、梦与死的高度。这就像恋人的痛苦作为现象很普遍，作为概念也人人都懂，但唯有每个人自己那些不可替代的，即纯粹属于私人恋爱经验里的痛苦，才是最真实的。

文学必须是个人的，所以才会各有所好。简而言之：“文学就是我，我就是文学。”唯有个人才是包容的，集体则往往会是一致排外的。写作，无论颠覆传统与否，创新、解构或将某种观念推到极致与否，具有现代性或批判性与否，便一定要作用于社会与世界吗？就不能是绝对冷僻的、私人的，甚至关于一颗被封闭之内心的反映吗？文学可以包括社会学，但不一定或根本就不是任何社会学。它们可能会同时存在，但互相之间又毫无关系。很多作家，生前何曾引起过什么社会思潮或集体效应？他们苟活于他们的时代表象下，本都是些毫无用处、潦倒、污名化，甚至是卑贱如尘土的边缘人。他们的写作完全是出自私人的嗜好，就像被语言霸占了血汗的赌徒。的确，写作就像宗教，或一场不切实际的奇异爱情，是一种成熟到已经不思悔改的赌博。输赢全无所谓了，只剩上瘾，且很难戒掉。文学家瘾发时无救，还会代入各种新发明的理由，他会破罐破摔，最终变成一个败家子。

好的文学正是从这最悲惨的失败、最无奈的被忽略里才得来的。

这本小说集名为“恋人与铁”，乃因其中部分篇章，皆是以一位虚构（或以某个真人作镜像）的少女或恋人为符号而写。《说文》云：“戀，慕也。”即除了爱恋，还有景仰与羡慕之本义。恋，也许是某种难以言说的标准，即便是想象的标准。繁体的“戀”，从䜌。在《说文》中，“䜌”之本义为乱、治以及不绝等。故“恋”字足可以表达一种类似治乱交叠，起伏绵延的心情。《玉篇》云：“䜌，理也。”可见混乱的内部也是有规律可循的。现代汉语的“恋人”一词其实来自日语。特意用了这个词，也是为了避免与诸如情人、爱人等在现代汉语中因诸多历史语境之多义性而产生的误读。因日本文学也尤其重视女性的意义。“恋人”作为一个隐喻，一个独立的修辞，过去也散见在我的很多作品中，无论诗还是小说。这并非仅仅是因我们八十年代都曾受到过罗兰·巴尔特《恋人絮语》、克尔凯郭尔《诱惑者日记》或谷崎润一郎《痴人之爱》等书的影响，更非因对张、胡、二周或喻血轮、姚灵犀等那一代作家的情感观有什么新的理解；也非如夏济安先生在日记中说的那样："我对自然不大有兴趣，我认为除女人以外，没有美（Kierkegaard 也有此感）。我要离脱了人世后，才会欣赏自然。我喜欢一个人住在荒山古庙里，这不是为了自然之美，而是对人生的反抗。在此世界上，只有女人是美的。"（见夏志清《鸡窗集·亡兄济安杂忆》）写作或有起因，但任何具象又都不是我写作的目的。因这恋人也不仅仅指女人（亦非任何性别），而是观念。我的"恋人"也可以是反抗人生或世界的。

写这本书纯是从我本身的观念出发而作的一种尝试。

记得早年第一次读中国最伟大的那本堪称"恋人百科全书"即《石头记》时，我也完全不懂为何这样一本无聊、絮叨、脂粉气，靠摔盆砸碗、喝茶写诗、婆婆妈妈和唉声叹气的书，会被称为"中国古代小说最高成就"。三十岁以前都读不下去。四十岁以后才渐渐明白，所谓成就，并非红学或索隐派的论证史多么绵长，也不是脂本与其他诸版本等的差异，而大概是指中国人在这里，第一次有了"大旨谈情"的勇气。当年如果没有《石头记》，中国也照样是中国。事实上就算有了这本书，中国也还是中国，中国人也还是那副黑色的样子，永远也不会变。但正如白先勇先生所言："一个人在读过《红楼梦》之后，他的人和世界就会变得有点不一样了。"我觉得这话是有道理的。因之前数千年的经史子集里，都没有正式谈过爱的问题、恋人的问题。虽也有西厢牡丹桃花白蛇，老衲机锋，列女悲苦，但还只是“临去秋波那一转”，托志于幽魂而已。甚至有了《金瓶梅》那样伟大的“具有现代性的小说景观”，大胆地写了性与死，也仍缺了点什么。是作为“恋人”的小说人物贾宝玉的出场告诉了我们，原来中国并不只是一个充满经学文字与训诂的准野蛮部落。原来我们不是只会帝王将相、打打杀杀、经学科举、仙山侠隐。原来我们也有爱，且可以是无端端的爱，先验的爱，隐秘的爱，变态、畸恋、恶趣、绝望与毁灭的爱，乃至不分男女，不分动植物与时空异化的爱。且中国人的爱、慕、恋、情、义等，也是一个连续性的，不一定会因情感关系结束便消失的情感逻辑关系。原来我们的文明与性欲并不只是为了一个只会传宗接代、繁殖仕途匹夫的酋长国；原来我们的生命中有权表达对这个荒谬世界的理解，有权相信梦、敬畏美，为最青涩幼稚的爱情说话，怀念大于整个人生的青春，维护最弱小者或恋人的尊严与自由，反对既定的秩序与假设的伦理社会体系，并有权选择对“无”的崇拜。原来“情不情”也可以是天经地义的。原来女性最伟大。原来我们也是人。

前几年，我也是因此才写了《鹅笼记》里的那篇《沁芳闸》。

“恋人”通常是人性中的罗生门、棱镜或移动的变压器。正如爱从没有定义，甚至大部分时候是反的、偏的甚至恶的，故“恋人”这个概念在我的叙事中是私人的、隐秘的，同时也可以是反抗的，属于大历史的名词。人本是缺陷与遗憾的产物。只有在恋爱中的人，哪怕是虐恋或失恋，才能明确感受到这种与生俱来的缺陷与遗憾，并有效地反抗它的压迫。事实上历代有一大部分暴乱、政变、屠杀乃至革命的秘密，都不过是为了爱情，或消解爱情的失败。甚至很多哲学的出现，最初也是哲学家为了给本人失败的爱情“复仇”，便寻求用绝对理性战胜绝对感性的宁静。因万事皆有理可循，唯爱情（恋人及对恋人的幻想）可以毫无道理。恋人是一枚不可理喻的反逻辑晶体。这也是性欲、革命与宗教都解决不了的。文学也是勉为其难，充其量只能算一种用来缓冲痛苦的替代品。

当然，写小说本就是一件自讨苦吃的事。

譬如，事实上历来就有相当一部分读者（甚至作家）都只看得懂，或只愿意去看得懂写写“现实”的作品。稍微超前或抽象一点，能量大一点，语言升级一点，就会被看作是制造“阅读障碍”或“不说人话”了。事实上写作的重要性，从来就不是看写作者能否熟练地表达现实或抽象、具体或荒诞、对爱与恨怎么看、通俗社会问题与晦涩历史观念如何运用到故事里、东西方语言传统功底是否扎实、形式结构是否足够先锋，以及作品是否进入了现代性等这些细枝末节的事。文学主要就是看写作者自己是否有平地而起，凌空创造一种思维方式的勇气。文学可以独立存在，所谓“千载已还不必有知己”。中国的大多数问题，都出在是否能创造、能理解与能包容不同的思维方式上。而中国文学最大的阻力，恐怕也并非来自“大众不读书”，而恰恰是一般读者及自以为读过点儿书，其实早已被某种传统阅读习惯洗脑的各类人里。对文学广度与深度的认知全凭天赋。比作家的天赋更重要的，是读者的天赋。这个问题不是读书多少能决定的。好在我是那种敢于冒犯读者的写作者。说到底，几十年来，有没有读者都无所谓，何况还有一些。甚至对我的书全都是负面评论也没关系。负面也是一种对创造性发生的兴观群怨。文学若形不成某种悖论，也没意思。

再譬如，这个世界还需要长篇小说吗？不是我给大家泼冷水，长篇我也在写，也会出，但我真心觉得这世界大概已不需要长篇小说了。尤其是十万字以上的长篇。很可能以后连中短篇小说都不需要。超短的笔记体，因与信息化同步，估计还能坚持一阵，看运气吧。埃科当年说得有理：即便对那些历史上的名著，以后的人也可能想要看故事梗概，或看缩写本就行了，不需要再看完整的作品。写得越厚，越是无用功，尤其汉语小说。对未来而言，传统意义上的长篇小说编织得再复杂，形式再奇异，实验性文本再先锋或再具颠覆性，本质也已无真正的创造性。越长往往就越显得土气老套，就像被注水稀释后的酒。长篇小说除非重新发明，否则长篇小说可以休矣。

好在《恋人与铁》仍是短篇集，且在短篇集里也只算是一本小书，很多篇幅很短。其中重要的篇章，大多来自今年上半年的写作，另有二三篇修订自过去从未出版过的旧稿。笔记体志怪“切梦刀”，则算是对《懒慢抄》的某种补充。整体而言，除了延续《恶魔师》《鹅笼记》的部分气息外，本书的写作倾向，主要还是来自对生命流逝或爱的焦虑，以及探究前文所说的，究竟什么才是文学“第一推动”的问题。我们这一代，从小也都受过某种“仇恨教育”，并在暴力、冷漠与麻木中成长。习惯了丛林的残酷与谋生的卑鄙之后，那最陌生难学的东西，莫过于爱。中国人一般都不愿意承认，爱的艰难远胜于一切哲学或科学。即便承认，在文学里，也都喜欢运用现实主义的形式，譬如写写具体的婚姻、外遇、禁忌或滥情等。但爱（恋人哲学）却不一定是具体的。因爱会以其极度的快乐而抵达一种不快乐，就像教徒以宗教般的压抑抵达一种痛苦的狂喜。而且，这秘密的喜悦再波澜壮阔，也只有当事人自己心里清楚，不足为外人道。西诗所谓“苦难没有认清，爱也没有学成”。在现代生活中，“爱”字同时也代表着最俗气与最浅薄的表达。在智力游戏与纯叙事化小说甚嚣尘上的时代，“爱”是个已腐烂的字。只是每个人又都会不断遭遇爱或被爱的袭击，并常常惨遭失败。中国历代大多数现实的苦难、犯罪、沉冤、冲突与无奈，追根溯源也是来源于爱的失败及对爱的误解。只是因汉语传统从来就没有这个表达习惯，故只好用别的那些话语系统来诠释而已。写“恋人”也是为了能降解这种失败与误解。不过，无论我是假借眉间尺前传、且介亭、契丹军师、少年玄奘、棋手、拉迪盖、笼中豹、博物馆还是狮子楼，无论我写的是古代志怪还是现实记忆，这广义上的“恋人”之喻，都不该被任何概念所坐实。拟向即乖，这也是常识。人生在世，即便无写作、无解释，乃至没有一句话可说，也会有一种巨大之激情，如水中盐、窗内蜂，令每一位饮者自知，并从背后狠狠地推动着我们去感知存在与虚无的悖论，试图从蒙昧的窗纸中钻出去，哪怕是以头撞墙。不是吗？观念先行时，词语亦毁灭，是不是被称作“文学”，又有什么关系呢？

2021 年 1 月—6 月

恋人与铁

我昔日的恋人生下了一块铁，巴掌大小，楚国为之震惊。[①]此事她也没告诉我。铁就放在她宫殿的门槛上。每一个进出之人，都能看见，且必须从铁上迈过去。铁没有父亲。铁是有形状的。我因无法私下与她谈论这一痛苦的形状，故只能公开变成快乐的话痨，或偶尔靠践踏山林，否定金属取乐。往事肥遁后，我与恋人已很久没说话了。恋人的沉默是正的，我的寂静则是反的。这沉默与寂静，就如把一双用脏的手套从里到外翻过来，形状不变，左右互换，也还能戴。现在的人，都厌倦了喧嚣。我记得前朝之猛士唐俟曾言："我还期待着新的东西到来，无名的，意外的。但一天一天，无非是死的寂静。"那摆在门槛上的意外的铁，便算是新东西吗？喧嚣与寂静是一样的吗？这只有手套里的手最清楚。

恋人太年轻了，必须蛮横无理。她与铁紧密相连。她青春的恶与美，常泥沙俱下，对我的抽打狠如壮丽的鞭刑，其实根本没法写。如今勉强能写，乃因我自己早已没有了青春。虽说通会之际，人书俱老，也算一种安慰，但较之我对她与铁的敬

---

① 据清人陈元龙《格致镜原》卷三十四引《列士传》佚文云："楚王夫人于夏纳凉，抱铁柱，心有所感，遂怀孕，产一铁。王命莫邪铸为双剑。"鲁迅《铸剑》亦有所提及。

畏而言，仍是太难过、太抑郁，并隔着一层痛失寂寞后的大时间中的伤心。

写作只是为了聊胜于无铁，为了免于崩溃。

亡国弑君之前，我常听闻，恋人无事时，便会拿着那沉重的铁，四处向人展示它有伟大的锈、迷人的尖。她可以白天把铁吞进肚子里，午夜再吐出来。她可以当街用铁投掷她厌恶的人，非死即伤。只是她从不对我展示。独处时，她还会伸出少女的粉舌，尝一尝那铁。铁是甜的。一块残酷的硬糖。铁的出现，即便楚王也不理解。楚王从不知有我，正如我从不认为这人间有任何的王。恋人的沉默也是实心的无，高密度的无，因她从不解释为何自己会产下这门疯狂的玄学。作为她过去的一位秘密知己，我对铁的逻辑，当然有自己的看法，只是无法对恋人说。楚国就是个罐头，里面四分之三是肉馅，只有四分之一是空气，且是三十年前的空气。不对她说，尚有文学。若说了，不仅文学会消失，恐怕连恋人都看不见了。尽管玄铁后来会被玉玺、梦、冶金技术、铁屋建筑与武器等所霸占，足以倾倒天下，但我依然爱着这恋人的异化。出于对她与铁的尊重，我宁愿在这漆黑的罐头里像秒针一样疯狂旋转，令时间不增不减，始终都像初次见到她时那样。

那天，我戴着一副肮脏的手套，正在制造火，撰写一本传世韬略。可她忽然来了。刚看到她第一眼时，我便不禁暗自低头流泪。我可以为她去做一切荒谬的事、残忍的事甚至卑鄙的事。我根本不能理解我自己，故从头至尾与她说话时，都是冷冰冰的。

2021 年 4 月

且介亭之花

她已很久没想起过那个留连鬓络腮胡须的中国人了。他现在胡子都该白了吧？对她的少女时代而言，那是一段充满歧视的偏见，是多年来被密封的壮烈遗憾。

十几年前，就坐在那间举世闻名却荒草萋萋的破亭子里，他便对她说过：“我现在觉得什么都没意思了，都麻木了。粮食、城市与猪也都是死的。”

她仰起头又问：“怎么会，爱情呢？”

“当然也是。”

“我倒不这么觉得。”

“你年轻。你是圈外人。”

“那我们以后怎么办？”

“你可以回家，可以继续写诗。”

“你呢？”

“我事太多，你就别费心了。”

“这算是你的决定了？”

“谈不上什么决定，我们从来也没真正在一起过。”

“可我刚才还挽着你的胳膊，在路上散步呢。”

“你多虑了，据我所知，这条街也是早就死了的。就算还有几个活人，恐怕也没有谁会注意我们的胳膊吧？”

中国人说着，低头看了看少女的手。她的手便握成了拳，像一头沮丧小鹿，离开了他胳膊修长的悬崖，朝衣袖的山洞中缩了回去。然后他又抬起头看了看这破败亭子的卯榫穹顶，以及挂在歪斜木柱上的斑驳对联。可对联写的什么，恐怕他一辈子也想不起来。

他只记得，且介亭漆黑瘦小，就立在马路边，像一个因多年站街而佝偻的苍老娼妓。取这样的亭名，大约也是因中国人都很熟悉吧。他们约到这里见面，本是想避嫌。按照目前整座城市的疯狂与危险，无论是兄妹、恋人或夫妻，都是不能见面的，也不必见面。他知道过去不过是一个时间圈套，是疯子手中的黄金，很难面对。一面对就成了此刻，过去就被熔断了，化了。唯有故意“不见面”和“近距离地回避”，可以勉强抵达这无限含蓄的深度。未来是肤浅的，只配拿来虚度；只有过去值得探索，而且深不见底，总是与此刻并行。况且恋人见面，都需要极其强大的、残忍的克制力。见面还会毁了没见面时的一切。搞不好见面之时，便是这整条街乃至城市被炸掉之时。好在且介亭是一座被忽略的废墟，除了附近腌臜的野猫与浑身污泥的流浪狗，谁也不会进来打扰这不得已的见面。

“你送我的那几本书怎么办？”她又问。

“可以转送给李元，或者你的什么同窗好友。”

“李元，你不是恨他吗？”

“哪有的事。”

“我记得你这么说过。”

“太准确的表达方式总会引起一些误读。友谊也是一种误读。”

“那我们的那些信呢？”

“都烧掉吧。”

“烧？我舍不得。”

“又不是你的诗，有什么舍不得？”

“就是舍不得。不想。”

“你是想得太多了。身外之物。”

“但这次真的不想。”

“难道你还要把那些信随身携带吗？”

“也可以寄存在李元那里呀。”

“那更麻烦。谁知道那家伙会做出什么来。”

“你还是不信他。”

“他倒不足挂齿。信会毁了你。”

“还有一个办法。”

“什么？”

“我可以把信寄回我老家去。”

“路上寄丢怎么办？现在发生什么都有可能。”

“真丢失了，不也正是你想要的结果吗？”

中国人听到这里，倒也不知怎么回答了。他伸手看了看手表。

黄昏，一只翅膀被弹弓打残了的燕子，这时正好落在且介亭的匾额上扑腾。它好像把巢筑在了匾额的后面，隐约能听见群燕叽叽喳喳之声。

那些年，作为一位傲慢的、固执的少女，她始终在中国最黑暗的地方为恋人写诗。她那尖尖的、小小的脑袋，不知道为何总是会模仿性地写出一些冷酷的大意象，如：“我尖锐的亲吻是粉色的装甲舰，闯入中国恋人腐烂的前额。”可惜，当年那位连鬓胡须尚黑的中国男子，暮气太重，从来都不读她的诗。她甚至都不能确定，他们到底算不算恋人。在且介亭幽会，他们最后的对话是那么平淡、无聊。他甚至还带着些微的不耐烦。为了掩饰这中国式的尴尬，她只好从兜里拿出一粒棕色发亮的硬糖，剥开印着中世纪蓝色云纹图案的糖纸，放到嘴里慢慢吮着。吃糖也是他们过去常在一起时的嗜好。他从不抽烟，此刻则时不时地拿出手帕来轻轻擤一下鼻涕，或擦一擦鬓角的细汗。少女知道，中国人根本没有感冒，不过就是想为这无言的恋人时光增加一些根本不值得怀念的动作。

直到最后，当马路尽头已出现黑压压的人群与武器，他们才打起精神来。他握了握少女的手，示意她离开。情急之下他们有没有拥抱，对此两个人完全不记得了。

“那些人是冲你来的吗？”她着急地问。

“应该是。”他并不着急，似乎早已等得够了。

“那你快走吧。”

“我们朝相反方向走，分头离开。”

“再也见不到了吗？”

“不好说。”

“如果活着，你还会回家吗？”

“也不好说。你别去找我。”

“以后……我是说以后，我怎样做才能记得起你的脸？”

“也可以不记得。”

“怎么会？”

“不记得是好事。对我的记忆越多，你越危险。”

“以后什么都没了，总得有记忆吧？”

“记忆最坏。你别自讨苦吃。”

“就算我记不得你，你也会记得我。”

“真是小孩子话。我一生孤苦，不需要记得任何人。”

“或许我对你不一样。”

“不一样？”

“我是对你全部记忆的否定。”

“你说什么？”

中国人刚有些诧异，可话音未落，写诗的少女便如一头洁白的幼兽般，伸出爪子忽然捧起他的脸，将口中的硬糖用柔软的舌头强行送到了他的嘴里，像是要以此堵住他想继续说的那句话。然后她便转身，冲着人群疾驰而去。她穿过肉墙的人群，并消失在肉墙里。中国人感到嘴唇有点发疼，像是被这幼兽猛地扑上来时的虎牙撞出了血。那粒泯灭在少女芳唾中的硬糖，此刻早被她舔得化了一半，棱角也变成了滋润的椭圆，唯滚烫、潮湿而甜丝丝的唾液能让他对她最后那一滴凶猛的眼泪记忆犹新，如饮烧酒。

含着剩下的糖，中国人侧目看着街角人群。肉墙中有一个穿长衫的、皮肤白皙的腼腆后生，手里拿着一把他从未见过的手枪，还背着一根带紫檀鱼线轱辘与锡坠的钓鱼竿。后生朝中国人喊道：“嘿，我看你就别跑了。都这把年纪了，何必再折腾呢？”说着，便远远地朝他猛地抛来了一个黑乎乎的东西。

或许是且介亭前的落日太炫目，少女的糖还在嘴里，也令他走神，故他完全看不清那空中飞来的是一枚子弹，还是鱼竿上的锡坠。

2021 年 2 月

洗 墙

——“且介亭之花”续编

上

洗墙的人是个爱面子的中国人。他的脸从未如此浑浊过，肌肉下垂，以至于把整个面部都拉平了。他摸了摸脸，前额肯定没有了，是个土馒头。眼睛化作两个小小的黑窟窿。耳朵沦陷成两朵小漩涡。连过去坚挺的鼻尖、高耸的鼻梁与厚嘴唇，现在也只剩下了一点小小的凸起，像几粒春天上火后新长出来的小红疙瘩。甚至过去那一把曾让无数恋人为之着迷的、虬髯客般茂密的络腮胡须，也全都脱落干净了。自己仍算是自己，却不知这脸还算不算脸。

他抱着自己的脸看，就像拿着一张纸。不耐烦时，他就坐在椅子上抽打那张脸，攥紧或撕开那张脸。有一次还差点把脸从窗口扔出去。脸对他也有所恐惧，经常紧缩成一团，扭向一边，不去看他。

脸消失这事也不怪他。他的脾气越来越坏，是因最近得到了指令，即作为一个参加秘密帮会多年的中国人，无论心情如何，都必须每天带一块抹布、提一桶水出门，到附近街头十字路口的拐弯处，去擦洗一面肮脏的墙。

为何要洗墙？上头也不许他多问。反正这是任务。

十字路口的墙年久风化，大约前清就矗立在那里了。如今早已斑驳破损，经常被贴满海报、电话与广告。墙角长满青苔，墙头荒草摇曳，不少砖头已裂开了大缝。墙根处的电线杆下堆满垃圾，还常有暗娼或卖香烟的人在此徘徊。

他每天按时到达指定位置之后，把脸就扔在垃圾堆边，然后将水一点点泼到墙上，旁若无人地擦洗起来。在这个过程里，他还会时不时地将脸捡起来，摔打在地上，砸出一个个的深坑。他无法说话。他的嘴也闭了很多年了，除了咀嚼，没干过别的。嘴唇自身有时会回忆它的往事，如想起一些激烈争辩时的语言，或想起与恋人的吻，它便会露出怀念的微笑。只是舌头也很多年没出现过了，像一头缩进洞里的老龙。

“你这样对它，不怕这里苍蝇太多吗？”且介亭事件发生之后，每天跟在他身后的那位著名的少女恋人，偶尔会把脸捡起来问他。

“我自己都不清楚的事，你就别再打听了。”他说。

“难道是有什么人，会来这墙边跟你联络吗？”

“中国的事，从来就没有‘难道’二字。”

自从那日他们在且介亭突围之后，他的确认为脸的背叛与恋人有点关系。毕竟，他们当时是在一起的。且介亭的幽会把他们俩的前途都毁了。

漆黑瘦小的且介亭，本建造于亡国前的一年。那年，十五岁的少女乘一艘琉球客轮渡过了渤海，来到这座城市。她在这里亭子边遇到了中国人，爱上了他，并卷入了络腮胡须者与他人的明争暗斗，然后成了他藏在亭子中的恋人。恋人是一种奔放的束缚。她使他自由。她使他不自由。这两者都是切肤感受。少女的作用便是使他束缚于这种强大的迷恋。他也曾抓住这恋情不放，那是因他怕恋情在一瞬间又变成了往事。往事已足够了。往事过多，就如一个人恶贯满盈，又无处窝藏自己。

因有此恋人，所以他才暴露了。他也因此失误而甘愿剥去了自己的脸。

但唯一还能守住他们秘密的，仍是他那张可恶的脸。

好在面对一座破墙，一个人的脸长得如何，已完全无意义。尽管那是一张曾与斗争、与少女都面面相对过的脸。残忍的脸。为认真执行指令，清洗这座破墙，他对地上那张脸早已在所不惜。他用力过猛，擦洗时恨不得手指戳进墙里。头也埋进去，擦破了点皮。他看见了颧骨与额头的肉与神经露出来，但没流血。流血是后来的事。不知为何，他感到鼻翼有点痒。伸手挠了几下，血便涌了出来。并没有使劲挠，为何会流血呢？他的形象被一行血迹分成了卑鄙的两半。他与他的脑袋轮流地朝着破墙撞击，仿佛是在诋毁自己。有时，带血的形象会变得有点像给他发指令的那个头儿的脸，尽管这些年里，从没有谁亲自见过头儿的模样。地上的脸没有表情，它是它愤怒的尸体。

“那个就义的人真的会来这里吗？”少女恋人一边帮他从水桶里拧干了抹布，一边递给他问道。

“什么，什么就义的人？”脸被污染过的中国人显然很吃惊。因他不知道恋人是从何处得知的这个消息。这本是一条全封闭的任务。

“你也不能确定？”恋人笑道。

“不确定什么呀？”他一边擦洗着墙，漫不经心地敷衍道。

“如果就义的人一直不来这墙下，那你怎么执行任务？”

“你想多了吧。根本就没什么就义的人。”

“连我也想隐瞒吗？”

“隐瞒，谈不上。你到底想说什么？”

“我是说，如果就义的人被押送到这里来，行刑队的人估计是让他站在墙根下，或者绑在电线杆上。搞不好还会就地执行枪决。他们人多势众，你一个人在这里除了擦洗破墙，还能做什么呢？”

“这都是你的揣测吧。”

“是我的直觉。”

“直觉有用吗？”

“没用。但最起码，会让我们在绝望之前有一点快乐吧，不至于生活得太无聊。”恋人说着，低头将那张已爬满苍蝇的脸，又重新小心翼翼地放到了垃圾堆边上。

的确，不知已用了多少个日子，他都在奉命清洗那面并不大的破土墙。没有尽头的土墙边是小溪。天穹如一块苍白而凶恶的玻璃片，切开大街。他因擦得出汗而脱下来挂在树杈上的空大衣，这些年就始终飘浮在空中，如一头盘旋的鹰。脑袋与五官浑浊的洗墙人，每天走进墙里，又走出来。多少个日子了，他与地下那张满是泥污的脸都无处可去，直到一个夜阑人静的夏日，行刑队终于来了，还真的带着一个用黑布蒙着头的人。

中

亡国之后，那位经常徘徊在且介亭与破墙之间的恋人，便被中国图书上的前朝梦呓，带到了这座四处都隐藏着起义与骚动的城市。每日上街，她很远就能看见有一个中国人在不断地用水泼墙，然后拼命擦洗。破墙从未因他的擦洗而显得干净一点。相反，油腻的抹布常令墙面更加漆黑了，像一个满是污秽的洞窟。有时，她还会看见中国人面朝墙根站立，一动不动，自言自语，仿佛是在向那漆黑的洞窟默哀。再细看时，见他却是在用手指头抠墙皮上残留的什么广告纸片，或是用指甲在慢慢碾死砖头缝里的一只甲虫。

若碰到一位路人，从街对面朝那洗墙的中国人打招呼，他便转过头来。这时，她就会清楚地看见，他没有脸。他的脸扔在地上。

脸被弄脏了那么久，她也从未见过他去擦它。有那时间，他宁愿洗墙。他从未因任何别的事耽误过这伟大而枯燥的任务。

蒙着黑头罩的就义者被押送到墙边时，洗墙的人也没停下手里的活儿。

就义的人被一伙行刑队员推下卡车，然后用麻绳绑在了木头电线杆上。他站得笔直，看上去像是与洗墙的人并排站着，一个朝着墙，一个朝着行刑队。他们都没有脸。

恋人诧异的是，凶狠的行刑队员们并没让洗墙的中国人立刻回避或离开，而是集体走到距离墙与电线杆十几步开外的空地上。他们似乎并不着急行刑。他们人人腰挎酒壶，把随身携带的长枪、军刺、皮靴及雨伞等，都集中架在一边。其中有个带队的，看上去好像是个不满三尺的小男孩。小男孩一声吆喝，大家就地坐了下来。有一部分行刑队员，开始一边排队一边猜拳，然后竟依次朝电线杆下的那个就义者的黑头罩投掷一种玻璃珠子。投中者会赢来大家的一阵欢笑及口哨声；未投准的，则罚酒一口。不一会儿，就有几个喝醉了，东倒西歪地说着醉话，甚至指桑骂槐。另一部分行刑队员点上香烟，袖手旁观，偶尔会对玻璃珠子在空中投出的抛物线发出一些议论。有几个闲散的，便走到大街的阴影处去聊天，或拿出自己家人的照片与信来看，偶尔会发出小心翼翼的啜泣声。另外还有几个老油条似的队员，掏出一副已被摸得发黑，带有花体拉丁文、古代波斯图案、洋骑士、恶魔、红心如蛋糕、黑桃皇后是一位色情裸女的扑克牌来打，并不时爆发出一阵阵喧哗声。

小玻璃珠子很轻，即便砸到头上，也不过像是淋一滴雨。故时间一久，那个绑在电线杆下戴黑头罩的就义者，便像是无聊得睡着了。

因洗墙的中国人及其恋人，都隐约听见了他发出的轻微打鼾声。

时间是凝固的。反正大家都在同一面破墙下过日子，睡足等酒饭，吃饱混天黑。这期间如果下雨了，那个带队的小男孩还会拿着一把油纸伞，主动跑到就义者身边，为他打伞。可是男孩的个子太矮了，踮着脚，也难以把伞举到就义者的头顶上。男孩找来几块砖，把自己垫高很多。伞勉强举过了就义者的头顶，可砖头却太晃悠，又太窄，他只能单腿站立在垒起的砖头上，还得不时地左腿换右腿。这显然太辛苦了。他回头喊别人，可行刑队员们依旧在自己干自己的，没一个人愿意过来。大雨倾盆，越下越大时，男孩才发现旁边还有个仍在雨中不断擦洗破墙的中国人，似乎正是个大家都厌恶的那种闲人。男孩从砖头上跳下来，走到中国人身边，把油纸伞递给他，并带着蔑视说道：“喂，你这家伙，闲着也是闲着，干脆你去给他打伞吧。”

“我？”洗墙的人低头看着他，忽然有点惊讶，并非因小男孩的指令蛮横无理，而是因这时他才看清，这个带队的人其实并非小男孩，而是一个手脚粗壮、脸皮上胡楂混乱粗糙的侏儒。

“对，就是你。”侏儒很确定地朝上抬了抬下巴颏。

“为什么是我？我要洗墙，没时间呀。”

“时间，时间还不是我们说了算吗？”

“反正我不能停。我有我的事。”

“怎么，你不干，难道你忍心让她去干吗？”侏儒说着，用下巴颏点了点站在墙角另一边的少女恋人。她正叉开腿，用她的石榴裙，为地上那张浸泡在污泥浊水里的脸挡雨。她凄苦地看着洗墙的人与侏儒在说话，却无法插嘴。侏儒不断地朝她的裙下张望，并咧着嘴微笑，露出一颗黄金般闪光的虎牙。

“真奇怪，这事为啥你们自己人都不干？”洗墙的人说。

“人各有志，这点道理都不懂吗？”

“既然你们大家都这么忙，干脆早点行完刑，不就没事了吗？下这么大雨，何苦还要为那个死囚打什么伞呢？”

“你不懂，这是且介亭的老规矩。”

“我是不太懂，我也不关心什么且介亭。我就想知道你们到底几点才能行刑，让我能继续安心洗墙？”

“几点行刑，这是你这种下三滥该问的吗？”

“我又不是你的手下，就算我去给他打伞，也总要给我个盼头吧？”

“你这人废话真多，到底去还是不去？”侏儒真有点生气了，左手举着油纸伞，右手忽然很不耐烦地拔出了一把手枪，用枪口指着洗墙者模糊的面孔并喊道。

此时，一只被雨淋得像落汤鸡的乌鸦飞过来，立在墙头，发出尴尬的叫声。恋人低头看着那张被中国人抛弃的脸，已渐渐在浑浊的积水里沉沦，焦虑得大哭。行刑队员们都坐在大街上吃起饭来，丝毫也不在乎雨落到碗里。而戴黑头罩的就义者则鼾声震天，把这一切紧张的时刻都化为麻木的快乐。他就算睡着了，也站得笔直。

洗墙的人低头叹了口气，不得不弯腰从侏儒手里接过了油纸伞。

下

旷古黑墙之本质，是一座没有数学与逻辑的基本粒子，存在的屏风。电线杆下沉睡的就义者，却好像是用梦在数那墙上的砖头、石子与粉尘的数量。但墙是破的。而且破洞总是在不断的擦洗中扩大，又不断地被洗墙的人修补。旷古的补丁与墙上残留的各种海报、蛛网、油污、雨渍、路标、游客留言、带极端内容的英文、被涂掉的电话号码、多年来各种路人画下的箭头，以及历代就义者被枪决时留下的弹坑等等混在一起，其密度已超过了墙砖、石头与粉尘的数量，浩然与溟涬同科，以至于洗墙的人常分不清自己到底在清洗什么。是固有的墙体本身，还是一堆庞大的记忆符号？

洗墙的中国人打着油纸伞，站在黑头罩就义者身边，为他遮雨，像一个谦恭的仆人。侏儒开始还盯着他。但时间一长，便懒得再监督了。投掷玻璃珠子的人也都对排队厌倦了，他们从附近找来一张乒乓球桌，开始在雨中打起了乒乓球。而侏儒也收起手枪，加入打扑克牌的人堆里。牌上黑桃皇后那暴露的姿势，显然比死囚的姿势更迷人。

唯恋人走到洗墙者身边，继续捧着他那张被雨水泡得发胀的脸，静静等候。

“你的真实目的，就是要营救这人吧？”恋人仰望着洗墙者及其油纸伞，忍不住指着黑头罩问。油纸伞的遮盖面积已被就义者霸占。雨落到恋人眼里。

“营救谁，怎么救？”举着伞的洗墙者面不改色地反问。

“替换就义者，不就是你的任务吗？”恋人很自信地猜测道。

“就算你猜中了，我也无能为力。”

“为什么？”

“难道你看不见他们有那么多人吗？”

“你是说寡不敌众？”

“不仅数量，也没有途径呀。”

“途径……也许你可以替换他？”

“替换？怎么替换，就因为我和他都没有脸吗？再说，救了他往哪里跑？估计还跑不出十几步，行刑队和那个侏儒就会集体开枪把我们全都打死在大街上。关键在于，我就是一个擦洗破墙的，为啥要这么做？”

“你是害怕了吧？”恋人忽然笑起来，银铃般的嗓音响彻大街，引得打牌的侏儒忍不住往她这边又看了一眼。不过很快，他就又被黑桃皇后的裸体吸引过去了。

这时，一辆满载着鲜花与尸体的卡车从墙边呼啸而过。

“唐越，都洗了这么久了，你真的了解这墙吗？”就在卡车驰过的瞬间，那黑头罩中就义者的鼾声忽然停了下来，并发出了一声质疑。就义者声带沙哑。

“什么？”洗墙的人有些意外。

“你和李元的任务，我都知道。”黑头罩又说。

“你是……？”听见李元的名字，加上那熟悉的嗓音，洗墙的中国人异常吃惊，无法再假装懵懂了。

“对，就是我。我是来凑数的。”就义者继续说。

“你，你真的是头儿？”洗墙者还是不太敢相信。在雨中，他先伸出手，轻轻地摸了摸那黑头罩的轮廓，就像一个算命先生在摸骨。随着他的抚摸，就义者的头颅轮廓在黑布的褶皱下分明起来，圆滚滚的，能隐约看见凹陷的眼窝和凸起的鼻梁。雨珠飞溅时，他激动地猛然撩开了黑头罩，快速看了看，又像见到什么惊恐的东西似的，赶紧把黑头罩合拢。

“如何，还有异议吗？”沙哑的嗓音在黑头罩中得意地笑道。

“这到底是怎么回事？”

“你心里都明白的。”

“我是问，你说的凑数是什么意思？”

“这也是有指示的。就义这件事，是有名额的。如果一定时间内名额不能达标，那我就会被除名。我可不愿像你一样，整日价为了自己脸的逻辑而焦虑。真没想到，我领着大家干了这么多年，却连名额的数量都凑不出来。惭愧呀。也是没办法，拖了太久，时间紧急，我一时又实在找不到人，只好亲自来了。你该不会怪我骗你吧？”

“这么说，你让我没日没夜地在这儿洗墙，就是为了……”

“就是为了让你等我。”

“那些任务都是假的？”

“任务就是任务，只有成败，没有真假。”

“那行刑队呢？”

“嗯，很遗憾，他们倒都是真的。”

说到这儿，他们不约而同地，都往侏儒打牌的人堆与在打乒乓球的行刑队员们的方向望去。黑头罩里的头儿，虽然什么也看不见，但从轮廓判断，他头颅扭动的角度是同样的。他就靠乒乓球拍与乒乓球落下时的叮当碰撞之声，便可判断出行刑队员们的情绪，以及他们危险的杀气。

“看来，他们目前已快乐到不管我们了。”黑头罩说着，转过头来，瓮声瓮气地对唐越说：“我再问你一遍，洗了这么久，你真的了解这面破墙了吗？”

“哼，一堆破石头，还有啥可了解的。”唐越压抑地冷笑。此刻雨已停了。但他还继续打着伞，纹丝不动，像是为这次意外的邂逅摆出一个壮观的、雕塑般的姿势。

“那破墙上还有个窗。”黑头罩内继续说。

“窗，怎么可能呢？”一直站在旁边的恋人，听见这话，连忙惊问。

的确，在这里洗了这么久的墙，无论是少女恋人还是她爱着的中国人，都从没发现过身后这脏兮兮的墙上还有窗。那明明就是一道砖石垒砌的实心疙瘩。

“就在电线杆后面，那块被油烟熏得最黑的地方。这样吧，现在雨也停了。你让她来给我打伞，你去那阴影里砸一下就知道了。”黑头罩冷静地说。

恋人听闻，便把那张已被泡烂的脸，迅速揣到自己怀里。

然后她从唐越手里一把抢过油纸伞来，站到了他的位置上。

“去把那最黑的墙皮都抠掉。”黑头罩又补充了一句。

唐越见状，只好转身，走到距离电线杆最近的破墙边，找到阴影与污垢最深之处。这是他每日擦过无数次的地方，除了油腻，只有无限的黑色，哪有什么窗。他试探性地用手朝那最黑处捶了几下，也并无反应。他只好去抠掉那些早已凹陷的砖头和腐烂的墙皮。他抠了很久，阴影也凹陷下去几乎有半尺。因无工具，唐越的指甲全都翻起来，十根手指全抠得出了血。终于，一扇坐椅面大小的玻璃窗框，才从灰烬渣滓里露了出来。窗玻璃内更是漆黑一团，只隐隐能闻到某种奇异的臭味。他用带血的手指又敲了敲窗玻璃，本想直接推开，谁知窗框这时竟自己打开了。一张熟悉的面孔，从黑咕隆咚的臭味里探出头来。

“李元？你怎么会在这里？”唐越一看，惊问道。

“我一直在这里等着你和头儿呀。唉，你们也真让我等得太久了。”李元答道，然后像个敏捷的飞贼一样，从窗口内纵身一跃，便跳到了外面。

电线杆下，戴黑头罩的头儿听见李元的声音后，便说：“行，你小子在就好。赶快给我松绑吧。该换你了。”

“好，这就来。”李元一边答应着，迅速跑到电线杆下去，解开头儿的绳子，扯下黑头罩，然后给自己戴上。又对唐越说：“兄弟，快点，把我绑上吧。”

“你们这是要调包吗？”唐越问。

“那不然呢？”头儿道。

“可就算调了包，我们大家也跑不掉呀。”恋人也插嘴进来说，“我们在这里不动，那些行刑队员就会埋头干自己的事。但我们只要一跑，他们随时都有可能抬起头来发现我们，追上我们，然后打死我们。”

“我们不往外跑。”头儿说。

“不往外跑，那怎么跑？”唐越问。

“就从这窗户里跳进去。”头儿说着，掸了掸身上的雨水，然后也纵身一跃，便率先跳进了漆黑的窗户内。然后又从里面探出头，说：“唐越必须跟我走，这是命令。还有很多新的任务在等着我们。李元，等我们进去后，你就从外面把窗口封上，要和原来破墙的样子尽量融为一体。然后，喂，这位姑娘，麻烦你了，请把他绑到电线杆上去。”

“那我呢，我怎么离开？”恋人问。

“你不用离开。你只须去和那侏儒聊聊天就行了。他会放你走的。”头儿说。

“什么？我可不愿意。”恋人似乎有点不情愿。

“我看就别再耽误时间了。”唐越着急地说，“对了，快把脸给我。”

“不给。”恋人很固执地捂着胸口。脸就折叠藏在她的胸衣里。

“为什么？那是我的脸。”

“现在是我在照顾它。”

“不需要。”

“到底脸重要，还是我重要？”

“现在没时间跟你掰扯这些，你快给我。”

“无耻，就不给。”

“岂有此理。”

因洗墙多日而疲倦的唐越终于急了。他索性将恋人抱转过来，狠命地亲吻她。当恋人沉醉于唐越疯狂的舌头如蛟龙一般翻滚时，他迅速把满是血污的手，伸到了她的胸口里，从她紧勒着的胸衣中，强行把自己那张脸给夺了出来。两人扭扯中，早已泡烂的脸几乎被扯得粉碎，不少零星的皮肉沿着墙角掉了一地。痛苦的恋人只好趴到墙角，一边流泪哽咽，一边爬行着去捡拾那些不成样的碎渣，捡到后，还情不自禁地塞到嘴里去咀嚼。

“快走吧。我们还有很多事要办。”头儿在窗内冲唐越喊道。

“我们走了，他们怎么办？把李元兄弟一个人留在这里太危险了。”唐越问。

“你这人怎么婆婆妈妈的？李元我了解，他是有自己缜密哲学体系的。为了哲学，他就可以脱险。你的哲学呢，难道就是犹豫不决吗？”头儿怒道。

唐越不敢说话了。他回头看了看恋人，貌似有些难过。可因脸尚未回到自己的头上，所以也没有任何表情。他只对她说：“我先走了。放心吧，我们应该还会见的。”然后，他也跳进了窗户，与头儿消失在那股漆黑无比的臭味里。

戴着黑头罩的李元，仿佛对这面墙的物理、数学与奥秘比唐越更熟。他谨遵命令，见两人都进去了，便关上窗棂，然后抓起脚下的泥土、纸片、墙皮与不计其数的碎砖石，迅速用浩瀚的基本粒子与记忆符号，开始掩埋那窗。

人可以没有记忆吗？不清楚。但这是他李元闭着眼都能做到的事。

墙在渐渐合拢。因打牌而亢奋的侏儒在十几步开外，发出阵阵笑声，仿佛一场残酷的盛宴已近尾声。就在窗户刚埋好，破墙的漆黑被一堆更破的漆黑渣滓遮蔽时，李元身后的枪声便响了。显然，这是侏儒在扑克牌的输赢与黑桃皇后的诱惑中发现了什么。他鸣枪示警。李元并不清楚子弹是否是朝着他这边飞来的。就算子弹朝这边来，也不过是为这破墙上的历代弹坑，再增加一些新的弹坑罢了。李元并不躲避。因李元与唐越不同：他是新的一代人，意志坚定。可他在破墙的黑暗与封闭的基本粒子中待得实在太久了。在等唐越来挖窗的岁月里，他甚至觉得自己就是一颗基本粒子。他丝毫不关心唐越那位早有耳闻的恋人，为何会如此在乎那张卑贱的脸。作为执行任务的人，李元绝不会取下自己的脸，更不会把脸扔给别人去保管。李元甚至不关心尊严。不，对尊严的弃绝，才是他们这一代人最大的尊严。他唯一需要那恋人配合的，就是想让她能打着油纸伞，把自己绑到电线杆上去，为头儿的逃亡赢得时间。可如何才能说服这位因失去了一张脸而发疯的女子，去和打牌的侏儒聊天呢？这真不是件容易的事。他戴着黑头罩朝墙站着，陷入沉思。

雨散云收，太阳出来了。光线如泼墨。在黑头罩里，李元看见行刑队员们的影子正集体朝着电线杆这边围拢过来。那个带队的侏儒，熟练地凌空洗着扑克牌，像个穿戎装的魔术师般渐渐向他们走近。为了表达对其虎牙的好奇，墙角下的且介亭少女立刻扔掉了手里的油纸伞，并发出一阵撕心裂肺的尖叫。

2021 年 3 月

寒暄

——或“崭新的野蛮”（阴阳本）

阳本

春天，躯壳赤膊打了一根领带就出门了。对躯壳而言，冷漠与撒野与生俱来，本是他这代人的童子功，无须学习。大家都叫他躯壳，是因他天生体质好，冬不蔽衣，夏不就扇，数日不睡觉也不会犯困，打架时手段则残忍得像个亡命徒。如今躯壳老了，偶尔想起一些过去做的过分事来，也有些惭愧，甚至言不由衷地批判一下自己的卑鄙。

譬如，世间什么也没发生，大街上的人却在欢呼胜利，并激动地跺脚。为了庆祝此类荒谬的时刻，躯壳每天都会在衣兜里揣一柄戒尺，量体裁衣地进行他的野蛮活动，出门去测量那欢呼声的长度，以及跺脚的频率。

不过这一习惯最近发生了变化。

原因是躯壳家的楼道尽头处，新住进来那位著名的导师。这奇异的导师，据说貌若少女，因太善于沉默，有一种别的导师都稀缺的强大的含蓄，便出了名。他（或者她，其性别始终未知）因此还担当着这座城市里包括躯壳在内的无数成年人的偶像。为了不引起导师注意，躯壳出门时便把戒尺藏了起来。反正测量之事，早烂熟于心。戒尺不用也不会生锈腐烂。测量大街上的事，靠的是一条没有宽度的几何直线，戒尺也是个替代品。真需要，直线随时都可以再拿出来。无论搁置多少年，它都崭新锃亮，边缘锋利，一点儿也不会变形。

躯壳本爱说话，讲老礼，可他从不敢跟导师打招呼。每日擦肩而过，总该握个手，点个头之类吧，躯壳想："或许最好的寒暄，便是有什么事能引起对方注意，让他先跟自己打招呼？"但这愚蠢的想法也是一闪即逝。硬着头皮寒暄，总令人尴尬，不如沉默。况且导师总是穿着大衣蒙面出行，自己连对方是男是女都不知道，只不过听闻了一些有关导师含蓄的事迹，故而受到了影响。在走廊里碰到，便冒昧上前去说话，这唐突的结果，很可能连邻居都做不成了，那多遗憾。

寒暄语倒是很多，如：

你好朋友，幸会。
天气真好，冒昧了，请问可以认识一下吗？
唉，真是久仰您的大名了。
少女如虎，不知闲暇时，能否得到您的指教？
真巧，一出门又碰到了您。不知先生……
抱歉打扰了。因我感到我已不可抑止地爱上了您。

他犹豫这些令他独自怆然的废话时，窗外大街上仍不时地爆发出一阵阵欢呼声、跺脚声。间或隐约还能听见，好像有一些人在尖叫。

躯壳知道，这正是大街上什么事都没发生，乃至永远都不会发生的征兆。当初使用戒尺或直线，就是为了能理解这种无事的激动。

不过现在，这些工具都用不上了。

世界完全不会变，就像一个石疙瘩。唯有人是瞬息万变的。智力即玩笑。每一件事都是意外，然后紧接着另一个意外。欢呼声、跺脚声，包括时不时的一声尖叫，也都是一系列连续性的意外。本来不会发生，但碰巧还是发生了。真倒霉，世界就是全部意外的总和。包括躯壳能有幸与这样一位导师住到了同一楼道的尽头。导师是被大街上人群的欢呼声、跺脚声驱赶到这里来的吗，还是专为躯壳来的？不重要。总之，楼道里随随便便地住进来一个人，这就是结果。这件事之所以单独看来，也并不觉得有什么意外，仅仅是因那意外发展至今，已是唯一的可能。此外，大家都没有别的出路。

阴 本

这座城市的大街像什么，躯壳也不知道。只知道它是尖的、弯的、斜支着的、高密度但同时又是空心的。大街上欢呼声与跺脚声每日齐鸣，都是在礼赞同一件尚未发生的事，故而互相遮蔽，听起来也很喧嚣。正因如此，作为一位从不说话的人，那位被驱逐的偶像才会比其他人的绚丽修辞更具诱惑力。词语如罪，故躯壳也一直在冶炼一种沉默。为了能对付大街的形状，他也把沉默磨了又磨，烧了又烧，砸了又砸，看起来异常坚硬，是一道崭新的野蛮。这沉默与偶像的沉默完全不同。至于在楼道里，他们的对视是否发生过呢？也不清楚。不过，那亡国少女般的眸子，还是令躯壳难忘的。仅仅为了这难忘，他也愿守口如瓶。

这些年，很多人都跑到大街上，大声疾呼，四处乱扑，想搜出那个藏匿的沉默者，那个竟然用一言不发就影响了这么多人的偶像。他们掘地三尺，挖墙揭瓦，挨家挨户掀门帘，甚至闯入人家卧室里翻箱倒柜。可除了躯壳，没人见过偶像的踪影，只是都能感受或领教到他的沉默。也许正是为了表达不满，宣泄愤怒，大家才开始欢呼，并跺起脚来，仿佛是要用噪声把那个制造无言的人给轰出来。

楼道狭窄。事先没有任何先兆，尽头处竟忽然就住进了自己最钦佩、最迷恋之人，能有如此巧遇，躯壳很是庆幸。只是这一旷世的快乐完全藏在自己心里。

大街人群对躯壳的存在浑然不知。他们只是经常看见，有个赤膊打领带的家伙，拿着一根绳索、一把戒尺，埋伏在人行道上，每日准时去抽打曙光照射房屋时投下的阴影。阴影会疼得蜷缩起来，变成一堆黑暗的书。躯壳早已拒绝读书，蔑视文学。主要是很多书他十几岁就看了，只花几小时，顶多几天。他弄懂过书里那些警觉、阴谋或提醒，但仍觉得万事并不可阻挡。青春势如破竹，单刀直入，曾瞬间便把广场、图书馆、脸、敌手与无数爱恋着的女子像粉蒸肉一样切开。而他真正感到自己也将变得如书中人物们那样受困，陷入荆棘丛再也走不出来，甚至跟同在一个楼道里的人也说不上话，切肤之痛时，已到四十岁以后。此刻他已是一具磨损胸中万古刀，死猪不怕开水烫的躯壳。沉默的躯壳。

文学真有力量吗？也有一点吧，即当力学被否定时。

大街上到处都是力学，以及对力学的庆祝。唯有那被驱赶的、逃进楼道深处的、沉默的蒙面偶像——无论其是耄耋导师还是豆蔻少女——才能秘密地抵抗着这一切澎湃的力、螺旋的力以及遮蔽性欲的力。沉默的色相如地震般含蓄，真有点接近早年的文学，却又不是文学。往事不再的躯壳，第一次被一种并非文学的语言所打动，以至于他在夜里想起那沉默来，也不禁像十几岁时似的辗转反侧，泪眼模糊。好在曙光之前，他还有戒尺与绳索。

然而，对于寒暄，躯壳是畏惧了。中国人生活中早已习惯了无礼，也正好能掩饰他的畏惧。他怕一旦上前去说话，这遗世独立的沉默，便被自己打破了。遗憾将是毁灭性的。因接下来，不过就是两个人的熟悉、交往、猜忌甚或相恋，然后渐渐放大对方的缺点，渐渐争执或埋怨，让步或遗忘，搞不好会在共同焦虑的卧榻上，变成挣扎姿势不同的两副躯壳。此类事他重复得也太多，令人思睡，并会让初相识时的美与默契，荡然无存。

总之，寒暄的声音说得再轻，再细微，最后也还是会变成大街上欢呼声与跺脚声的一部分，力学的一部分。爱是早已学不会，也来不及了。寒暄便可毁了一切。

怎样才能不打破沉默，又能与他说上话呢？写信、留字条、通过一位朋友传话，或直接用崭新的野蛮去拥抱对方吗？这些性质都差不多，并非意外。唯一的可能，是用自己那秘密冶炼的沉默，来超过对方。那时，两个凶猛的、加速度的沉默在楼道里碰撞到一起，水火交融，荡气回肠，似乎才算是最好的寒暄、最真的问候。于是清晨出门，当躯壳看见他时，便想鼓起勇气走上前去表达自己这痛苦的沉默。只是每到此时，大街上那什么事都没有发生，却不断涌起的欢呼声与跺脚声，也总会同时涌入楼道，让久违的力学挡在他们之间，发出文学般振聋发聩的寂静。

2021 年 4 月

草窗雨霁

上

雨夜闻钟，街头筑庐时，陈祎[①]从少年时便知道那个行踪诡谲的僧人要来，并会以迅雷不及掩耳之势破窗而入。只是他不露声色。因家就住在路边，故他特意在一年前就把窗闩、暗锁与屋檐草棚更新了，窗棂也换成全金属结构。现在的草窗，是用一块镔铁铸就，窗口完全不透明，坚固无比。因那僧人由远及近撞击的力量，也许很大吧？据说那厮浑身软筋伸缩自如，骨腾肉飞，会不会从铁窗缝里也能挤进来呢？破窗时间大约是几点？破窗之前会不会礼貌地先敲一敲窗，用铁丝捅窗上的锁眼，或在窗外先小声地唤几声他的名字？然后，趁他开窗张望之机，便一跃而入？这些都不好说。

陈祎蹲在黑暗里，如一条警觉而年轻的蝮蛇，整天目不转睛地看着那扇铁窗。紧闭窗太小了，就像个高悬于半空的狗洞。

破窗而入的强盗举世闻名。他要来找陈祎这事，是数年前就传入乡野的。据说那家伙从来不讲道理，做什么事都会事

---

① 陈祎，洛阳缑氏（今河南偃师缑氏镇）人，即唐代高僧、唯识宗创始人、佛经译者、“三藏法师”玄奘（602—664）出家前的俗名。

先预告一番，然后忽然驾到，破窗而入，瞬间便把屋内的人与一切都夺走。但他究竟是个游荡的野和尚、叫花子，还是什么入室盗窃的土匪恶棍，也没有定论。有人说，那人只是剃了个光头，根本不是什么僧人，而是一个流窜作案的越狱囚犯，一个擅长遁地穿墙术的流氓。可他到底犯过什么罪，又没人说得清。唯一能肯定的，便是他会破窗而入。破窗前，他还会先撞门，发出咚咚的轰鸣，声闻于野。如果你不开门，或故意装作不在家，他就会在门口躺下来等你。他会在你家门口满地打滚。他会用光头顶着门，像犀牛望月一样旋转，直顶到额头皮开肉绽。他会用耳朵贴在门上倾听屋内的动静，像一个跋山涉水来找你喝酒的贼。

待万籁俱寂后，他便会与残酷的月光一起破窗而入。

“你也不用那么紧张，那人不会是僧人，也不会是贼。”一个在多年前见过撞门者的邻居曾安慰陈祎说。

“那他是什么人，为什么大家都那么怕他？”陈祎问道。

“这个，这么说吧，其实他就是这一带的龙王。”

“龙王？怎么会？”

“你没见过，你不了解他。”

“不了解什么？”

“他的性格。”

“无端端地撞开别人家的窗，这不就是一种很野蛮的性格吗？”

“那倒也不是。”

“您到底想说什么？”

“抱歉，我也不能说太多。我只能告诉你，他是龙王。”邻居说完，灰溜溜地走了。但他这一席话，旋即便被别的街坊和朋友们所否定。

“可笑，哪来的什么龙王？纯属胡说。”一位白发苍苍的忘年交长者对陈祎笑道，“此事我也有耳闻。但据说来撞门的，是一头著名的野兽。你知道我指的是谁。”

“应该也不会是什么野兽吧。我听说，那家伙好像是个老妪。对了，会不会是常来找你的那个亲戚？”一个兄弟插科打诨道。

“兴许就是个来借钱的。”另一个藏在暗处的挚友讥讽道。

“唉，具体是谁，也不重要。”陈祎有些不耐烦了，当众声明道，“我就是想知道，他为什么非要破窗而入？”

“这个问题的确很难回答。”忘年交最终无奈地总结道。

“无事破窗而入，难道就没任何理由吗？”

“抱歉，这种事在吾乡，一般都不需要理由。”

“一点都不需要？”

“不需要。”

“那我可以拒绝开窗吗？”

“既然是破窗而入，拒绝与否有意义吗？”

“我的意思是，我可以把窗关得死死的，就是不开。”

“那又能坚持多久呢？你总要出门去买菜、打水或走亲访友之类的吧？等你在家饿得实在不行了，开门一看，我保证那家伙准还在窗口下等着呢。”

“那我可以和他谈谈吗？”

“谈什么？”

“谈谈怎么能让他换个方式。”

“如果能谈，说明他已经进窗来了。”

“隔着门缝递个话总行吧？”

“你觉得有用吗？”

“为何没用？”

“哼，你还是太年轻。”忘年交冷笑了一声，又说，“反正我说什么都是枉然。既然你那么固执，等他来了，你试试看吧。”

“我当然会等他来较量一番。”陈祎满是自负地说。

“悖论无情，到时你可别后悔。”

“放心，我自幼孤苦，绝不会为一切正与反的哲学而瞻前顾后。”

奇怪的是，陈祎在铁窗紧闭的屋子里等了一年多，那传闻中的破窗而入者，无论其是龙王、野兽还是僧人，都始终没有出现。尽管附近一带州县，常有各种关于被破窗而入者洗劫的可怖传闻。期待太久而从不呈现的恶，也会带来某种失望。

偶尔碰到下雨时，透过草棚下的窗缝，陈祎会看见门外有二三过客行旅，站在他家的屋檐下避雨。待雨霁，他们便匆匆离开。在《太平广记》的荒凉时代，街头空得发黑，末日昭然若揭。没有一个人愿意在别人的窗前停留太久，更谈不上破窗而入。

公元615年的夏日快结束时，那位常对陈祎谆谆教诲的忘年交长者，也因病去世了。故人陆续凋零，落叶凄怆江潭，连平日喜欢谈论破窗这事的邻居与朋友也少了许多。陈祎常感有些难言的寂寞，亦无人可说。有时，子夜风啸，万象云集，斗转星移与万有引力会震得铁窗哐当当地响，仿佛有人在外面用石头飞投乱砸。某种暴烈的预感，也会在他紧张的心里闪现几下。但最终，这镔铁草窗前仍什么都没有发生。他在窗前读书、饮酒、发呆与苦等一个莫名怪物的到来的日子，几乎熬干了那些他在未来必将横空出世的漫游与激情。他还是个少年，却已像个空老林泉的匹夫一样，充满了对恐惧的麻木与旷代的焦虑。他甚至常从窗内一纵身，翻到窗外，又猛地用头撞击窗棂再翻进来，自己与自己疯狂地演习那场尚未出现过的没有逻辑的暴力。但一无所获。他只能对着这个可以随时打开，又可以随时关闭的黑窟窿摇头叹气，甚至默默地生气，只是当时已惘然。

因萤窗异草间，从未有人告诫他，任何一个过路人都是危险的。那最危险者，姿态婀娜，脊椎弯曲，如一具玲珑摇曳的骸骨，正带着绚丽的凶器风雨兼程地走向他的窗前。

中

自公元602年以来，缑氏镇便始终阴雨连绵。唯有前日，并未下雨，镇子街头有喧哗与骚动，带起飞扬的尘土。一群衙役骑着黑马，带着皮鞭、狗与水火棍，挨家挨户砸门，据说是正在四野搜捕着几个越境的通缉犯。

天茶黑时，一个打着油纸雨伞的行脚女子，路过陈祎家门前，停了下来。她敲了敲门，许是因声音太小，并未有人答应。于是她又绕到窗口前，轻轻敲窗。陈祎从窗缝里望见她，素发布衣，面容清瘦，头戴一顶多边斑竹斗笠，身背云纹青布行囊，风尘仆仆。但衣袂下角有些发黑的血渍。无论如何，既戴着斗笠，同时又打着雨伞，总不免有些奇怪。

“谁？”陈祎在窗缝里问，带着一丝警惕。

“我。”女子答道。

“你是谁？”

“过路的。”

“何事？”

“走得渴了，就想讨碗水喝。”

“只是要水？”

“当然。”

“你是一个人？”

“是。”

“好吧，稍等。”

陈祎说着，便把窗开得更大一些，然后倒了一碗水，递到窗口。

这时，街头搜捕通缉犯的马队又拥过来了。陈祎见那女子端过水碗，刚喝了一口，便迅速背转身去，用斗笠盖住脸，面朝着墙站立，似乎是在躲避搜捕者的目光与尘土。

“既然咱们都这么熟了，我就不道谢了。”女子笑着喝完水，一边用眼角余光瞅着呼啸而过的马队，一边低头颔首对窗口的陈祎说。

“熟？我们认识吗？”陈祎诧异地问。

“当然，不过是在多年以后。”

“多年以后？”

“也就是多年以前。”

“你这话，听不明白。”

“再仔细看看，真不认识我了吗？”

“不认识。”

“也不必急，一会儿找我的那几个家伙到了，你就认识了。”

“哦，还有与你一同出行的同伴吧？”

“不是同伴，只是冤家。”

“现在兵荒马乱的，你一个单身女子，出门太危险了吧。看你刚才紧张的样子，我还以为你就是正在被马队搜捕的那些犯人呢。”陈祎笑道，也是作为一种试探。

“他们搜捕的不是我，而是找我的那几个家伙。”

“找你的那些家伙又是什么人？”

“不过是一群妖怪。”

“哦，那你呢？”

“我是你未来的恋人。”

“什么？”

“不相信吗？”

“开玩笑，恋人哪有未来的？”

“恋人都是未来的。怨恨才是过去的。”

“你总是说些我听不明白的奇怪话。”

“不明白也没关系。看在未来的分上，你能让我进屋躲避一下就好。我怕那帮恶狠狠的家伙找到我，可就什么都晚了。”

“抱歉，这可不行。”

“为何？”

“我不了解你呀。”

“既然你未来会认识我，如今也就算了解了。”

“又是这种话，难以理解。”

“不是吗？生活总是要倒回去想，才能互相理解的。”

“我不知道该如何跟你说话。对不住，我要关窗了。”陈袆说着，伸手取过女子喝完水的碗，然后准备把镔铁窗再合上。

“陈袆，才过了二十多年，你就真的什么见识都没了吗？”女子也同时伸手按住窗棂，忽然发问道。

“什么见识？你怎么知道我是……？”陈袆见她竟直呼自己姓名，纳闷地问。

“就是我俩后来那些事呀，你怎么全都忘了？”女子瞬间眼眶湿润，用瞳孔直勾勾地盯着陈袆，如两堆燃烧的火。

“忘了什么，这个……你贵姓？”不知为何，陈袆忽然冒出这么一句来，似乎是要确认什么。

“你让我进屋，我就告诉你。”

“不不，你进来是会有危险的。”

“什么危险？”

“不瞒你说，不久之后，我这屋子可能会有人来。”

“来个人算什么危险？”

“是不速之客。”

“既是客，又有何危险？”

“说是客，也可能是野兽或妖怪。可能会猛地驾到，然后破窗而入，把我与这里的一切全都毁掉。所以，为了避免伤及无辜，你还是尽早离开比较好。”

“哦，你说的是这件事呀，我也略有耳闻。”女子瞬间转笑道。

“看来你也听说了。那请快让我关上窗吧，抱歉了。”陈袆却依旧严肃地说。

“我可不觉得这是什么危险。”女子收敛笑容，并擦干泪痕。

“来者不善，这可不是闹着玩的。”陈祎正色警告道。

“世间事，哪件不是闹着玩的？”

“我可没开玩笑，此地不宜久留。水你也喝了，快走吧。”

“不，我偏不走。”

“唉，如果你真走得太累，想歇脚，可以去找客栈嘛。或者你就去旁边邻居的屋檐下待着也行。反正别在我这窗口前。回头受伤了算谁的？”

“我就在你这儿，哪儿也不去。”

“这姑娘家，真是岂有此理。”

“想讲理，你就让我进屋去呗。”

“绝对不行。”

“真的？”

“真不行。”

“那如果我自己跳进去呢？”

女子说到这里，看陈祎死按住窗棂不放，便忽然收了雨伞，然后将伞尖飞快地插到窗棂与窗台之间，别住了窗枢。

“你这是干什么？”陈祎有些生气了。

“进入也只不过一念之差，人生在世，何必在乎方向？”女子争辩道。

“什么意思？”

“怕有人破窗而入，你就不会先破窗而出吗？”

“真是不可理喻。”

“内外皆无，就像未来与过去，也都是你现在的观念而已。以后你还将在森林与沙漠中漫游十九年，无有恐怖，现在到底在怕什么呢？”

“唉，姑娘真好生古怪。”陈祎抓住雨伞尖，试图继续关窗，但雨伞尖却像焊死了一样纹丝不动。这时，远方的街头一阵大乱：在烟尘中，出现了一群偷渡越境的家伙。其中一个走路东张西望，衣衫褴褛似泼皮，毛脸尖嘴皮包骨，干如瘦猴；一个挑着行囊担子，浑身鬃毛散发着饭馊味、粪便味与精液味，像只肥头大耳的黑野猪；一个是脖子上挂着骷髅串，腮帮子下的虬髯编成上百根小辫，穿着粪扫衣的猥琐头陀；还有一个中年男子，身披破衲，背悬小竹书架，书架上插着雨伞与卷宗，虽脸色如菜，油腻的表情却带着旷古的麻木与对色情的眷恋，浑浑噩噩地骑在一匹疲倦的白马上。那马许是刚撒完尿吧，肚皮上的卷毛与阴囊都脏兮兮的。这群家伙因长途跋涉，露宿山林，长期不洗澡，故虽离着老远，满大街却都能闻到他们带来的恶臭与臊气。他们那种潦倒的苦闷、妖魔的野蛮，加上多年流浪积累下的放荡不羁与对人间的恨意，呈放射状在街头散开，令镇上路人触目惊心，纷纷避让。

最令陈祎意外的是，那搜捕这些家伙的马队、皮鞭、狗与水火棍，明明正在与他们迎面相遇，却像风与水晶般交叉着穿了过去，仿佛互相之间根本都不存在一样。在这片看惯了悲惨世界与灾难的茅屋窗前，还从未出现过如此的镜像。

“看，他们已经来了，你还等什么？”女子指着远方对陈祎喊道。

“他们就是要找你的那帮人吗？”陈祎问。

“对。但也是来找你的。”

“为何找我？”

“人生苦短，除了你，便是我。非此即彼而已。”

女子说着，竟忽然脱下了斗笠，解开布衣。她在窗口露出了绝世美艳的面容、皮肤、乳房、肋骨、脊沟、阴毛与臀部，它们共同构成了一道壮丽的抛物线。蔷薇般醉人的少女嘴唇，充满了粉色的恐怖，与一种看一眼便令人胆寒，足以让群氓为之亡国，又立刻可以催人泪下的诱惑。此刻，一滴新雨打在她弯曲的颈窝上，犹如昔日恋人痛楚的破绽与往事的漏洞。肉体真是最伟大的天赋，因任何别的天赋皆可学得来，唯肉体的天赋无法被模仿，徒令一切自惭形秽者望洋兴叹。但数千年了，缑氏镇可从来还没有一个人敢在大街上脱衣服，更何况是个绝色女子。陈祎也惊呆了，不知道这是不是幻觉。

“你这又是作甚？”陈祎有些惊慌了。

一愣神间，就听见瘦如干猴的那个通缉犯，似乎已望见了他们，远远地就冲着这女子与陈祎尖声嘶喊道：“妖怪，休遁，拿命来！”

眼耳同相，声色同宗之间，只见那瘦猴腾空而起，举起一根铁棍，凌空疯狂旋转，将他们所有同伙都卷起来，一阵乱搅。这搅拌竟将他们全都集中合并在了一起，并在基本粒子、六维时间与一个绝对速度中不断更迭、翻覆，最后变成了一团并行不悖的火。这团假借心猿意马、五蕴一体、不分彼此的真火，冲着他们飞奔宣泄而来，刹那间便快到了。

情急之下，陈祎不得不一伸手，将那女子拽进了屋里，然后紧紧关上了铁窗。窗外狂风突起，大雨倾盆。凶猛的怪叫、火舌与砸窗声如千万颗铁钉，将他的记忆与期待分隔开。他不知道自己还能不能等到那破窗而入者的到来。

下

记忆浑水鱼，江山一把抓，璀璨的封闭令时间扭曲成一团，凝固如死的金色。屋子里热极了，如远东歧途上一个著名的大蒸笼。铁窗紧闭后，任何伟大激情与传世麻木都会显得漆黑一片，并互相不认识彼此。两个完全在观念中偶然相遇的恋人/路人，也会通过此黑暗而怀疑对方。

“怎么又愿意让我进来了？”女子进屋后对陈祎笑道，有些得意。

“不让你进来，你不就死在他们手里了吗？”陈祎赶紧抓过衣服给她盖上。

“那有什么关系，万一我也是妖怪呢？”她说话时，裸体如百叶窗一般收起来，瞬间又变回了刚走到窗口下要水喝时，那个朴素的过路女子模样。

“你这是贼喊捉贼吗？”陈祎忽然明白了什么。

“也许吧。”

“那些家伙为何要追杀你？”

“不清楚。大概他们知道我会来找你。”

“你究竟为何要找我？”

“就是为了阻止你见到他们呀。”

“莫非？”

“嗯，你猜对了。”

“猜对什么了？”

“他们追杀我是假，救你才是真。”

“救我，为何救我？”

“为了你以后要做的那些大事。”

“笑话。我现在挺好的，不需要任何人救。”

“他们都是些二十多年后的你。其实也没有‘他们’。”

“没有他们？”

“对，那团五蕴一体的火，都是你。”

“那我现在又是谁？”

“现在的你只是你自己的过去，仅仅是过去。”

“你呢？”

“我说过了，我是你未来的恋人。”

“这可真荒唐，乱套了。你得让我想想。”

“恋人的逻辑都是荒唐的。正因为荒唐，才值得相信。”

“我可不相信。”

“嗯，世界也总是先有不相信，然后才有事件。”

“这又是什么疯话？”

“只是一点实话。”

“你用什么证明你说的是实话呢？”

“就用窗外的变化。”

“什么变化？”

“从我被你拉进屋时开始，我们的关系就变了。而且，你与世界的关系也会变。以后你每次打开那铁窗时，外面的东西都会不一样。”

“怎么会？”

“不信，你现在试试看呗。”

听她这么一说，陈祎将信将疑地走到窗前。那窗棂已被外面的飞火烧得滚烫发红。可他的手一摸到窗框，却感到一阵清凉。他先把窗打开一条缝，见火舌舔进来，如燃烧的虎群直扑面颊，便又赶紧合上。过了一会儿，他又去开窗，看见外面正在下雨，大街无人。再开，雨水变成了漫天横飞的蔷薇花瓣，瞬间又变成倾盆而下的血污、尿液与粪便，恶臭扑鼻。他不断打开，又关上，然后再小心翼翼地打开。那窗扇就像两沓疯狂叠加的扑克牌，被他紧张地洗来洗去。他被那些一致空间与拓扑空间里飞快变化的事物惊呆了。窗外流变的事物的确与最初不同，也与最后不同。窗是变量与矢量的交界处。窗是一个场、一个集、一个随机转移的马尔科夫过程。无限性就是它的零。随着无数次开，无数次关，女子也在窗外的光线照射下，在骸骨、野兽、妖怪、老妪、老头、少妇与少女等之间不断地震动，极尽变幻，并对着惶恐的陈祎怒吼、询问、哭泣或轻言细语地说着一些依恋的话。

“怎么，你过去那么爱我，现在竟敢不认我了吗？”屋子角落里，一个满脸皱纹的老太婆朝他叫喊道。

“不留下来陪我，我就吃了你。”从房梁上垂下来一头巨蟒，对他吐着芯子说。

“可怜马齿添新岁，自觉猪肝累故人。姓陈的，别忘了你只是一具臭皮囊，何必在老朽面前伪装野狐？丛林五百年来，我通透古今，什么狂妄的货色没见过，你算老几？”门外忽然有个白发老叟咳嗽着说，嗓音颇熟，但又听不出来是谁。

“什么破门而入，就是个假设的骗局，你们都上当了。”隐约还能听见远处街坊们的嘲笑声。与这些喧嚣交杂在一起的，还有每次打开窗时，陈祎所静观到的、在奇异的反时间中翻滚的事物：

五蕴一体的心猿意马在向窗口疯狂地吐火与铁钉

夹带着陨石与反物质的暴风雪横扫窗台，镇上天寒地冻

一个留辫子的人蹲在不远处的大街上抽鸦片，腰间挂着一颗美人头

浩荡的军队与装甲车堵塞路口，天上有密集的战斗机掠过

发生了起义，枪声四起，窗口上留下无数弹坑

大海汹涌，房屋漂浮，一头蓝鲸从缑氏镇的上空缓缓游过

又有一个相同的打雨伞的女子来敲窗，讨一碗水喝……

折叠波澜般密集滚动的风景在铁窗中流变，使陈祎眩晕。最后一次打开铁窗时，他甚至看到窗外也是一间屋子的内部。那屋子与他的屋子基本对称，有四面墙，一张书案、一把椅子，以及水壶、炉火与床等，只是完全相反。窗外变窗内，而陈祎则站在窗外。也有两个男女在那屋子里纠缠、碰撞、喊叫和流泪，并一起恐惧地望着窗口，也恐惧地望着他。仿佛他就是那一群扑向窗口的妖怪。未来的自己是不会认识现在的自己的，当然更不会认识过去的自己。这正如过去与现在的自己，也从不会承认自己会变成未来那个样子。每个人都会仇恨自己的未来，爱自己的过去，只是自己不知道罢了。时间根本就是一团糨糊，而非线性的单行道。在时间湍急的螺旋形中，所有

空、无、纵欲、快乐、皮相、健康、思念、记忆与逻辑等，也全都是一系列的假设，互相之间本没什么关系。

只有恋人的激情能把这一切无关的痛苦，全都串联起来。尽管恋人的肉身在每个时期都会不断变化为另一个新的人，但激情的种子却还是原来那个。只有天体物理会逐渐向外发展膨胀，激情则从不发展，只会秘密地向内萎缩。

“想要躲开破窗而入者的袭击，只有一个办法。”女子忽然对陈袆说。

“什么办法？”陈袆已对铁窗外的变幻束手无策。

“我说过了，就是你先冲出去。”

“那岂不是和那些个家伙迎头撞上了吗？”

“是的。但那就是你的背叛。”

“我的背叛？”

“对。”

“背叛什么？背叛谁？”

“每个人的未来都一样，就是变成自己曾经反对的某个人。”

“我从来就不知道自己反对过谁。”

“不，你都知道。”

“我真不知道。”

“你不是反对破窗而入者吗？”

“是的，但那只是想抵抗他的无理行为，并非反对他那个人。”

“他现在的行为就是在背叛你未来的观念。”

“我可不这么看。”

“我实话告诉你吧，他就是玄奘。”

“谁？妈的，玄奘是谁？没听说过。”

“就是你呀。以后的你。”

“岂有此理，我姓陈名祎，坐不改姓。”

“现在的你当然不会承认以后的你。”

“所以，我怎么能相信你这些虚无缥缈的话呢？”

“因为我们是恋人。”

“这我就更不信了。”

“你破窗而出，就信了。”

“你是说现在吗？”

“瞧，你还是在考虑那些卑鄙的时间问题。时间是假设的。根本就没有什么现在，全都是过去与未来，及其第四种无名的形式：时间是可以旁逸斜出的。我的存在也可以指向绝望和偏见，包括我对你说的这些话。因语言迟早都会被蹉跎的，只有往事与激情不会。我就是你未来的恋人，唯一的一个，因我们正生活在过去。恋人不需要时间，只需要时刻。只要有一点绝对封闭的空间，恋人就是可以将几十年浓缩到一个下午的人。而人间那些夫妻，不过是将一个下午稀释成了几十年的人。恋人的存在形式只有一次：第一次，以及最后一次，没有次序和数量，只有变量。就像恋人的肉体与性欲虽然是快乐的，但必须是现场正在进行时，才有快乐。即便偶尔有不快乐的地方，也是为了理解那些现场的快乐。而恋人之爱就不同了。在大多数时候，恋人都是不快乐的，且不必有现场，甚至不必进行。爱就是对无限性的反对。爱就是对有限性与黑暗的默认。恋人不在场，爱仍可以令其中任何一个感到快乐、流泪、痛苦或激动不已，仿佛中了邪。爱是加速度中的信赖，同时也是一系列怀疑、嫉妒、苦闷与焦虑的总和。爱就是恶：因它必须霸占与被霸占，又要互相伪装宽容。我们在铁窗内的交流，只是一个面，如果不计后果地投入，则甚至可能是一个体；但随着时间流逝，又会变成一条线；最后再渐渐远了，不欢而散，便只剩下一个点。所以，你必须冲出去，与那些你不准备变成的人合为一体。维护好你过去的某一个了不起的时刻，等待破窗而入者的时刻，使这时刻不至于在岁月中麻木，变成一个可以被忽略的点。这是艰难的，却是你最必须去做的。因我们都已是过来人。玄奘，你已从未来开始越境，故有今天这一场过时的相遇已足矣，所有一切都已了然。”女子说起来话滔滔不绝，又不知所云。

“你说了这么多废话，我到底该怎么办呢？再说，我真的冲出去了，你又怎么办？”陈祎急切地问，又犹豫不决。窗外的恐怖令他胆寒，像一座绚丽的深渊。

“肉体与美貌看起来是最肤浅的。但我们在最深刻的内心之处，却十分认同这一伟大的肤浅，且远胜于认同任何别的深刻。我都已进来这么久了，怎么，你还没明白吗？”

“明白什么？”

“我就是那个破窗而入者。你可以留下来，但不应该留下来。因我们还会相遇。此刻冲出去，也是你唯一的出路。去吧。”

女子说完，猛地朝他一挥手，陈祎便感到一种巨大的推动力，将他从屋子里掀起来。他看见自己被浓缩成了一团，像个肉疙瘩，旋转着冲向铁窗。窗外古猿翻滚，欲望像野猪，焦虑如流沙。一匹意念的马，踩踏着窗台，将窗踢开了。他看见外面站着一个陌生的光头。光头朝他伸开双臂，嘴里吐着真火，瞬间便把他吸入怀里。他进入光头的骨肉与五脏六腑之中，自己的肉体也迅速膨胀起来，变成了对方。两团肉疙瘩合而为一，皮毛斑斓，成为一头横在唐代的猛虎，一位唯识的失恋者。因他转头看，女子正站在窗口望着他，浑身上下抖动着晶莹剔透的玲珑骸骨。如花在镜两相映，她对他发出苍古而狡黠的微笑。而此刻，那守在窗外的猿、猪、沙、马等便也趁机冲了进去，棍棒、钉耙、火焰和雨水齐下，将女子及其微笑打成了一堆壮烈的灰烬。

雨终于停了。愤怒、失望与眷恋全交织在一起，将陈祎变成了麻木的三藏。尽管他出来了，但他知道，他其实只是个失败者。因那破窗而入者的目的，最终还是得逞了。恋人即抢劫。恋人就是为了毫无理由地被失败者记住。因爱通常都发生在认识了解之前。只有恨与冷漠，才发生在了解之后。恋人是先验的。恋人即他的先驱。虽然他已不得不远行，前途未卜，只为了去沙漠中研究一种没有时间观念的恨与冷漠，研究一种如何能无爱的、流浪的、犹豫而徘徊的，乃至其实事先早已抵达过的思想。但他心里明白，自己这样做，并非因认同那未来，而是因自己早已被那著名的白骨夫人抢走了过去的一切。

2021 年 5 月

叛军时代的绣花针

透出一字却不相识，

急转头来张三李四。

——（宋）大慧宗杲

一

2513年的那个夏日，酷暑焦灼，沦陷于第四次平行宇宙战火中的陈教授夫妇，其无聊的婚姻生活也被一根绣花针刺破了。那一年，后共济会组织的叛军堵满了大街，并向这位著名的中国教授发来了一封招降书。但作为一对乱世眷侣，即便有叛军的炸弹落下来，楼在缓慢地坍塌，他们专注于玄学思维中的姿势，也仍想停在空中。只是他们之间的那根针，却不再能允许这场痛苦的僵持。

他们的空中楼阁太乱了。苦闷的陈教授抽着烟，坐下又站起，来回踱步并叹息。他穿过满地狼藉的书与袖珍电脑，转动了一下被摸得锃亮的金属地球仪，两只脚拖过地板时，还带倒了零碎的实验用玻璃器皿、灯盏、花盆、手机与猫碗。他看了看贴满墙上的记忆卡片，又走到露台上向下俯瞰，如一只痴呆的麻雀。他有时会无端端地朝楼下的云朵吐唾沫。下面只有空气，及一座空旷的空中广场。光天化日下，广场上偶尔也坐着两三个摇着蒲扇乘凉的老头，也有奔跑的儿童、生锈的飞船、穿飞行紧身衣的太空警察、机械车夫、某划时空犯罪嫌疑人或花枝招展的少女。露台侧面，一条弯曲的小径从楼边紧张地溜出来，抱住一粒挂在远方天穹的星球。

那天穹也已被叛军割据了，如一具苍白的尸体。

这些年来，教授夫妇始终在争论一个尖锐的问题——针的问题。

二十年前旧板桥，大约从初婚时开始，绣花针就被其中一个人藏了起来，甚至已经遗失了。奇怪的是，两个人都不愿承认是自己干的。为何要藏一根针？对这问题俩人都回避，多年绝口不提。大概这根针涉及一件极危险的往事吧。

争论本是一种特殊嗜好，甚至是地球毁灭后唯一能传世的恶趣，只是并非每个平行宇宙战火中的人都能接受。如婚姻中的交谈，往往便是对传统情感与形式的争论。家庭、记忆、法律、病、劣等教育、性欲的奥秘乃至历史上担惊受怕的每一个细节，交谈中都会成为婚姻的试金石。如对“两个人之间就没有自由”这一著名格言的发现，在过去，陈教授可能会跑到星际轨道上去叫嚷，与太空生物高谈阔论，或把自诩的哲学告诉素昧平生的异形。

现在则不可能了。因后共济会的叛军袭来之后，大家都散了。

传闻说，叛军已封锁了这座星球的全部运行轨道、光速与出口。还有不计其数的宇宙兵马辎重、机械火铳队与原子装甲舰等，正沿着黄道十二宫陆续开向这里聚集。

他不得不换了个方向争论，重新开始在屋子里批判一根过时的针。

为了强调针的重要性，陈祎还在地上用刺刀划了一条很深的线，作为记号。因那里正是当年针丢失的位置。在屋子里来回徘徊时，他经常用脚去悄悄地蹭地上的那条线，就像一个越界的人在想抹掉什么。

窗外太空蓝幽幽的，以太如泡在一瓶化学药水里。

“这宇宙真糟糕透了，并将一直糟糕下去。封锁之下，所有的轨道都不通，自己会不会也将变成一个比宇宙的狭隘性更糟糕的家伙？”他经常这样想。早晨，如果出门在路上就被叛军设立的关卡阻挡住，他便会索性撤回家中，不再出门。他会躺在椅子上，满怀恶意地对夫人说：“你瞧，又是同样糟糕的一日一夜。如此过下去，世界就全都过时了。”

“你是说叛军的事吗？”夫人问。

“不，我是说，你依然不能理解，也不承认过去那根针的意义。对现在我划出的这条伟大线，你也不懂的。”他忽然转变了话题。

“这么多年了，真不知道你这些抱怨到底有什么意义！”

“当然有意义。”

“针能对我们的生活有什么影响？”

“当然有影响。影响甚至超过了外面的叛军。时间是会反转的。”

“胡说，我看这都是你臆想出来的。”

“臆想与现实有区别吗？”

“我可不想再继续纠缠这个问题了。”

“你是不敢面对自己的衰老吧？”

“不是我不敢面对，而是我认为你完全把你那些心病，把我们生活的2513年，与你那根曾经将你卷进时间史的什么‘神针’小说搞混淆了。”

“你是在说我精神分裂吗？”

“我看差不离。封锁的困境人人都有，你到底想怎样？”

“我迟早要冲决网罗。”

“就靠在一根针丢失的地方刻舟求剑吗？可笑。”

“是大海捞针。也许找到针，就得靠地上这条线。”

“那岂不更荒谬？”

“瞧，你终归只能理解那些看得见的事物。”教授有些赌气地说着，又伸出脚去，想将划在地板上的线蹭掉。可线是坚硬的，划痕也深如血槽。那地板下不知有什么东西，正在秘密地爬动，其声宛若有无数爪子在敲门一般，发出令夫人紧张而焦虑的轰鸣。

二

夫人提到的所谓小说，即《定海神珍铁》（或名《定海神针》）的确是陈教授始终在写的一篇重构式文本。他本不写作，但因被叛军封锁以来，无所事事，便每天关在以太筑造的空间站读书，秘密地编撰着这件荒谬的历史逸闻。这小说或是来自他对夫妇俩关于绣花针争论的怨气，但又是一篇与往昔地球传奇密切相关的文字。只是因盗用了水怪“无支祁”的事，为避免读者对援引《山海经》、《古岳渎经》、《唐国史补》、《戎幕闲谈》、《太平广记·李汤》及《西游记》中关于无支祁、铁、金箍棒与大海等的演绎产生误解，后来教授索性将这篇作品以《德山棒》名之。可惜，因叛军袭来，他方寸已乱，写作也半途而废了，只剩下提纲。

此处不妨全文摘引如下：

德山棒

——关于“一”的小说提纲与注释

小大

小则为针，大则为棒。针与棒者，其理一也。小与大也只是人的观念。越小越准，如宋僧道原《景德传灯录》卷二十五载：“夫一切问答，如针锋相投，无纤毫参差。”《太平广记·李汤》云上古淮水妖怪无支祁能“辨江淮之浅深，原隰之远近”，与《西游记》第三回龙王所言，定海神珍铁“是大禹治水之时，定江海浅深的一个定子，是一块神铁”等的说法是一样的。庞大得“颈伸百尺，力逾九象”的无支祁，以及照无支祁的巨猿形貌与印度神猴哈奴曼而塑造的心猿孙悟空，皆能大能小。金箍棒也能大能小，就是一根测量人体健康深浅，男女爱恨深浅及江海水位深浅的针。

海底轮

道家内丹称人体会阴穴为“海底”或“海底轮”，阴茎及男子性器即可称“定海神针”。

大海捞针

大海捞针，本出自元人柯丹丘《荆钗记·误讣》之句：“此生休想同衾枕，要相逢，除非东海捞针。”明人王錂《春芜记·定计》也有云：“觅利如大海捞针，搅祸似干柴引火。”但在《西游记》中，孙悟空于东海底捞出定海神针，可谓此语之最佳表达，亦隐喻出作者对心猿即将翻滚人间，想要借助某种工具破魔，如大海捞针一般艰难。

铁

《说文》云：“铁，黑金也。”黑色即玄色，故亦名“玄铁”。清人张书绅评《西游记》第三回写心猿取天河定底神珍铁时，批云：“心原归诚实不动，故曰铁。”又评曰：“夫定海神珍，既言心之德矣，何以又云‘铁’？凡心为物蔽，浑然黑暗，故曰‘铁’。克者有如铁砖磨镜，而使之复明也。”

治病

针灸之针，最早是用石头磨成，所谓针砭。《广雅》云：“针者，刺也。”《素问·病能论》云：“有病颈痈者，或石治之，或针灸治之而皆已。”早期为竹针（故写作“箴”，所谓箴言，即针砭时弊与劝诫之语），后来有金银铁针（改写作“鍼”）。但按金丹派的观点，针与穴位之关系，即《西游记》中金箍棒与各种妖魔“洞主”之关系。所谓降魔，即是治病而已。

金吾

金吾（音御）有几种解释：金乌神鸟、龙子、禁军以及一种棍棒。如晋人崔豹《古今注·舆服》言：“汉朝执金吾，金吾亦棒也，以铜为之，黄金涂两末，谓为金吾。”

德山棒

唐代德山宣鉴禅师，生于唐德宗建中三年（782—865），俗家姓周，终年八十四岁。经常向僧人们宣讲《金刚经》，人称为“周金刚”。德山常以棒打为接引学人之法，形成特殊之家风，世称“德山棒”。如《五灯会元》卷七载：“道得也三十棒，道不得也三十棒。”《景德传灯录》卷十五云：“师寻常遇僧到参，多以拄杖打。临济闻之，遣侍者来参，教令：德山若打汝，但接取拄杖，当胸一拄。”

铁杵磨成针

磨杵成针之渊源或是禅宗之“磨砖成镜”。而宋人祝穆《方舆胜览·磨针溪》所言“象耳山下，世传李太白读书山中，未成弃去，过是溪，逢老媪方磨铁杵，问之，曰：欲作针”云云，当属杜撰。铁杵岂能磨成针？再者，针乃极贱之物，老媪为何不干脆买一根？唯一的可能便是老媪欲启蒙李白：世间只有不可能的事才值得做。就像写诗。

金针诗

道家房中术称男性晨勃为“一柱擎天”，俗语谓阳物为“肉棒”。阴茎（棒）与阴道（洞）的关系，也像是心猿的金箍棒与妖魔洞主的关系。而棒即针，亦指阳物，故冯梦龙有诗云：“携手揽腕入罗帏，含羞带笑把灯吹。金针刺破桃花蕊，不敢高声暗皱眉。”

呼吸

窃以为人以呼吸为第一德山棒，随时拍打自身五脏六腑。如《内经》言：人昼夜呼吸一万三千五百次，故金箍棒重一万三千五百斤。

女红

写女红之绣花针，最细腻者，莫如陈叔宝之句：“月小看针暗，云开见缕明。”针缕即针线。

俚语

好或厉害，俗言“真棒”或“太棒了”，大抵亦来自禅宗德山棒之世俗化流传。

兵器

棍棒乃兵器，历代传奇演义中善用棍棒的人很多，如《封神演义》中的雷震子，《飞龙全传》中的赵匡胤,《水浒全传》中九纹龙史进、山士奇,《隋唐演义》中的雄阔海、杨林，以及《说岳全传》中的张保、王横、郑怀等。即便是林冲，也应该是精通棒法的，所谓“八十万禁军枪棒教头”。当然最集中的体现者，仍是《西游记》中的孙悟空及其金箍棒。使棍棒的人多大力量者，如俗云“锤棍之将不可力敌”。北齐魏收《魏书·尔朱荣传》亦云:“人马逼战，刀不如棒。”“枪扎一条线，棍扫一大片。”冷兵器实战中，棍棒的威力是很大的。

棒喝主义

近代棒喝主义（棒喝党）与禅宗无关，是指法西斯主义，因“法西斯”一词在意大利语和拉丁语中与古罗马的“束棒”“权标”有关，故亦译为“棒喝主义”。鲁迅在《三闲集》序言中言:“我当初还不过是‘有闲即是有钱’‘封建余孽’或‘没落者’，后来竟被判为主张杀青年的棒喝主义者了。”

棍

古代称骗子或混江湖者为“棍”。后衍义多有，诸如恶棍、赌棍、色棍、文棍等。

三猩一体

元人吴昌龄杂剧《唐三藏西天取经》中，有孙悟空为“无支祁是他姊妹”之句。无支祁的完整形象出现于唐人李公佐《古岳渎经》，与之产生年代差不多的唐人无名氏《补江左白猿传》之千年古猿，以及印度《罗摩衍那》神猴哈奴曼，则是他们的另外两位兄弟。此三猿共同构成了孙悟空之相貌特征。《西游记》中孙悟空拜师菩提老祖时，其所谓“灵台方寸山，斜月三星洞”，除了象征“心”字之外，斜月明显是明代作者受到《古兰经》与穆斯林的月亮崇拜，以及明代摩尼教光明分子与黑暗分子斗争的影响，而三星正是此“三猩”之喻。猩即猿，且猩比猿更近人，因能说人话。如《礼·曲礼》云：“猩猩能言，不离禽兽。”孙悟空则只是一个虚构的小说人物。真正的心猿是分裂的三猩：其一哈奴曼（以及后来佛教史的释悟空车奉朝、石盘陀等）仅代表取经之方向；其二为掠夺妇人，窝藏爱情的江左白猿，代表对色情与诱惑的迷恋；其三无支祁则是最黑暗、最隐蔽，也是最中国式的一个，即代表天才的愤怒、压抑与囚禁。他因得不到世俗的理解，而被锁在水底，就像“定海神针”。想必鲁迅《中国小说的历史的变迁》所言无支祁之重要性，亦有此意。

一

“一”并不是一个数学概念，正如针与棒也不是工具，而都是辩证长短大小即时间与空间的思维方式。故“一”是不能诠释的，也是不能被重构的，只能拿来叙事。

关于恶棍无支祁与恋人狡雪茧传奇的三则思绪

一、传奇：上古冰河时期之前，无支祁本是淮水边一个肆无忌惮的少年，其相貌黑瘦若猴，金目、白牙、一头白色长发，但却日食三猪，力逾九象。无支祁有恋人名狡雪茧，也有一头罕见的黑色长发。某日，狡雪茧因在井口边洗头发，发长入深井，搅动波澜，意外引起了井龙王的注意。井龙王抓住其长发，将狡雪茧拖入井中，消失不见。无支祁闻听恋人被井龙王所捉，井边只留下一根恋人平时为他裁衣缝补时用的绣花针，便潜入井中寻觅。他意外发现井水与淮水相通，而淮水则与东海相通。无支祁从井中游到淮水，乃至东海寻觅恋人，但依然不见踪影。气恼之下，他索性常年在水下漫游。这期间，他打杀过无数鱼龙虾蟹。数年后，在井龙王的宴席上，他终于看到恋人狡雪茧的长发。长发与恋人的尸首都被制成标本，挂在龙宫。无支祁当场屠杀了井龙王及其族人。为发泄不满，他还经常搞得淮水一带水上水下的人家都不得安宁。他多年守着恋人的标本与那根生锈的针，在水下孤独地哭泣，漫无目的地游荡，久而久之，他对各江河湖海的深浅已了然于胸，且身上长满青苔与鳞片，并患上了可怕的恋尸癖。为了复制恋人这场不明所以的被杀事件，他杀了太多无辜的生命，刻意让世间人都去经历他的痛苦。反正狡雪茧已香消玉殒，爱情毁灭了，痛失恋人，那就可以让所有人都去死，哪管它洪水滔天。无支祁因爱的困境而成了危害一方的水怪。

二、假设：大洪水的出现，最初本是禹虚构的一场灾难，目的是统一土地，并搜捕反对他的民间异见分子。就统治本身而言，禹的计划也是如何做到“天下一”。为了征服所有民间的反对者，禹将包括无支祁在内的很多人，都妖魔化了。无支祁可能只是一个地方上的复仇者、犯罪者。但在虚构洪水的时代，却是可以用来作为标本的。因只有将民间的反对者妖魔化，才符合“路西法效应”[①]，即好人是如何堕落为恶魔的。无支祁的遭遇，与路西法效应有类似性。因他在禹所虚构的洪水中，发现这是禹设计的骗局。虽总有洪水要来的消息，可真正洪水却从没有出现过，这引起了生性敏感的无支祁的怀疑。而且，禹派遣来治水的官僚，层出不穷，并不断对各处的人与事重新洗牌。淮水一带根本没有洪水，可还是被勒令遵守禹定下的“规矩”。禹是想在“治水”的过程中，重新划分他想霸占的地盘。无支祁仗着力气巨大，动作敏捷，率领淮水一带的强盗、罪犯与反抗洪水之设计

① 路西法（Lucifer）本是基督教或犹太教中的堕落天使，见《旧约·以赛亚书》14∶12，意思为“明亮之星”。因1971年，美国社会心理学家菲利普·津巴多主持了著名的“斯坦福监狱实验室”，将一群本来单纯的大学生分为狱卒或犯人两批关在一起，后来大家都因各自的困境，角色与环境的影响，相继蜕变为恶魔般残暴的施虐者和犯罪者，故名“路西法效应”。

者，一起抵制禹的规矩。但在与禹派来的庚辰的混战中，无支祁最终还是失败了。庚辰被任命为淮水之神，而无支祁被禹用铁链捆绑囚禁在龟山水底之下。他每日在黑暗中口吐白沫，因伤口化脓而浑身散发着恶臭，于是被禹宣布为水怪，还被说成是一块冥顽不化的铁，一根叛逆的针。

三、奥义：无支祁是一个反“规矩”的妖魔。而《史记·夏本纪》载，大禹手中是“左准绳，右规矩”。这个形象有不同诠释。一说“准绳”不过是结绳时代的记录方式，而圆规与直尺则是测量土地与江海的工具。在出土的伏羲女娲的双蛇帛画或墓画上也有这两件东西。墨家的所谓“矩子”似乎也与此有关。这两件东西也是中世纪后“犹太共济会”的象征。至今，从英格兰 1717 年才出现了三百多年的“石匠共济会”之符号，也是“曲尺与分规”。禹（一般认为公元前 2029—公元前 1982 年在位）的规矩及其价值标准，有可能是来自古代犹太教吗？这里也涉及一个东西方共同的玄学假设，即路西法（恶魔）在大洪水时期是否存在几种不同遗族的问题：一是基督教中普遍的概念；一是以撒旦为秘密主的犹太教神秘主义，即共济会思想的源头，包括弥尔顿《失乐园》中所表达的堕落天使的战争伦理，目的是要重塑宇宙形式；一是古蛇，即包括《启示录》中的大红龙、佛教与北欧日石文化的“卍”字崇拜以及以龙蛇为图腾的中国。共济会的符号很多：诸如字母G（即上帝God or General或神圣的几何学Geometry）、666、金字塔与全视之眼（美元上的图案）、六芒星等。但只有分规、曲尺与法典，在历代共济会中一直被看作“会所的家具”，即会员“完成个人实践、突破三重黑暗、重见理性光明”时的工具，被称为“三重伟大之光”。但在大禹手中，只有准绳与规矩，没有法典。代表理性光明的“法典”与代表自由与爱情的“无支祁”（及所有类似的民间天才），可能都被禹的权力（大洪水）遮蔽了，抹掉了。后来的《尚书·禹贡》，却是战国时人之伪作，且通篇都是划定江河与地盘之官文和地理学，与犹太法典以公义与禁忌定天下的性质完全相反。中国人尊天子为龙。大禹是龙（共济会龙族与中国皇帝并存），一些传奇中的无支祁也并非猿猴形貌，而是恶蛟，即龙形妖怪。这三种龙是不能并存的，其中一种必须反对另外两种。从这个逻辑上看，真正的“共济会式路西法”可能是禹，而非无支祁。是禹为了统治中国，只显示出作为中国皇帝的一面，其余的恶魔身份则嫁祸于无支祁及其他反对者。明代《西游记》前十回的作者与后面九十回，不像一个人所著，文字风格也迥异。前十回作独立的“妖猴传”，目的就是想如大海捞针一般，将无支祁从共济会式恶魔龙族的传奇中拯救出来，化为一只自由主义的心猿，也作为禅宗或道家“打倒一切世俗规矩”的象征。当然这奥义是不能被证实的，也不能证伪。这奥义亦是我写的一种传奇。

注：

关于上古淮水水怪无支祁（亦写作巫支祁、无之奇等）的传说很多，此不赘言，但可引宋《太平广记》卷467《李汤》所载，因较为详备："唐贞元丁丑岁，陇西李公佐泛潇湘、苍梧，偶遇征南从事弘农杨衡泊舟古岸，淹留佛寺，江空月浮，征异话奇。杨告公佐云：'永泰中，李汤任楚州刺史时，有渔人，夜钓于龟山之下。其钓因物所制，不复出。渔者健水，疾沉于下五十丈。见大铁锁，盘绕山足，寻不知极。遂告汤，汤命渔人及能水者数十，获其锁，力莫能制。加以牛五十余头，锁乃振动，稍稍就岸。时无风涛，惊浪翻涌，观者大骇。锁之末，见一兽，状有如猿，白首长鬐，雪牙金爪，闯然上岸，高五丈许。蹲踞之状若猿猴，但两目不能开，兀若昏昧。目鼻水流如泉，涎沫腥秽，人不可近。久乃引颈伸欠，双目忽开，光彩若电。顾视人焉，欲发狂怒。观者奔走。兽亦徐徐引锁拽牛，入水去，竟不复出。时楚多知名士，与汤相顾愕悚，不知其由。尔时，乃渔者知锁所，其兽竟不复见。'公佐至元和八年冬，自常州饯送给事中孟蔺至朱方，廉使薛公苹馆待礼备。时扶风马植、范阳卢简能、河东裴蘧皆同馆之，环炉会语终夕焉。公佐复说前事，如杨所言。至九年春，公佐访古东吴，从太守元公锡泛洞庭，登包山，宿道者周焦君庐。入灵洞，探仙书，石穴间得古《岳渎经》第八卷，文字古奇，编次蠹毁，不能解。公佐与焦君共详读之：‘禹理水，三至桐柏山，惊风走雷，石号木鸣，五伯拥川，天老肃兵，功不能兴。禹怒，召集百灵，授命夔、龙，桐柏等山君长稽首请命，禹因囚鸿蒙氏、章商氏、兜卢氏、犁娄氏，乃获淮涡水神，名无支祁，善应对言语，辨江淮之浅深，原隰之远近，形若猿猴，缩鼻高额，青躯白首，金目雪牙，颈伸百尺，力逾九象，搏击腾踔疾奔，轻利倏忽，闻视不可久。禹授之童律，不能制；授之乌木由，不能制；授之庚辰，能制。鸱脾、桓胡、木魅、水灵、山妖、石怪奔号聚绕，以数千载，庚辰以战逐去，颈锁大索，鼻穿金铃，徙淮阴之龟山之足下，俾淮水永安流注海也。庚辰之后，皆图此形者，免淮涛风雨之难。’即李汤之见，与杨衡之说，与《岳渎经》符矣。”

三

“都这么久了，你那小说写完了吗？”夫人冷嘲似的问。

“还没有。”陈祎教授望着地上的线，静静地说。

“怎么，是写作到了瓶颈期？”

“倒也不是。”

“那是为何？”

对于夫人的怀疑，陈祎从不想正面回答，只是望着地上的线。婚姻空间实际上是一种被压缩的空间，即以时间的长短来代替空间的自由。故婚姻之意义总是具有格言般的魅力：掐头去尾，去芜存菁，只保留最必要的选择性记忆。正如夫妇之间有些心事、焦虑、挑剔与癖好，是绝不能向对方提及的，这一点陈祎早在地球毁灭之前就已明白。不述说，不沉默，也不过多地与对方在一起，这使他能有机会像青年时代那样，把自己仍当作一个坚定的，能正视自己孤独的人。婚姻中的孤独也是此消彼长的。

多少年里，陈祎夫妇都过着“你拿起书本，我拿起绣花针，黎明时不知不觉，我们停止了接吻”的厮守生涯，直到互相厌倦。即便陈祎后来刻意在地上划了个“一”字，并默默地与夫人共同凝视着它，这抽象的“一”，也是他们对绣花针的共同误解。

奈何叛军的出现与围困，瓦解了他们若干年的定力。

“陈祎，何必再躲呢？战火复燃，叛军迟早会来搜捕你的。”夫人冷笑道。

“不是躲，而是解决这种困境，需要的是思维方式。想从这间屋子里冲出去，打破多年的思维方式才是我们唯一的出路。”教授说。

“既然世界是‘一’，怎么能打破？”

“你相信无限吗？”

“当然。”

“你肯定？”

“为何不能肯定，难道这平行宇宙是有边界的吗？”

“好吧，既然你相信无限，那也就能打破‘一’的困境。”

“我不明白。”

“你若真的认为有‘无限’，那也就等于同时否定了它。因无限如果正在发生，便必须是持续扩张的、一直不断向外或向内膨胀的，无论时间还是空间。在无限持续的无限中，任何无限大与无限小，就都失去了大与小的意义。大与小必须有比较才存在，不是吗？”

“听起来好像是如此。所以呢？”

“‘一’是无限的，没有长短粗细，没有大小。以此类推，平行宇宙的存在形式，也并不一定是时间与空间，而是另外一种或无数种。譬如，另一个宇宙很可能就在针尖上、在以太里，我们根本无法想象。”

“所以呢？”

“所以，这里就是出口。”

“哪里？

“就是地上这条线。”

陈祎说着，忽然伸出两手，俯下身去，将地上的“一”字抹掉，然后又从抹掉的痕迹当中将空间站楼阁的地板分开，犹如在掰一条柔软的裂缝。地板露出了一个黑窟窿，窟窿里是外太空中的星云、漂浮物与蓝色的无。

“你们上来吧。”陈祎朝那黑窟窿里喊了一声，于是便见有全副武装的泼猴、机械狗、赛博朋克野猪精、生化人沙僧、宇宙异形章鱼、新克隆战士、铁食人蚁、翼龙与驾驶着喷气摩托艇的六丁六甲等，数以千计，纷纷从地板下的外太空里冒了出来，迅速填满了他们生活多年的楼阁。

“哼，臭和尚，我就知道你会这样。这么多年厮守在一起，你都装聋作哑，就想用你发明的这荒谬的‘一’字来折磨我，欺辱我。如今你终于现原形了。”夫人看着地上的黑窟窿朝陈祎喊道。她一龇牙咧嘴，便也恢复了往昔女妖的模样。她从口里取出她藏匿了多年的那根绣花针，针在瞬间就变成了一条铁棒。

“我的针果然是被你藏起来了。”陈祎也冷笑一声道。

“那又如何？我透支了全部法力与预言，把你从公元七世纪的中国山林与寺庙中，带到这一千八百多年后的宇宙空间站里来，又与你做夫妻这么多年，无非就是想让你忘掉你在唐朝出家时的那些烂事。你也不仔细想想，你那被禁忌与戒律化的哲学就真的很可贵吗？你悟性太差，顽劣不知趣，总是缩在这个卑鄙的‘一’字里麻醉自己，辜负了我一片痴情。”夫人两眼冒着鲜红的火泪，又说，“看来，你终究是改不了心猿意马的本性了。”

“闲话少说。把针还我，咱们还是分道扬镳吧。”

“针若还给你，我们修得多年同船渡的这场夫妻之恩怎么办？”

“我俩本非一路人，恩也足够了。”

“你倒是说得轻巧。”

“如若不然呢？”

“泼猴，你若不挨打，岂能懂得张口即错、拟向即乖的道理？”

夫人说着，举起铁棒凌空便砸了下来。但这时的陈祎，已化为心猿。他伸出手轻松地便接住了那万钧之棒，顺势一带，便将铁棒夺到自己手中，然后又迅速向对方狠狠地砸去。铁棒正中夫人头顶，但没有血。她旋即抽出了腰间的黑钢雕花雌雄鸳鸯剑。

她绚丽的前额冒出了一缕青烟，青烟后露出她已是一位苍然老太婆的悲伤容貌。

“哼，你这泼妇，外面那些叛军与平行宇宙间从未发生的战火，也都是拜你所赐吧。可惜，你设计的过去与未来，在我心中都已结束了。世界已过时，你还我时间来。”陈袆一边抡起铁棒就砸，一边朝那老太婆嚷道。

“这只是你一个人封闭的观念罢了，”满脸皱纹的夫人说，“在我心中，常年厮守的此刻就是过去，同时也是未来。”

“可我们对‘一’的误解是不会变的，你何必勉强？”陈袆继续争辩道。

“唐玄奘，你这家伙真的好笨。天底下一切事都在竞赛，唯宽容不会竞赛。难怪你的小说写不下去，只能当个废品。你真觉得我这耄耋一生，每日为你缝衣补鞋的绣花针，与你手中的这根自以为能通透无支祁传奇的德山棒，有什么本质的区别吗？”

陈袆听到这话，忽然便陷入了沉默。

而这时，那些刚从地下黑窟窿里冒出来的宇宙中的异形、妖怪、机器、泼猴与野猪，则全都对这妖魔般的夫人亮出了激光、枪支、棍棒与钉耙，并从一粒一粒飞舞的黑色反物质夸克中，开始对她群起而攻之。多少年来，作为玄奘秘密的时空丛林中的兄弟，他们早就对迟早要做僧人的陈袆充满了膜拜，也对这不知来历的女妖凌空虚构出的婚姻，表示过批判与怀疑。只因平行宇宙始终在陈袆所划线的另一面，他们迟迟没有机会钻过来。诡谲的夫人当然也没有半分畏惧。事实上，这样的危急情况在一千八百多年里，反复出现过好几次了。她早已习惯了。此刻，老太婆口中吐火，火焰中幻化出自己少女时代的愤怒，脸颊边带着性欲升腾时的绯红，袒露的乳房、锋利的鸳鸯剑与浑身锁子甲般密集的苍白骸骨，则迅速旋转为六芒星般的恶魔形，扫向每一个从无限性中攻击她的家伙。她尖锐的肉体被振荡得滚烫，八面玲珑的臀部、多毛的器官与大腿如血腥的时轮，似乎可以将任何异域空间的敌人、海底的铁、爱的遗憾与恨的哲学，全都吞噬在她虚构的这场婚姻之夏中。

2021 年 6 月—7 月

点心

她为何有如此奇异的恶癖？说不清。我从未忘记她。因这癖好是我们俩人秘密的、不可告人的、冷酷的甜食。每次我去与她幽会时，饮茶之间，她都会拿出一份粉色的小点心（分为团、卷、饼、酥、糕、饯等，每次都不同），放在一盏卷边青花瓷碟上。最初，这只是暗示。后来则变为一个信号，一种诱惑者的提醒。因点心摆上来，便意味着今夜我们必须要去完成那件令人沉沦的荒唐事。那夺目的恶癖，仿佛被她咬掉了的半截点心上残存的唾液，散发着略微有些让人作呕的光泽。可若不行此事，似乎又会把我们的激情重新变成新资本时代下的平庸之恋，超人的色空亦乏善可陈。古老的恶癖犹如少女出汗时的体臭，夺人魂魄。可对此她始终是不愿诉诸语言的。这并不是什么“羞于启齿”，而是她认为那璀璨的露骨行为根本无法言说。一碟酥软的小点心摆上来了，君非老婆子，我亦不是德山宣鉴，可糖的动力却直逼万有引力，配合着她闺房中那些不朽的明前绿茶、日记、香烟、绳索、胭脂以及她子夜横行的艳姿，对我进行着危险的招隐。

我不自觉地伸手拿起点心，放在鼻子下闻了闻。这也算是某种对恶癖的默许吧。

“会不会觉得有点恶心？”她问。

“当然会有一点。”我说。

“那你为何还要坚持呢？”

“不是坚持，只是你让我戒不掉。”

“可以戒掉的。”

“就算戒掉，记忆也不会变了。”

“记忆也可以忘掉呀。”

“真能忘掉，那就不是恶癖了。”

说着，我刚要张嘴吃，却又被她伸出玲珑的小手阻止了。看到她的小手敏捷如世间最小的白色夜叉，我这才想起来，那点心清脆可口，若进入味蕾，其香味便怡人得像一头在夏日山头被烤得懒洋洋的老虎，但却是必须在事后才能享用的。那也是我们每次在那超凡脱俗的恶癖完成之后，对一丝残留之气味所做出的最好掩饰。

2020 年 9 月

一

曙光发黑，她说自己最终必会重新发现被恋人否定的“一”。

痛苦的恋人为何会对她否定“一”，没人知道。否定的结果是什么，恋人也没说。正如爱很可能起源于对方某个细微的动作、下流的俚语或偶然的冷笑，伟大的失恋也常是从某句不能被顺利表达出来的诧异之言，或完全无理的一句闲聊开始的。

“根本没有一。”恋人说着，很绝情地看着窗外的一排柳树与下水道，无视她的存在。

“这很重要吗？是一还是一百、一千、一万……或者一切？”她也问了一句。

“我不关心重要不重要。我只关心有没有。零有，但根本没有一。”

“到底什么才是你说的一？”

对此，恋人也不回答，且不愿继续谈这个伪数学问题。柳树与下水道的风景完全霸占了他，让他从窗户迫不及待地跳了出去。

她却不甘心。焦虑之时，她会在房前屋后继续寻找那个已坠落的“一”。尽管她对恋人说话时的表情，已彻底失望。窗外明明是十几层楼的高空，哪来的柳树与下水道？

多年后，当我见到她时，在她房间的阴影里，她是完全地和那个“一”在一起的。只不过这件事也是听她自己说的。曙光下，她带着那一代老妪特有的光辉与隔世的疲倦，对我不厌其烦地解释着她那被腐烂的旭日投在地上的、斜长的“一”字形阴影。她言辞激烈，口若悬河地低头批判着这道壮丽的黑色，怒斥光线对自己的遮蔽。她在我面前肆无忌惮，无话不说，还带着一口熟练的脏话，好像我就是那位让她失去了未来的卑鄙恋人。

2020 年 9 月

筋斗云

——或“群魔的玩笑”

黑瘦僧人对空翻的擅长是著名的。据说他能在一根木桩上，穿着制服连续做十几次原地空翻加转体三周半而不掉下来，且连扣子都不松一颗。翻在空中时，他甚至还会有余裕揭开袖子，看看手表，再看看天空。头顶上有一朵痛苦的云。

但这次不同。整个下午已过去很多年了，僧人只在木桩上坐着，纹丝不动。这引起不远千里赶来围观的群魔的不满。因群魔虽各有本领，却一直不会空翻，他们尤其崇拜善于空翻者。他们认为，能做连续空翻之人，便能对恶与虚无做出最高的理解。现在，他们集体站在木桩下起哄、吹口哨、喊叫、直接朝上扔烟头，甚至还会向那家伙身上砸酒瓶子。

“秃驴，你还在等什么，是要我们吗？”其中一个直接吼叫着，摸了摸头上犄角。

“我看空翻是骗人的吧？把时间还给我们，否则吃了你。”另一个嚷道，并一边朝木桩上吐火。

黑瘦的僧人并不回答。木桩下，还站着他的助手：一位蓬头垢面，挎着冲锋枪，衣衫与络腮须发都乱糟糟的家伙。据说此人是方圆数百里有名的强盗，因膜拜僧人空翻的本领，便甘愿做了他的助手。助手的职责是保护僧人，不会被群魔的怒气和暴力压倒。但僧人表情一直很麻木，似乎完全不当回事。他只时不时地整理一下制服上的扣子。

“不是说好了，等恋人一到，我就为你们展示这旷古罕见的空翻吗？就算不空翻，不是还有那个笑话要对你们讲吗？你们急什么。”僧人说。

“恋人不来，他是说什么都不会动的。”助手也替他解释道。

“都这么久了，再拖下去，我们可就白来了。”群魔吵嚷着，发牢骚。

“毕竟还有笑话垫底，不会白来的。”助手说。

“可我们也不知道是什么笑话，到底好不好笑呀。”大家都很怀疑。

的确，从这根木桩，一直到千里外的山林里，所有的畜生都知道，群魔对讲笑话是最着迷的，也是最有研究的。因群魔集体生活于痛苦、变化与对恶癖的惩罚之中，他们心中最渴望的，便是能随时听一个笑话，或有人开个什么玩笑，把经年的毒性与折磨都消解掉。哪怕仅仅是几秒钟也行。有时，就为了这几秒钟的快乐，他们宁愿牺牲好几年的时间。但开玩笑并不容易。大多数时候，他们都笑不出来。

“你准备把我们都拖成老头吗？”群魔怒道。

“也许吧。”僧人冷冷地答道。

“岂有此理，简直是欺人太甚。”一个已经在木桩下住了很久的妖魔生气道，“我几年吃喝拉撒都在这木桩下面，你不嫌臊气，我还嫌龌龊呢。”

“也谈不上吧。别忘了，他也是为了大家的快乐，才会在一根木桩上孤零零地坐了这么久。”助手说着，摸了摸手里的冲锋枪，显得有点焦虑。焦虑有一种焦灼的美。僧人的面孔及其制服毫无褶皱，但这助手的脸、手、瞳孔与枪，倒是都像在挣扎中。助手与僧人似乎也在互相反对对方的态度，就如对那个恋人的期盼与绝望。

日子就这样在一个下午的僵持中过去了很多年。

“既然不做空翻，那就跟我们开个玩笑吧，”木桩下的妖魔终于忍不住，带头喊道，“这也是你一开始答应好的，如果看不见空翻，那就让大家笑一笑吧。”

“就是啊，干脆还是说个笑话吧。否则我们也太受苦了。”群魔随声附议道。

“那倒是应该的。可是，若停止等恋人的空翻计划，那这个玩笑也结束了。”僧人说着并习惯性地撸起袖子，看了看手表。

“什么？”

“玩笑已经开完了。”

“怎么会，我们没听见什么呀。什么玩笑？”

“我的玩笑就是让你们来看我空翻。但我其实并不会空翻，也绝不会空翻。”木桩上的僧人大笑着，终于站了起来，指着助手说，“真正会空翻的是我的恋人。”

“你的意思是……？”群魔很诧异。

“我的恋人答应过，她一定会来。其实她只须一个筋斗云，瞬间就能到这里。可她迟迟不来，让我的等待变成了一个笑话。”

“你，你这是诡辩。”群魔闻言，似乎有点明白了什么，一阵大乱。

“我从不打诳语，”僧人指着助手说，“他可以证明。”

“怎么证明？”

“他经常看到她空翻过来，又空翻离开。”

“耳听为虚。你说他看见，我们又看不见。”

“那我要怎么说才能相信?”

“还是讲个笑话吧。”

“这就是笑话。”

“可我们觉得一点也不好笑。”

“开个玩笑，讲个笑话，也不一定能让所有人都笑。”

“真可笑，你这叫什么逻辑?”

“瞧，你们都说了可笑，可见的确是个笑话。”

说着，黑瘦僧人在木桩上解开了制服的扣子，并放松地大笑起来。透过制服的缝隙，大家能看见他的肉身，是一堆卯榫结构密集、盘根错节、色如黄金的骷髅与骸骨。觉得受了欺骗的群魔愤怒了。他们把木桩包围了起来。虽然助手提起冲锋枪，朝空中扫射了几梭子。群魔则毫无恐惧，纷纷露出了自己的犄角、尖爪、长舌、火焰、皮鞭、恶臭的唾沫、奇异的粪便、歹毒的法宝与沾满往昔血浆的兵器，并朝木桩上的僧人冲过去。

“时间已差不多了，那个最年轻的恋人也该到了。她将成为他们的痛苦。”僧人低头看看手表，望着天上，冷静地对助手说。

“秃驴，这次你玩笑开得大了。恋人不会来了。她救不了你，我也不行。”助手话音未落，旋即便连人带冲锋枪被一位吐火的妖魔烧成了灰烬。

然而，天空上什么也没有。僧人的头顶上只有一朵痛苦的云。

“我失败了。她如果始终不出现，我这个笑话，就算白送给你们了。”僧人绝望地对群魔说。他脱下手表，狠狠地摔在地上。时间被摔得粉碎。但他的目光里始终充满了一种腐烂的幽默，以及古今皆熟的诱惑。

“恋人毕竟不能代替笑话。她指定是不会来的。”群魔固执地说。

“谁知道呢。也许她已经到了。”僧人说。

“来了？在哪儿呢？别再耍我们了，干脆拿出你的血肉来偿还吧。”群魔沸腾，嘲笑声四起。

尽管恋人始终不出现，爽约放鸽子，弃僧人如破鞋，群魔对他也有一点同情，但无论如何，他们都不能接受这个残酷的、靠逻辑自洽来试图规避毁灭的笑话。因他们对笑话的渴望，是与生俱来的，也是山林赖以存在与群魔也有尊严的一道总纲领。万事能开个玩笑，便万事大吉。

可这次听到的笑话，并未能让群魔满足，虽然他们也都已感到了一种前所未有的大快乐。这是一种被羞辱、被欺骗与被歧视的快乐，是可以发泄仇恨的快乐，再也不用怀念往昔的快乐，忘记被开过历史玩笑的快乐。笑话并不可笑，可笑的是眼前这个秃驴和白痴。为此，他们愿意用攻击、怀疑与亵渎，用祖传的暴力技术与反物理的精神，来答谢木桩上这位失去了手表的僧人。他们愿用集体之恶来表达对恋人的失望，以此庆祝与锁骨菩萨[1]的意外相逢。因每个妖魔也都曾有过恋人。恶与

① 锁骨菩萨，或锁骨观音，最早见于唐人李复言《续玄怪录》卷五《延州妇人》。后历代传奇小说如唐人张读《宣室志》或明代冯梦龙《喻世明言》等皆有载，本男身，常化作妇人或恋人传教。其形象因“遍身之骨，钩结如锁状”，类似白骨禅，故名。

玩笑，不过都来自对失恋的忌恨。这种被最重要之人所遗忘，引起了他们的共鸣与亢奋。

“就为了等一个笑话，这么多年，你也没给我们一个合理的解释。这事怎么着也说不过去吧。我们再也不想相信你的话了。快领死吧。”群魔一边进攻，一边嘶喊道。

“可惜太晚了。她到了。”僧人伸出一根手指，指着天空说。

与此同时，头顶上那朵痛苦的云终于坠落下来，砸到了僧人头上。就在这样一个集中了很多年的平常的下午，群魔眼睁睁地看着他在云雾里忽然开始旋转。制服灰飞烟灭，纽扣崩散飞溅，物质震动，一切横着的自然规律都竖立起来，成为一团多边六角形思维体。他黑瘦的骸骨在原点上不断空翻、折叠并颤抖，最终变成了那位已抵达群魔内心苦楚的著名少女。

2021 年 4 月

隐 形

冒充失踪人员的人，很久以来，都在跟我强调画影图形的奥秘：他说他最近被一个用粉笔画在黑暗楼道墙上的圆锥体图形给困住了。那并非他的画像，但却是他的焦虑。他说："那图像画得并不规则，整体还有点倾斜，底部很大，头很尖。中间是空心的，并凌乱地涂了些线条、斑点与数字，还打了些小叉子。离圆锥体三十几厘米远的墙上，还写有一个歪歪扭扭的'耳'字，不知什么意思。此外，楼道里黑咕隆咚的，什么也没有。"

我没见过那个图形，也猜不出这圆锥体画的是什么。

这座城市里到处都有脏兮兮的墙头涂鸦，诸如广告、电话号码、手印、刷墙时留下的斑驳疤痕或一个路标记号等，密密麻麻。也许就是孩子们在楼道里捉迷藏时，随手乱涂的几何作业？为何要因莫名的图形而陷入焦虑呢？当然，圆锥体的出现还有别的可能，譬如某个宗教符号、数学公式或艺术设计等。但肯定并非关于他失踪的寻人启事。

可他每天都在那漆黑腐烂的楼道里徘徊，从入口走到出口，又走回来。他站在那个乱七八糟的圆锥体面前，长久陷入沉思。他痛苦地抚摸楼道里被油烟熏黑的墙皮，不断地用破鞋蹭踢脚线，或在楼梯里上上下下地奔跑、跌倒，和生锈的栏杆纠缠，与扔满垃圾并常被过路者随地吐痰的台阶奋斗。他想克服那图形带来的恐惧与困惑，自己也记不清多少次了。

有时，他上外地出差，半途却急匆匆赶回来，就是为了看看那圆锥体。

有人还曾看见他趴在那图形边哭泣，用手捶墙，甚至自言自语地朝圆锥体发出怒吼，扬言要把它擦掉，擦得干干净净，一点不剩。可他始终也未动过手。不仅如此，他还会在夜深人静时轻轻地去抚摸那个图形，亲吻那些杂乱无章的线条与数字。

冒充失踪人员的人没将此事告诉任何人，但告诉了我。我是他的挚友，他的异形。虽然我们的友谊完全建立在误解之上，但却又彼此珍惜这种金子般的误解。

辛丑年闰月下雨的那一日，意外还是发生了：清晨，他刚走进楼道，很远就看见那墙上粉笔图形竟缺了一块。圆锥体显然是被修改过的，因底座变小了，上面倾斜的尖也朝向了另外一边。不仅如此，包括图形边的小叉子，以及几十厘米外的"耳"字，也被擦掉了，只隐约剩下一小片灰白的痕迹。而且，原先的墙皮还不知被什么人给抠掉了一大片，有些地方甚至连砖头都露出来了，宛如血肉模糊的伤口露出了骨头。

"他妈的，这是怎么回事？"他在楼道里大声骂了起来，甚至挨家挨户敲门，"谁动了我的符号？有种你给老子站出来，别缩着当王八蛋。"

但没有任何人理他。所有经过楼道的人，各奔前程，根本不知道他在说什么。有人实在反感这个精神病患者，见他蛮不讲理，索性把他揍一顿了事。他曾被一阵拳头的暴风雨吹到了楼道的角落深处，鼻青脸肿地在那里躺了一下午。即便如此，即便那么多人看到他，甚至群殴他，也从未有人认出他是谁。他的失踪是很彻底的。不过这件事令他情绪恶劣，也完全变成了一个不可理喻的家伙。

自那以后，从第二日下午开始，他便抱着一床被褥、枕头和蚊帐，干脆住到了这幢黑暗的楼道里。他在那残缺的图形下搭了个地铺，白天去上班，夜里成宿睡在那里。即便是在盛夏时，他也常在浑浊的图形下蜷缩成一团，捂着耳朵，龇牙咧嘴，冷得浑身发抖，忍受着楼道里无尽的恶臭也不愿离开，像一个卑贱潦倒的乞丐。他也试图自己重新画一些图形，甚至在墙上写下密密麻麻的文字、笔记与注释，想代替解构过去的圆锥体，以此安抚自己的失落感。但最后，这些图文全都以抹掉告终。因他最初就忘了为圆锥体拍照（再说，即便依葫芦画瓢，也难以传神），故根本不可能恢复那个痛苦的原形。

有人推测，这荒谬的圆锥体，会不会是他与昔日恋人当年做的什么记号呢？若非有刻骨铭心的记忆，不可有二，痛彻肺腑，一个人不至于如此着迷。

甚或这粗糙的图形，就是当年他自己画上去的，其中含有不可告人的寂寞与悔恨。执着于此，不过就是为了给自己找个怀念过去，或膜拜什么异端的假图腾？

还有一种可能，圆锥体只是一枚可以放在身体之外的护身符。这逻辑也许来自过去画符往往都写有“渐耳”两个字。就算如此，也可以再请人画一个。何必失魂落魄？

总之，一部分图形的改变、擦掉或被盗，令他歇斯底里。他甚至扬言，要为这件看上去与生活无关的事复仇，为漆黑的楼道找回圆锥体本身的尊严。

可每个人都知道，这真是瞎胡闹。他是被那个图形的魔怔控制了。

“你知道那图形叫什么名吗？”我试着问过他。

“不，别跟我提什么名，”他也冲我怒道，“所有的名，无论人名或物名，都是空的。这图形对我最重要的意义，就在于只有对我的秘密控制，但却无可名状。”

“说实话，我也不懂你在说什么。”我跟他直言不讳道。

“嗯，兄弟之间也不用懂。”他说。

“你是不是真有什么难言之隐？也许说出来会好点。”

“没有。”

“真没有？”

“没有具体的事。”

“也许是有什么人在故意欺骗你，搞恶作剧？”

“更没有什么具体的人。”

“会不会是你当年那位……就是她，你知道我在说谁。”

“别跟我提她。”

“你瞧，说明你对她还是介意的。”

“我不介意。我是在否定。”

“我觉得，一直是她在秘密地控制你。”

“笑话，怎么可能。”

“怎么不可能？人都有痼疾。你是寡人有疾。”

“也许痼疾还在，但寡人的一切眷恋早已烟消云散。别忘了，我是个失踪者。”

“那就奇怪了。”

“怎么呢？”

“没有具体的人与事，你就因楼道里偶然出现的这么一个龌龊而毫无意义的什么劳什子图形，惹得满心烦恼，甚至为此破罐破摔吗？这说不通吧。”

“你觉得说不通，是因你没遇到过这种感受。”

“什么感受？”

“被一种无可名状之物遥控的感受。”

“会不会是你想太多了？”

“应该不是。我只是因深刻感到了这图形带给我的震动，才不得不进入这条歧途。你别忘了，我一直是个失踪人员。我需要被发现。”

“我也并不觉得你失踪了。你不过是在冒充失踪而已。”我忍不住还是嘲笑道。

“真的失踪者，就是站在你面前，也是看不见的。我就是那种人。”他生气了，带着一点怨气恶狠狠地对我说。看见他失态的样子，我也不知如何劝慰。

总之，这位冒充失踪人员的人，我的怪杰，我的兄弟——他驻扎在楼道里与无名图形孤军奋战的那些岁月，是一段充满暴风雨、怒吼与放声痛哭的岁月。遗憾的是，从来没有人知道原因。我记得，他还买过几次鲜花，放在失踪的圆锥体下，像是在纪念什么，口中常念念有词。他朝窟窿磕头。他扶着墙走。他在楼梯上爬行。他把手插进砖缝里乱摸。他在被抠掉的地方把自己撞得头破血流。他为了逃避一个形状的爱与折磨，而不得不长期守在那个形状下面生活，就像犬儒。只是我无法改变他。

我算不算一个发现过他的人？我自己也不清楚。在我的意识里，他这个人、他的叙述与他那个或许已荡然无存的图形，已是不可分的一团。

的确有很多次，他也曾让我进入那漆黑得像盲肠的楼道里，去看看那个已被变小、被损坏与被羞辱过的圆锥体，那个控制着他一生情绪的、高悬墙头的图形。他对我说："我了解你。你与别的路人不同。只要你看见过它，哪怕已只是一个残形，也会像看到恶棍衰老或美人迟暮般，感受到它曾经有过的力量，以及令人绝望的诱惑。你知道，在这个早已令人无动于衷的世界上，我们都是那种随时可以为某种毫无缘由的东西而难过、而激烈，而怆然涕下的人。我们是混乱的人、焦虑的人、挣扎的人。我们的爱与怕，都可以没有定义，却从未消失过。只是在我们这一代里，你从不愿表达，而我个人的这些伟大的敏感与恶癖，因无足轻重，就像一场隐恋，从未引起过大家的注意而已。"他游说我时，总是滔滔不绝。但每次当走到楼道的入口，甚至踏上了台阶，出于对他矜持的尊重、对激情的羞愧与对无名的恐惧，我最终还是婉拒了他的邀请。也许是因我始终相信那句古老的箴言吧，即"世界的真相就在于如何观察它的表面，而不是挖掘它的秘密"。

为了不被图形吞没，我一次也没敢真正走进楼道里去过。

2021 年 4 月

一窝猩红的蛇

一窝猩红的蛇懒散地垂立。

——G.特拉克尔

“镇外山中有一窝猩红的蛇，它们住在蓝色的岩石下，懒散地站立着，并可以用分叉的舌头来支撑那块巨大的岩石。”因棋艺精湛而闻名的人很确定地对我说，“当我搬开岩石时，它们便又全都盘绕在一起，就像一朵快速运动着的菊花。每一片花瓣都有毒牙，吐着芯子，散发着绚丽的恶臭。岩石镇压着它们，可惜除了岩石，它们也无处可去。我曾带我最爱的女子去看过那岩石，但她不敢搬开看。”

“那你帮她搬开不就行了？”我咧开嘴笑道，露出一口发黑的金牙。

“我是搬开了，可她说那下面并没有什么蛇。”

“都吓跑了吗？”

“不，蛇都在岩石下面呢。”

“会不会是你看错了，也许就是一堆垃圾或一丛什么红色植物？”

“绝对不会。我奇怪的是，她是眼瞎了吗？可她就跟我说没有蛇。我知道她平时始终在秘密反抗我对她的很多意见或缠人的关心。可这件小事，我并没有欺骗她呀。我是真心想让她看看那团斑斓而猩红的蛇，以及它们在岩石下壮烈的挣扎。但她看了一眼后，便扔下我独自跑下山了。而且她再也不愿跟我说话。后来，我又带了镇上最著名的动植物学家秦先生去看过。意外的是，秦先生戴着单片眼镜，对岩石缝隙观察了半天，也说没看见什么蛇。而当时，我甚至看到一条蛇都差点爬到秦先生的裤子上了。自那之后，我还先后带过几位乡党族人、僧人、孩子和同窗好友们去看过。可大家也都说我是在诓他们。所谓猩红的蛇，完全是我杜撰的恶作剧，唯有那高耸的蓝色岩石，还算引人注目。岩石下只有一个黑暗的、空荡荡的土坑而已。”他说着，显得很气馁。

“那你带我去看看吧。其实，不瞒你说，我过去曾见过那些蛇。”出于对自己工作的严谨、疯狂与细腻，我冷静地对他说道。

“什么，你见过？那真是那太好了，总算有人可以作证了。”他激动得跳了起来。

“只见过一次。所以你得再让我去看一下，才能证明。”

“那当然没问题。我们这就去吗？”

“嗯，你带路吧。”

“好的。”

于是，我们再次跋山涉水，一起走到那块著名的蓝色岩石下。为了缓冲一下搬开岩石后会出现的尴尬气氛，临行前，我还特意带出来一张折叠紫檀围棋盘与两盒微型云子。在这个我们都感到有点庄严的时刻，我建议与他席地而坐，对弈一局。苍天有眼，我们真是最好的对手。我们在岩石边有说有笑，闲谈古今山林间的博弈。我们说了一些久远的黑话、脏话、恶毒的怪话与本镇其他人根本听不懂的某种古老俚语，甚至谈到了附近山上的土匪、异常的性快感和对伦理的蔑视，还肆无忌惮地向对方袒露了一些压抑了多年的伤心事。譬如，他最爱的那个女人，在前朝灭亡时与我也曾发生过一场痛彻肺腑的恋情，此事我从未对人提及。我没告诉他，我早就知道他惊人的才能。就像他也没对我直言，他对我早已暗中钦佩，互相闻名久矣。当然，我们对爱和婚姻的理解有一点歧义，因他认为爱就是信任。我倒是觉得，爱是心里明明很清楚一件事，却不愿意直接告诉对方，甚至尽量回避表达。爱是怒吼前的一场艰苦的克制。书读千遍就能理解吗？不，真实情况往往是：话说一半，其义自现。友谊和爱情大概也是这样吧。这场交谈痛快淋漓，不知不觉，我们就下完了一盘充满手筋、定式、绞杀与倒扑的棋。只可惜收官时，仅差一子半，我输了。

“真遗憾，我没下好。”我笑道。

“那有什么关系，不过一盘棋而已，别当真。”他也笑了。

“可我好像得为我输棋这件事复仇。”想到这里，我忽然收敛了笑容，然后一本正经地向他故意露了露隐藏在衣袂下摆的一块金属物。

“怎么，你不是来看蛇的吗？”他有些惊讶，但似乎也有一点预感。

“有没有蛇，并不重要。”

“那什么才重要？”

“输赢。”

“咦，我看你也是他们一伙儿的吧？”

“抱歉，虽然这件事，的确是他们事先就安排好让我做的，秦先生也表示过支持，但在下棋之前，我还有点犹豫。我个人觉得，我的棋艺已臻化境，就不应该对一位棋艺已精湛到仅次于我的，愿意对岩石有所发现的棋人，如此的不公。但没想到是我输了，也就帮不了你了。棋与蛇是可以互相遮蔽的，但你不能同时通晓棋与蛇这两件同样深奥的事。”

“可你也见过那些蛇，不是吗？”

“是见过，但那都是久远的往事，是前朝的事了。”

“为何不能就事论事呢？”

“人间最大的事就是意外。就连秦先生他们会让我这样的人来对付你，本身也是个意外。因我从来就不关心这些。我是个与世隔绝的人。除了偶尔杀人，我只关心如何长期维护好我的金牙，以及我在围棋中始终保持的最高境界。没想到，你意外地破坏了我的境界。”

“你这些话并不能说服我。”

“我没指望说服你。我只做分内之事。”

“总得让我死个明白吧，到底为什么大家都说没看见那些蛇？”

“很遗憾，这镇子上也没有‘为什么’，只有输赢。”

“你早说嘛，我也可以输给你的。”

“故意输，那怎么行？”我笑道。

“不就是一盘棋吗，有什么关系？”

“这你就不懂了。对你是小事，对别人则是很大的伤害，甚至是侮辱。”

“我能收回我刚才的棋吗？”

“落子无悔，前朝也已灭亡，但你应该能理解这种传统的痛苦。”

说着，我轻松地掏出手枪，对准他的胸口，毫不犹豫地开了二三枪。

他在岩石边缓缓倒下来了。说真心话，我也因这位棋艺卓绝者的突然去世，独自趴在岩石边痛哭了一场。这真是我一生中最可耻的事。之后，我便搬开蓝色的岩石，将他推到了岩坑里。我不能确定他到底死了没有，也不想确定。我也从不想知道那坑里到底有没有大家都说的那些蛇。看见了可能会更麻烦。只记得当时天色昏暗，我最后看了他一眼，但分不清那漆黑的坑里究竟是一窝猩红的蛇，还是从他的胸口喷涌出来的鲜血。

2021 年 5 月

停止简史

吾友元森曾说过：一切皆不足为奇，唯一奇怪的是“世界竟然从来没有停止过，故我认为世界的现象是物理的运动与速度，而‘停止’则是控制这一切的那个家伙”。他说的“停止”，据说是指全部大时间中的人、元素、生与死、社会发展、地球、量子中的猫、测不准定律中的离子、湍鉴、混沌、反馈、食物、粪便、交媾、折叠的纪元与矿物的碳化，包括多种平行宇宙、马鞍形宇宙、第二十五号宇宙中的老鼠与观念宇宙中的六维空间等——这一切在亿万年的交叉演进流变中，为何从没有暂停下来过一次的问题。的确，哪怕一次开小差式的打盹也没有过。元森是在二十七岁那年夏天开始发现，并思索这个问题的。他固执地认为：所有事物，按理说本都可以暂停。因只要有运动，就会有停止。但事实上一切却始终都没停过。哪怕千分之一秒，或数万分之一秒的刹那之暂停，也从未在历史上发生过。相反，时时刻刻，一切事物都像离弦之箭，始终在争分夺秒地向前。这是怎么回事？这真是一个荒谬的发现。吾友元森为此而陷入了旷古以来闻所未闻的伟大痛苦之中。

为了解决这个本不存在的问题，元森决定写一部《停止简史》。

“你说的停，不就是死吗？”我问。

“你怎么也和那些不会动脑子的笨猪一样，”元森笑道，“死仍是运动的。譬如人与动物的死、植物的枯萎、一滴水的蒸发、一座建筑的轰然倒塌、一个器皿的破碎、一件私事或历史事件的终结、一种文化或一个国家的灭亡，乃至行星冷却，盘踞无数光年的天体忽然发生毁灭等，性质也都差不多。这些东西死后，它们的存在性仍会继续在腐烂中流转，在被解构，被化为齑粉中进入虚无，又从虚无里再生出来。无论是肉身原子的守恒，还是灵魂观念的延续等，其实都并未停止，只是换了一个方式在运行。死与生，都是运行过程。我说的真正的‘停止’，则一定是处于过程与过程之间的那个东西。”

“那到底是什么？”

“要是一句话能说清楚，我还用写这本书吗？”

的确，元森曾潜心书斋，查阅文献，为此呕心沥血多年。一个人挥汗如雨地做此类无用功，尽管毫无意义，也总是让我有些盲目的感动。在浩若烟海的玄学史里，元森看到历代也有人曾隐约提及过“停止”这种可能性，但都未真正深入。因大家都把那种万有忽然凝固的“停止”，与一般性的“结束”或“死亡”等世俗概念混淆了。元森认为：“停止”与这些是完全不同的两码事。“停止”并非结束，更不会是生物性的灭绝，而只是“一种在骤然之间完全不动，彻底静止”的可能性。最关键的是，“停止”出现时可能会长达数年，可能会永久不动，也可能只是瞬间的几秒钟。只是因它从未出现过，也无法从任何事物中挖掘出来，没有任何蛛丝马迹可循，所以无法论证。仅这一点，也像极了历代人文假设处的那些著名的陡斯、造物主、太初、道或宇宙起点等。但元森说的“停止”是与一切宗教或物理都无关的。他更相信“停止”是绝对秘密的存在，因尚未被诠释，故比任何哲学都更可靠。他更相信“停止”可以包括全体基本粒子、运行速度、生物思维体、神学或超自然现象（如果有的话）在一个特别的瞬间凝固，然后纹丝不动的样子。他的“停止”是这世界上唯一没有发现过的平常事，故而正是这个世界的最大反面，也是最可能的幕后控制者。他的“停止”应该绝不是任何一个数学意义上的0（零）——因当这“停止”出现时，全部的数学概念也同时停了下来，所以它也无法被运算。

尤其是矛盾在于，元森说的“停止”，按逻辑好像显然也不应该属于任何语言文字。因它一旦出现，语言文字也都会停止。那如何才能记录它的历史呢？

为了证明“停止”的存在，元森提出了几种可能性，以供参考：

1. 人在失去控制时，如精神失常、剧烈疼痛或自杀时，世界会暂停。但这通常也只是人自身的感觉，世界则并非如此。

2. 人与事物在互相忘记时，世界会暂停。此若非真相，理由同上。

3. 停止只是万有在运行时的一个设计上的疏忽，一个小小的漏洞，本来就无足轻重。且因万有的运行太强大了，几乎遮蔽一切，故任何漏洞都不易被察觉。

4. 停止是交叉的，即这个人或这个事物停止时，另一个人或另一个事物仍在运行，反之亦然。故当所有的人在运行时，停止便同时此起彼伏，错觉高度密集，故互相之间对此便不能感知。

5. 让我惊讶的假设之一：元森认为“停止”实际上是已明确出现过，且正在出现或随时随地都在出现的一种现象。只是因它出现的时间太短暂了，大概小于千分之一或万分之一秒，隐藏在万有运行的无数缝隙里，细腻入微，所以我们人类根本察觉不到。表面上看，一切从未停止，实际上随时都有停止。

6. 让我惊讶的假设之二：元森不认为“停止”是可以被研究出来，或被发现的。他之所以要写《停止简史》，只是为了履行一个诺言。这个诺言是他对过去的一位恋人说的：“一切爱情的运行结果，最终都会是遗忘。故我无论是发明了停止，发现了停止还是诠释了停止，目的都是为了要让你记住我。”但是，据说这个曾让他立下思想野心的恋人，对他的做法并不买账。爱是反哲学的，这真令人遗憾。也许爱就是哲学与哲学之间的一种“停止”？这一点，不知元森自己想到过没有。

7. 让我惊讶的假设之三：这也是最让我意外的，即元森有一天喝醉后，痛苦得满地打滚。累了，就趴在地上对我说，这个世界本身就是已“停止”的世界。我们都生活在停止之中。只是因我们不甘沉沦于存在、生命与物理运行的必然性，故我们在心中自动将“停止”的观念改变了。一言以蔽之：这个世界的真相其实完全是纹丝不动的。运动与发展，全都是假象。

如何才能理解我这位挚友的抱负与痛苦？为此，我也很焦虑。不止一次，他拿着一大堆写好的《停止简史》手稿，跑到律师事务所黑暗的地下室里来找我。他知道，我在研究世间各类被借鉴、被盗用或被剽窃的思想犯罪史上，具有广泛的经验，也曾处理过很多关于知识产权方面的学术案件。他十分担心，自己写下的这本罕见的、毁灭性的著作，是历史上已经存在过的。那可就白费力气了。我告诉他，迄今为止，我目力所及，尚未接触到与他观念相类似的关于"停止"的论述。

"那我就放心了，"元森说，"我可以继续写下去了。我还有很多发现，可能会写出一部惊世骇俗的大书。"

"我可并不放心。"我笑了，忽然觉得，有必要提醒他一下。

"你，你有啥不放心的？"

"我发现，你的写作本身并不符合你的停止观。"

"什么意思？"

"我的意思是，你要写的'停止'如果真的在，那你很难找到它。因为你的思维也是延续的，不断运动着的。你必须从一个思维运行到下一个思维，才能完成你的书，确定你的这个理论。而你的'停止'发生时，你也应该是无思维的。你如何用无思维的'停止'，去写出有思维的《停止简史》呢？"

"的确，这不太可能。但我已没有退路了。"他听后，有些绝望，但仍坚持己见。

"怎么，难道还有人逼你干这件事吗？"我很诧异。

"其实……也有的。"

"谁？"

“你应该知道。”

“就是你过去发誓要让她记住你的那个人吧？”

“我不知道是不是她。我只知道有种痛苦总会从背后推着我去写。”

“其实你可以放弃。这件事对世界并不重要。”

“当然，但对我很重要。”

“你真觉得，你发明的‘停止’能改变什么吗？”

“当然会改变。”

“怎么可能？即便你写完了这部书，这世界也依旧会万古不停地运行下去。而且，丝毫也不会有一丁点所谓的‘停止’会被人间觉察到。你仍然会很痛苦。”

“没关系。我也有我的快乐。”

“什么快乐？”

“相信自己的痛苦一定会被另一个人记住的快乐。”

“好吧，你快乐就好。”

我这么说之前，倒也猜到了劝告无望，故只能随他去。我已很久没见过他了，也不知道他的书写了多少，今天还在不在写。好在吾友元森是个一根筋，无论后来是否研究出了“停止”，我相信他的存在与我们的友谊从没有停止过。这正如我相信任何情感都是先验的。两个人的相识即是完成。剩下的交往则只是一种延续。也许，我与元森的友谊，本身也是纹丝不动的、停止的，且从来就没运行过。那围绕着我们运行的一切都仅仅是观点的不同，过眼云烟而已。

2021 年 6 月

圣兵解[①]

——或“烧尾宴”中的《龙龛手镜》

按：据南宋巴蜀道士葛衍镜所编撰的伪《开元道藏（三洞琼纲）补遗》之《观部·炁丹手镜》一篇记载，那位前后隐逸于唐、宋代的招魂师，李复言《辛公平上仙》[②]所言之“绿衣吏”王臻[③]，字先诀，号炁丹先生，在唐宋两朝皆有现身，但生卒年不详。《观部·炁丹手镜》中记载的王臻接引皇帝上仙之事，与《辛公平上仙》中有所不同，其论述的谋杀方式，也与各版本之《太平广记》及野史有异。在我看来，《炁丹手镜》中的王臻应该是志怪人物中，思想最接近所谓向量、场（Field）或时间意义上的统一场论（Unified Field Theory）等数学或西方物理学概念的中国传奇人物，只不过他运用的是道教化的神秘主义表达方式。其中涉及的现代事物，是我作为一种文学镜像而贴补进去的，以为隐喻。因葛书在宋末遭兵燹，多有缺失。参诸明人高承埏《稽古堂新镌群书秘简》本《玄怪录》、陈应翔刻本《幽怪录》，莫斯科图书馆藏本、蒙古藏残本、傅增湘藏残本、正本已亡佚但仅存民间的手抄散页，以及日本奈良大学图书馆藏和刻本残本等海外遗存，亦皆零星片断，难以凑齐。出于对时间与场的可能性之通识，故这里只能暂以现代小说之形式，简述其前后梗概而已。

死是全封闭的，就像子宫。开玩笑则如婴儿与母体之间的脐带。

炁丹先生王臻从森罗殿里一领命出来，就直接骑着弥漫在原子中的禁军，去了唐代驾崩者的宫殿。王臻浑身冰冷无火，故其运行轨道也如浮云流散，飘忽不定。至于旅途间，是否遇到过辛公平、成士廉、酒肉、热气球、枪或一艘未来的航空母舰，对他而言实际上完全无所谓。王臻是阴间魔术团里最擅表演滑稽戏的招魂师。这些年，他不仅用罕见的狂欢，带走过几位名噪一时的宰相、哲人与提头行走的山野烈士，还带走过不计其数的孤苦僧侣、街头疯子、绝望的富翁与官人，还有沉渣泛起般在各种黑暗角落中呻吟的病夫、色鬼、书生、乞丐或荡妇。无论在野道观帮人飞升，还是从御花园押走宫娥，尽管人生苦短，但所有人在撒手尘寰跟着他离开这世界时，却都是面带微笑的。有的甚至是仰天放声大笑，仿佛知道了死的谜底就是一场喜剧，便想跑着步跟他迅速地离开。

王臻认为，这幽默的待遇，对大唐任何一位皇帝也不会例外。

记得公元806年的那次攀髯[④]之行，他要的也是完成一种没有喧哗与骚动的兵解，一场宁静古朴的弑君之宴，以及一个熟练穿梭于生死之间的场。

死就是用来开玩笑的。恐惧，也是为了去追逐这种一生只有一次的伟大喜悦。不过这个秘密，王臻不便对别人说。毕竟森罗殿派他进入“生”的场域，他便要担负诸如两界维度之差异、元神游走、新旧道德审判、运动与行为终止、记忆力丧失、肉体腐烂、脑细胞衰败与魂魄转移、祖先崇拜与悲剧的诞生等各种伦理学责任。他的魔术可以玩得很大，但开玩笑的方式却也有限。譬如迎接皇帝驾崩这种事，本是足够令王臻与大家长夜嬉戏作乐一番的。可因要面对唐代历史，也只能点到为止。至于透视人体腑脏，或预言明日的灾难、瘟疫、爱情、成败或下一个年头将发生什么事等，此类雕虫小技，王臻认为是不足挂齿的。

“既然知道可怜的皇帝会死于非命，那你们也是可以阻止的吧？”当王臻答应让新认识的兄弟辛公平一同去参观驾崩时，辛曾在半路客栈中问他。当时便是一个唐代的下午，因中午饮酒太多，他们俩在客栈竹榻上抵足而眠。

“死是好玩的事，为何要阻止？”王臻笑道。

“怎么会好玩，人人都畏惧。”辛公平困顿地说。

“那只是因眷恋于生的习惯，故尚未知道死的好处与快乐。”

“你这是开玩笑吧？”

“除了死，我对其他事绝不开玩笑。”

“那能否告诉我，人对死的认知与死的奥秘之间，到底有多远？”

“也不远，相当于一支箭从迷宫入口射到出口的距离。”

“那不是很近吗？”

“本来很近。可很遗憾，迷宫是盘绕的，箭却不会拐弯。即便会拐弯，但因认知历史及物理历史发展的速度就像箭的速度，太快了，完全来不及。”

“死是全封闭的吗？”

“不，死从来就是开放的，就像时间与阴间。”

“能否带我去参观一下？”

“你迟早会去的，何必着急？”

“那皇帝呢，他为何就可以先去参观？”

“他与你们不同。古今皇帝的在位时间都是规定好的，我不带他去，别的魔术师也会来带他。不过，据说唐代的这位对我的禁军与我的魔术一直非常好奇，我也是顺水推舟，做个人情。”

“可你还是没告诉我，你到底如何开玩笑？”

“你随我进宫赴宴就知道了。”

“魔术就由你一个人来变吗？”

“不，还有一位大将军，以及三千个刀斧手。”

“大将军又是谁？”

“他身高六丈，就睡在我的袖子里。”

王臻说时，把右手宽大的袍袖向辛公平一甩。袖口忽然在空中张开，大如一个宽阔的山洞，洞壁上满是青苔与蝙蝠，黑暗异常。然后袖口又迅速被王臻收拢，裹在腰间。虽然只有极其短暂的几秒钟，但辛公平的确看到了，那袖口山洞里，折叠着一位全身铠甲的将军。将军也挂在洞壁上午睡。山洞之外，遍野都是等待出发的禁军。

“你们这是要去弑君吗？”辛公平惊问道。

“弑君？怎么会。”王臻笑道，“这种修辞，是你们活人的肤浅理解。迎接皇帝驾崩，从来都是一种美好的死亡仪式。”

“什么仪式？”

“这次，我决定用圣兵解。”

“兵解？”

“阴间魔术很多，总数有十二万七千四百三十余种。人死飞升，不见肉身者，只算是最简单的一种，称尸解。若是死于火烧便称火解，淹死的称水解，在棺椁中意外失去骸骨的称木解，若被刀砍、枪刺、斧斫、凌迟或摘取头颅而死者，则称兵解。解者，放也。也就是与他们的肉体最后放松地开一次大点的玩笑吧。肉体生前总是太紧张了，这令人难过。历代在我手中得到这种解放之快乐者，也不计其数。除了庶民与方外之士，也有不少诸侯、国王、酋长、可汗、狼主、教祖、哈里发、刹帝利、天皇、藩王及未来时间中的元首、大统领、巨头、领袖或尊者等。此类人因生前常年招引众人的目光，饱受邪气，附着有太多高密度交叉的磁场，其肉身的原子与原子，细胞与细胞皆互相粘黏，久久难以散去，故繁杂的痛苦也与其他人不同。一般的死，都不足以轻松将其解放之。道书有云'圣者必不能通达廓然无圣之义'，皇帝也是圣人，故对圣人常常不得不用之以水、火、兵等，以助其解放，道书称之曰圣火解、圣水解或圣兵解。"

"这就是你说的快乐？"

"不，这只是快乐的起源与条件。快乐还是要靠自己。"

王臻说着，见天色尚早，酒也没醒，便笑着转身睡去了。他知道，阴间对每个活人都具有强大的吸引力。大概因人世总是不够快乐，而那黑暗的忘记与永远麻木的未来，那始终全封闭着的奥秘和全人类共同的归宿，总是充满了一种人间没有的幽默感。

"如果活是烦恼，那死便是快乐吗？这荒谬的二元论会不会太简单了？"晚间从客栈起身出发时，辛公平又缠着王臻问。从阴间到宫殿的路上，并没有明显的界限。唯有晚霞映照时，能模糊地区分出一点旷古的恐怖，即属于阴间的人是没有影子的。

“瞧，这是你们活人才有的庸俗逻辑，总喜欢非此即彼。”没有影子的王臻，对有影子的辛公平嘲笑似的答道。

“可你总要告诉我一点什么吧？让我也有点心理准备。”

“你想知道什么？”

“我还是想知道，你与你的大将军到底会不会杀人？”

“再说一遍，我就是去迎接皇帝驾崩而已，分内之事。况且，从我手里经过的兵解者不计其数，没有一个是我杀的。”

“你们若不杀，皇帝又怎么会平白无故地死？”

“驾崩靠的是圣兵解，不是杀人。”

“我揣测，让皇帝死也是为了改朝换代吧。”

“历史时间、争夺王位与改朝换代，也是你们活人的逻辑。在死亡之域的人看来，人的存在与生死等，根本就没有什么时间，也没有什么篡位、革命或进化之类的分野。那只是表面现象。万年前与万年后的存在，都是同时完成的，并没有什么先后。时间是虚构的。”

“这我就难以理解了。难道你与我过去的不识、昨日的相遇与此刻的说话，会是同时发生的事吗？”

“当然是呀。不仅是同时发生，而且还会同时结束。”

“在下才疏学浅，对此实在感觉不到。”

“你尚未死，更非未来之人。待你死后便知道，时间不过是一块凝固的铁板。就像未来之人，若有幸看到我们的过去或今日之对话，亦全都是混沌一体的。只有人活着才会有时间，阴间没有时间。唐代是他们的现代与当代，也是他们的过去或未来，并无什么先后。阴间的唐代甚至也没有内外，没有东西地域之分，只是一个孤独的词。”

“难以相信。”

“也没什么难的。看我今晚的魔术，我就会动用一些过去的东西，也会动用一些未来的东西。目的只是为了迎接皇帝‘上仙’[5]。”

“什么东西？”

“若知道得太多，对你也不好。”

长夜苦涩，对辛公平的不断追问，急着赶赴宫殿办事的王臻也不愿再回答什么了。不知不觉，他们已走到了梁柱腐烂，壁画也已斑驳的大明宫前。远远地能望见，殿内殿外，云集着上万名侍卫与大臣，刀枪剑戟围得密不透风。一个面目浮肿浑浊的皇帝，正坐在龙椅上一边饮酒，一边观赏着裸体杂技：几十位宫娥的乳房、臀部与大腿交叉在一起，她们尖叫，阴户与体香形成了一座冷艳的肉屏状穹隆。穹隆里，坐着一位残忍而肥胖的武士，正在表演从嘴里吞入一把尖刀又吐出来的街头江湖把戏。可就算表演者诡谲惊艳，皇帝却在打盹，睡思昏沉，只是偶尔用眼角扫一眼那些宫娥。

如何让皇帝关注自己呢？作为阴间的魔术师，任何暴力技术早已失去了意义。王臻在心里忽然想起，昔日中宗时的宰相韦巨源[6]讨好皇帝时，曾用过一种“烧尾宴”，极尽豪奢。为了迷惑大明宫里的群臣，王臻也决定举办一场跨越时间局限的烧尾宴。于是，他朝空中一挥袍袖，大将军立刻被甩到了空中，并指挥阴间的禁军，临时调来了三千四百一十三道不同的珍馐菜肴。其中不仅有御膳常用的鸡鸭鱼肉，还包括唐代尚未有的海椒、龙虾、牛排、墨西哥番茄、琉球鲸鱼刺身与法兰西蜗牛肉，以及草莓、菠萝、芒果、西瓜、猕猴桃、番木瓜等唐人从未见过的水果。各种杯盘碗筷、篮盏樽壶，星罗棋布般地穿梭运行在半空中。整个宫殿瞬间笼罩在从未有过的酒肉瓜果之香中。

“这是谁在运送御膳？”皇帝忽然问，他也被浓郁的佳肴香熏得醒了。

“回陛下，是契丹使者王臻率人前来献契丹烧尾宴与龙龛手镜。”一个宦官答道。

“哦，那让他们近前来吧。”

“谨遵圣旨。”

王臻听闻后，便一挥手，将大将军与禁军都收入袍袖，然后带着辛公平大踏步走进了宫殿之上。史上从没人记录过，当时为何一个陌生的宦官会这样介绍王臻。

令皇帝忽然有点兴奋的原因，其实是王臻带来的那份叫“龙龛手镜”的礼物。因历代中国皇帝都听说过，那好像是一面折叠的非金属多棱宝镜，虽然只有一柄匕首大小，但其中含着二十六面西域人手磨制造的凸透镜、凹镜与折射镜，每一面中的光又含有上千条分子光谱与原子光谱（spectrum，作者注），据此光谱，便可以推算出一个皇帝的命运。后来的中国格物学家都曾听闻过，据说此镜为公元十世纪时的埃及物理学家，擅长研究抛物透镜与人眼球结构的阿尔哈曾（Alhazen），进献给阿拉伯帝国阿拔斯王朝哈里发的一件礼物，故谓之“龙龛手镜”。阿尔哈曾在其《光学宝鉴》（大部分已散失，今本仅存一小部分）中，曾详细记录了此镜的制造方法和原理。阿拔斯王朝衰落后，此镜被一位契丹边境的著名强盗拉赫里偶然窃得，据为己有，并带回了草原。拉赫里后因进入契丹狼主帐篷行窃，失败被杀，手镜便被知情人献给了契丹狼主，当时已称辽圣宗的耶律隆绪。可王臻出现时，还处于公元八世纪中叶的唐朝，怎么会有这辽代的东西呢？另也有后人推测，王臻所言之契丹，实际上只是因他自号“炁丹”，二者谐音，故而引起了宦官的误读。可龙龛手镜的出现，却又是真的。

“你就是契丹来的什么使者？”皇帝望着王臻，冷漠地问。

“就算是吧。”王臻道。

“有什么东西，都呈上来吧。”

“我为陛下带来了世间最大的礼物和最小的礼物。”

“最大的是什么？”

“当然是阴间。一切尘世间装不下的，都在我这里，就在我脚下。”

“哈，原来你是个耍嘴皮子演滑稽戏的契丹俳优呀。”皇帝闻听，仰头一笑，又道，“那最小的又在哪里呢？”

“在我手里。”王臻说着，摊开空空的双手，让皇帝看。

“可你手里除了你的掌纹，什么也没有。”

“陛下请再仔细看。”

“我还是什么也看不见。”

“我手里有最小的东西，称为基本粒子。”

“那又是什么？”

“世界微尘里，宇宙间一切物质都是它构成的。”

“噫，空口无凭，肉眼咫尺间都看不见的东西，朕如何能信你？莫非你是那些宦官从民间找来，想靠一点浅薄幻术求取朕封赏的江湖骗子吗？”皇帝有点生气道。

“陛下要看得见的，那还不好办？”

王臻一挥袍袖，于是袖洞中的大将军与禁军，便开始从里往外抛出各种稀罕的东西。他们先抛出一个女人头。这是皇帝后宫一位爱妃的脑袋，粉黛浓妆，带着恋人死去后特有的忧伤表情与美丽的绝望，瞳孔中倒映着皇帝。皇帝一惊，顿时恶向胆边生，刚要发怒，又见王臻的袍袖中飞出几颗、十几颗乃至上百颗头颅，皆为皇帝的父母、家眷、嫔妃与李唐族人的首级。人头像金字塔一般堆积在大殿上，乱发缠绕，血浆迸裂，腥臭无比。紧张的皇帝还来不及悲伤，接着，又看见王臻的袍袖边缘有块补丁，那补丁上的线忽然断裂绽开了，漏出一个破洞来。须臾之间，见破洞里伸出了一头豹子的尖脑袋、爪子与鞭尾。王臻轻轻地拍了拍那豹子的头，它便猛地跳了出来，敏捷地绕殿奔跑。大殿上的群臣顿时哗然，有点骚动。但那豹子并未伤人，最终在王臻的身边趴下来，静静地舔着地上那些头颅渗出的血迹。奇怪的是被豹子舔过的头颅，脸色竟渐渐红润起来，并有了呼吸，开始说话，然后又一个个地凌空向后宫飞了回去。

“王臻，让你献宝，你表演这些杂耍幻术做什么。惊了驾，你可是死罪。”刚才殿前那个招呼他们的宦官在一旁叫道。

“诸位莫慌，且慢慢看我为大家带来的未来礼物。”王臻笑道。然后，他又开始陆续从袍袖中送出奇幻而荒谬的事物，其中很多在唐代闻所未闻，且巨大无比。诸如：

一、一座后来宋人苏颂发明的时钟“水运仪象台”，台为木制机械楼台，流水环绕大殿，各种玩偶躲在楼台内，每到一个时辰，便走出来报时，满朝人看得眼花缭乱。

二、一堆死去腐烂的战马尸体与内脏，堆积如山，令殿上恶臭扑鼻。

三、一架带有履带、瞄准器与铁炮的滚动铁疙瘩车，沉重得将大殿上的地板压出了一个大坑，也不知何物。

四、一朵巨大的气球，上有火焰、纸鸢与蒸汽，从殿上飘浮而过。

五、一串带有轮子的铁屋子连在一起，冒着烟，从龙椅与柱子间飞驰而过。

六、一座石头建筑，约有百层之高，其中房间密集如蜂巢，里面有人影走动，甚至隐约还能听见他们在空中的欢声笑语。

七、一艘比皇宫还大的奇怪趸船，船上停着无数铁铸的单翼飞行器。其中一架飞行器忽然飞起来，停在大殿上空，犹如一只黑色的蜻蜓，向着皇帝开火。只见一粒滚烫的铁丸直奔皇帝的脸，但却在即将抵达时，如一滴雨般落到了地上。

凡此种种怪象，无法尽数。总之，王臻当时把看不见的很多未来事物，全都罗列集中起来，如獭祭鱼般，在皇帝面前一一展示。身边的辛公平，已完全看傻了，瞠目结舌地坐在地上。然后只见王臻将袍袖一挥，一切便又烟消云散，荡然无存了。唯有刚才头颅与战马尸体散发的臭味依旧弥漫，地板上压出的大坑，也隐约还能看见。

“陛下，瞧，这些都是看得见的。魔术都是假的。”王臻说。

“嗯，倒也有趣。不过你展示了这么多，那个什么龙龛手镜在哪里呢？”皇帝忽然想起来，便笑着问。

“请陛下谅解，我的人可能没说清楚。龙龛手镜是一种西域人发明的时间异物，其实并没有任何实体，而是一种无处不在的影响，一种思维的光谱。它可以处在任何一物中，也可以从任何一物中蜕变出来。”王臻解释道。

“我不明白你的意思，何为‘时间异物’？莫非还是你的魔术，你是在戏弄朕吗？”皇帝怒道。

“岂敢。我就是专程带此物来迎接陛下的。”

“可你实在就像个变戏法的小丑，嘴里并无甚实话。”

“陛下当真想亲眼目睹龙龛手镜吗？”

“那当然。”

“好吧。看来陛下确是‘上仙’之命。”

王臻说着，忽然一转身，猱身冲入在殿前表演杂技的宫娥穹隆里，伸手将那肥胖武士刚从嘴里吐出的匕首，从地上捡了起来，又走到皇帝面前。皇帝低头一看，那匕首握在王臻手里，熠熠闪光，却并无什么金属与锋刃，而是一块透明如琉璃的细长匣子。再仔细看，那匣子长有八九寸，也分有不知多少夹层，折叠翻动起来时还哗玲玲地响，声若古寺风铃。

“陛下请看，这便是龙龛手镜。”王臻说。

“这不是刚才那柄匕首吗？”皇帝有点诧异。

“世间兵器都可以是手镜的躯壳。无论在之前它是什么，它的灵魂寄存在哪里，最终都是陛下的命运说了算。”

王臻说着，一声冷笑，拿起那匕首来，朝宫殿四周所有人都晃了晃，只见光辉四射，整个大殿上的人群全都倾斜起来，如在地陷时的姿势。王臻拿匕首指向哪边，人群就不由自主地朝哪边倾斜。很多人被挤得东倒西歪，乃至被推得满地乱滚，头破血流。皇帝的目光立刻被这巨大力量所吸引。王臻把匕首递到皇帝眼前，匕首在掌心旋转，只见那东西先是变成一只竹筒，然后又变成砚台，接着又是胭脂盒、象牙笏、令牌、锦囊、符、玉玺、金砖乃至一根人的大腿骨、一支皇帝从未见过的麦克风或一把未来的左轮手枪等。最后，所有这些都在密集的光谱中集合起来，折叠为一面多棱镜。王臻从侧面将手镜打开。镜中空荡荡的，凹槽内有一只透明的佛龛，龛内放着一套手掌大小的，类似线装巾箱本的文字书。他又拿起那书来打开，并向皇帝不断翻动书页。但见满页密密麻麻的汉文异体字，含义幽微，阐释诡谲，有相当一部分字，皇帝竟然都是不认识的。

“这又是何书？”皇帝问。

“此书乃一百七十余年后，我在宋朝为官时，我的辽朝僧人挚友行均所撰。巧的是，这套书也叫《龙龛手镜》。那时大唐已亡，朝代已变，不过我与阴间则不会变。”王臻说。

“书里写的是些什么？”

“都是陛下的未来事，你自己看吧。”

王臻把书递给皇帝。皇帝听说与自己有关，当下便接过来打开读。谁知一读，立即就被那些乱七八糟的异体字弄得头晕目眩。不过在辛公平与很多在场者看来，王臻拿在手里的并不是多棱龙龛手镜，也不是什么字书，而仅仅就是一柄闪亮的匕首。大家只看见王臻拿着匕首在皇帝眼前挥舞晃悠，就像一个侠隐逸士在对外行出示什么山林秘笈。接着，皇帝便说感到头疼欲裂，必须进入后宫去吃药，待沐浴后再出来。然后他拽着王臻，让王臻也陪他一起到后宫去，其他人则不许入内。当然，袍袖中的大将军与禁军也随着他们一起进去了。

皇帝与王臻在后宫浴室里待了很久。殿上的人与辛公平等，隐约听到后宫里时而传过来喧哗与尖叫之声，其状若千军混战，排山倒海。不过，除了中途飞进去过一群苍蝇，仿佛是闻到了什么异味，谁也没敢进去。没人知道发生了什么。

最令大家惊讶的，是当皇帝与王臻俩人把臂言欢，衣冠整洁，满面红光且慢吞吞地走出来时，众人竟然听到了这位皇帝一生以来最快乐的笑声。

“炁丹先生，你今日开了这么多玩笑，前面那些虽壮观瑰丽，异端奇绝，但毕竟尚未涉及朕的切肤之痛。比较起来，还是刚才在后宫浴池里开的最后一个玩笑，最令朕意外，如获新生呀。”皇帝开怀大笑地说。

“陛下满意就好。”正裹着袍袖的王臻也笑道。他袖子里的大将军与禁军似乎都因刚才的什么事而受累了，已睡着了，正集体发出一阵阵足以震动大殿的鼾声。

“嗯，朕从此再也无忧了。”

“我还担心，刚才兵解时，陛下会不会太痛苦了？”

“哪有半分痛苦。痛苦只是快乐的另一种表演罢了。况且，方才那一瞬，枷锁顿开，浑身器官、皮肉、毛发与骸骨等，忽然被玲珑分解，零敲碎打一般，纷纷凌空散去，真是畅快无比。这奇幻而甜蜜的崩溃感，也令朕理解了你的魔术。”

“敢问陛下以为，我的魔术是什么？”

“魔术便是这人间世呀。”

“那陛下此刻想去哪里呢？”

“既然肉身已被魔术解放，朕当然要去再也没有魔术的地方。”

“陛下就没什么可眷恋的人了吗？”

“惭愧，说起来也有。”

“谁？”

“就是最早从你袖中抛出人头的那位。”

“她不过是陛下数千嫔妃之一，何以眷恋？”

“因她从未喜欢过朕。”

“那又何妨？女子多得是。”

“可她只有一个。”

“只有一个？”

“对。举国女子皆爱朕。朝野香艳聪慧者，亦不可胜计，甚至甘愿为朕守宫庐墓，牺牲一切的，也大有人在。但从不喜欢朕的女子，甚至看都懒得看我一眼的，在大唐境内却只有这一个。她的无情便是她最可贵之处。”

“倒也可以理解。好在刚才因她忽然出现，大将军便把她也一并兵解了。其实她未曾有过任何修炼，本该沦为尘土。这次除了不能与你一起‘上仙’，也算是沾陛下的光，算是白日飞升了吧。也许以后你们还能相聚，历史上见。”

“嗯，这也是我要感谢你的地方。”

“何以言谢？”

“因这女子陪伴我时，始终未快乐过。可刚才被你的大将军兵解时，我真看见她第一次有了笑声，且高兴得手舞足蹈。她毁灭时的身姿是如此的喜悦、幽雅而清脆，令朕几乎感到她也是喜欢我的。”

“原来我竟意外帮了陛下一个小忙。”

“的确。此外，朕对人生事已全无所谓了。”

“连皇帝的未来都不要了吗？”

“哪有什么未来。‘未来’是存在者才有的时间局限，是对活着的人才有的一种卑鄙的诱惑与诈骗。如今一切皆不存在，一切皆过去。朕的世界已宽阔得再没有局限。”

“那过去又是什么？”

“过去，过去就是你来的那个地方呀，所谓阴间。”

“那陛下算真认识我了。最后冒昧再问一句，我又是谁？”

“唉，你也是一个玩笑。不可当真。”

说罢，两个人都仰头大笑起来。然后，皇帝拉着王臻宽大如云袍袖，如一个血腥的疯子骑着烟雾般，披头散发地朝外跑去。两人欢乐地腾空飞起时，渣滓般的人群纷纷退让。唯有辛公平不知为何，竟坐在大殿上放声痛哭。笑声与哭声混在一起，不分彼此。从历代皇宫通往森罗殿的大道上，坦荡空旷，万有的量子中只有变数，其实并无一人。这位没有了任何身份、肉体、愿望、权力与观念的皇帝，驾驭着浮游在空中的引力与透明的磁场，随着一个残酷的秘密玩笑进入了“一座根本就没有时间与空间的阴间”。他在伟大的无意义中，把宫殿、群臣、朝代、宫娥的色情、后代的好奇心、匕首的凶残与龙龛手镜⑦复杂的文明结构等景观，都远远地抛在了下面。有时，对这一圣兵解之大快乐，连皇帝自己都不能理解。能理解他的，只有与万象并行的无。

附：关于缺失的说明

按各版本记载，皇帝进入后宫沐浴时，被兵解或秘密弑杀的情况，在此处都缺字，或是陈复言等人故意不表。主要区别在于皇帝走出来后，是“有血”还是“无血”的问题。唐写本《辛公平上仙》作：“收血捧舆。”看似是在洗澡时被杀，且流血很多。而实际上，王臻的圣兵解应是“无血”才更符合其宗旨。因若驾崩有血，便说明有暴力、格斗及弑君行为。这违背了王臻之前所说的“从未杀人”之言，也与他强调的统一场与“死只是一种魔术”的观念相反。开玩笑应是轻松自然的，不需要任何暴力。

2021 年 7 月

注：

① 本篇小说，得自 2021 年夏，偶与学者栾保群先生的一次交流。他建议我或可尝试改编一下唐人李复言《续玄怪录》之《辛公平上仙》一文。该小说因玄想诡异，又牵涉史实，历代多有争议，一般认为是作者隐写了一部关于唐顺宗病故（或秘密被弑，至今无定论）与唐宪宗被害（晚年迷方术，脾气暴躁，常于后宫殴打宫女与宦官，后被宦官陈弘志等谋杀于殿上）的著名历史悬案。父子两代皇帝双双死于非命，史上也罕见。陈寅恪先生在《〈顺宗实录〉与〈续玄怪录〉》一文中，认为

这是作者“假道家‘兵解’之词，以纪宪宗被弑之实”。唐顺宗李诵多病，在位只有八个月左右，后因“二王八司马事件”而退位。李诵是唐德宗李适的长子，而小说作者李复言，生卒年不详，一说即唐德宗李适的第四子李谅，封虔王，不知所终。谅字复言，曾与白居易、元稹等有唱和。李复言得到过“永贞革新”领袖王叔文的举荐。“永贞革新”失败后，王叔文被赐死，李也因此而未能出仕。或许也正因此，皇子变成了一个写小说的人？在唐代，政治人物写小说也并不少见，如之前兵部尚书牛僧孺，也许就是“牛李党争”失败时，为打发时光而写了《玄怪录》。李复言也算是步其后尘，故名《续玄怪录》，也说得通。不过李复言究竟是不是李谅，始终存疑，若属实，那唐顺宗就是作者的哥哥。知道一些不能入正史的宫廷内幕，也是有可能的。而唐宪宗李纯也是唐德宗李适的孙子，即李谅的侄子。

② 《辛公平上仙》全文如下：洪州高安县尉辛公平，吉州卢陵县尉成士廉，同居泗州下邳县，于元和末偕赴调集，乘雨入洛西榆林店。掌店人甚贫，待宾之具，莫不尘秽，独一床似洁，而有一步客先憩于上矣。主人率皆重车马而轻徒步，辛、成之来也，乃逐步客于他床。客倦起于床而回顾，公平谓主人曰：“客之贤不肖，不在车徒，安知步客非长者，以吾有一仆一马而烦动乎？”因谓步客曰：“请公不起，仆就此憩矣。”客曰：“不敢。”遂复就寝。深夜，二人饮酒食肉，私曰：“我钦之之言，彼固德我，今或召之，未恶也。”公平高声曰：“有少酒肉，能相从否？”一召而来，乃绿衣吏也。问其姓名，曰：“王臻。”言辞亮达，辩不可及。二人益狎之。酒阑，公平曰：“人皆曰‘天生万物，唯我最灵’。儒书亦谓人为生灵。来日所食，便不能知，此安得为灵乎？”臻曰：“步走能知之。夫人生一言一憩之会，无非前定。来日必食于磁涧王氏，致饭，蔬而多品；宿于新安赵氏，得肝羹耳。臻以徒步，不可昼随，而夜可会耳。君或不弃，敢附末光。”未明，步客前去。二人及磁涧逆旅，问其姓，曰：“王。”中堂方馔僧，得僧之余悉

奉客，故蔬而多品。到新安，店叟召之者十数，意皆不往，试入一家，问其姓，曰："赵。"将食，果有肝羹。二人相顾方笑，而臻适入，执其手曰："圣人矣！"礼钦甚笃。宵会晨分，期将来之事，莫不中的。行次阌乡，臻曰："二君固明智之者，识臻何为者？"曰："博文多艺，隐遁之客也。"曰："非也。固不识，我乃阴吏之迎驾者。"曰："天子上仙，可单使迎乎？"曰："是何言欤？甲马五百，将军一人，臻乃军之籍吏耳。"曰："其徒安在？"曰："左右前后。今臻何所以奉白者，来日金天置宴，谋少酒肉奉遗，请华阴相待。"黄昏，臻乘马引仆，携羊豕各半，酒数斗来，曰："此人间之物，幸无疑也。"言讫而去。其酒肉肥浓之极。过于华阴，聚散如初，宿灞上，臻曰："此行乃人世不测者也，辛君能一观。"成公曰："何独弃我？"曰："神祇尚侮人之衰也，君命稍薄，故不可耳，非敢不均其分也。入城当舍于开化坊西门北壁上第二板门王家，可直造焉。辛君初五更立灞西古槐下。"及期，辛步往灞西，见旋风卷尘，迤逦而去。到古槐立未定，忽有风来扑林，转盼间，一旗甲马立于其前。王臻者乘且牵，呼辛速登。既乘，观马前后，戈甲塞路。臻引辛谒大将军。将军者，丈余，貌甚伟，揖公平曰："闻君有广钦之心，诚推此心于天下，鬼神者且不敢侮，况人乎？"谓臻曰："君既召来，宜尽主人之分。"遂同行入通化门，及诸街铺，各有吏士迎拜。次天门街，有紫吏若供顿者，曰："人多，并下不得，请逐近配分。"将军许之。于是分兵五处，独将军与亲卫馆于颜鲁公庙。既入坊，颜氏之先，簪裾而来若迎者，遂入舍。臻与公平止西廊幕次，肴馔馨香，味穷海陆，其有令公平食之者，有令不食者。臻曰："阳司授官，皆禀阴命。臻感二君也，检选事，据籍诚当驳放，君仅得一官耳。臻求名加等，吏曹见许矣。"居数日，将军曰："时限向尽，在于道场，万神护跸，无计奉迎，如何？"臻曰："牒府请夜宴，宴时腥膻，众神自许，即可矣。"遂行牒。牒去，逡巡得报，曰："已敕备夜宴。"于是部管兵马，戌时齐进入光范及诸门。门吏皆立拜宣政殿下，马兵三百，余人步，将军金甲仗钺来，立于所宴殿下，五十人从卒环殿露兵，若备非常者。殿上歌舞方欢，俳优赞咏，灯烛荧煌，丝竹并作。俄而三更四点，有一人多髯而长，碧衫皂裤，以红为褾，又以紫縠画虹霓为帔，结于两肩右腋之间，垂两端于背，冠皮冠，非虎非豹，饰以红罽，其状可畏。忽不知其所来，执金匕首长尺余，拱于将军之前，延声曰："时到矣！"将军颊眉揖之，唯而走，自西厢历阶而上，当御座后，跪以献上。既而左右纷纭，上头眩，音乐骤散，扶入西阁，久之未出。将军曰："升云之期，难违顷刻。上既命驾，何不遂行？"对曰："上澡身否？""然，可即路。"遽闻具浴之声。三更，上御碧玉舆，青衣十六，衣上皆画龙凤，肩舁下殿。将军揖。"介胄之士无拜。"因慰问以"人间纷挐，万机劳苦，淫声荡耳，妖色惑心，清真之怀，得复存否"？上曰："心非金石，见之能无少乱？今已舍离，固亦释然。"将军笑之，遂步从环殿引冀而出，自内阁及诸门吏，莫不呜咽。群辞，或收血捧舆，不忍去者。过宣政殿，二百骑引，三百骑从，如风如雷，飒然东去，出望仙门。将军乃敕臻送公平，遂勒马离队，不觉足已到一板门前。臻曰："此开化王家宅，成君所止也。仙驭已远，不能从容，为臻多谢成君。"牵辔扬鞭，忽不复见。公平扣门一声，有人应者，果成君也。秘不敢泄。更数月，方有攀髯之泣。来年，公平授扬州江都县簿，士廉授兖州瑕丘县丞，皆如其言。元和初，李生畴昔宰彭城，而公平之子参徐州军事，得以详闻。故书其实，以警道途之傲者。

③ 本篇两位王臻，一为唐人李复言小说《辛公平上仙》中的神怪人物，即迎接皇帝驾崩的阴间"绿衣吏"；一为宋真宗、仁宗时的王臻，北宋大臣，监察御史，生卒年不详。宋仁宗为宋真宗第六子。

④ 攀髯，旧时指皇帝驾崩。

⑤ 上仙，道教或李复言编撰的词，也指皇帝驾崩。

⑥ 韦巨源（631—710），唐中宗时宰相，韦皇后心腹，"烧尾宴"是他宴

请唐中宗时的宴会，极尽奢侈，据说共上了五十八道菜。韦巨源后于李隆基发起“唐隆事变”时，被乱兵所杀，时年八十岁，但此宴会形式风行一时，到玄宗时才终止。烧尾，一指唐时臣献食于君；一指大人虎变，须断其尾；一指鱼跃龙门，须雷电击烧其尾，故名。

⑦《龙龛手镜》本为辽代僧人释行均所编字书，收26430余字。书中所列文字有正、俗、古文等体，异体字与讹体很多，杂然并陈。有的甚至奇诡混乱，不可究诘，与《说文》《玉篇》等也不同。《龙龛手镜》序言时间为辽圣宗十五年，即宋真宗至道三年，公元997年前后。

就 义

据异端者言：那位先验的义士是早就决定要抛弃发妻的，只是尚未施行。义士都是用绝情滋养心火之人。为此，他们宁愿被视为无耻之徒。义士大多有罕见的洁癖，只愿截取生命中最光鲜的一段来活，如青春、肌肉、黑发、充沛的体液，甚至仅仅为了一句简短的陌生格言，也可去纵火焚身。世界在幻灭，人也在幻灭。人生最好的那些日子已过去了，剩下的后一半便只是苟且、凑合、自欺欺人和敷衍了事，何必珍惜？哪有什么长久的，所有事最终都是不欢而散，包括父母与子女、恋人或友谊。极少数人能留得一分互敬，已属万幸。可除了义士自己，他身边大部分人连这点互敬都已没有。

义士认为，一个人如果最终不能就义，那活到年迈，便只剩下冷漠、嘲笑和淡忘。能保持沉默，不干过河拆桥的事，便算对得起教养了，遑论幸福。人性就像人的身体，年轻时都会如金子一样闪光，芳香诱人，到了后半生，松弛的臭皮囊则分文不值。

义士从不认为自己应该活过四十岁，可如今他却四十二岁了。时不我待，他必须抛家弃子，从纵欲滥情的腐烂中开始新的选择。

他唯一放不下的，只有一些压在箱子里的旧信。

如果就义了，那些信由谁来继承呢？信里也没有什么秘密。可若全烧了，又等于把他过去的存在全都毁灭掉，世间人再也不知道他经历过什么。

至于就义的理由，是时间（时代）不合理吗？不，是世界（存在）不合理。单个的存在都是合理的，加在一起就不合理。譬如人与猪，各自是好的。但人要吃猪肉，还批量养殖与宰杀猪，他们加在一起就是不合理的。其他诸如历史与自然、心与物、敌我矛盾或恋人之间的互相周旋等，以此类推。不用再绞尽脑汁反对时间或时代。所谓存在，即拒绝与别的事物共存而已。存在即万物相生而又互害，道并行而又相悖。存在只是互相毁灭与忘记的另一种价值体系，就义则是存在的最高形式。

义士必须忘记发妻、信件与兄弟，走向毫无道理的破坏性。义士太爱他的日子、书、茶炉与多年来收藏的植物标本。爱是短处。义士为了成为就义者，必须自暴自弃。只是这些年来，他并未真正确定就义的导火索在哪里，是为哲学、肉体、家国兴亡、公交车站边的民众疾苦，还是为一场自己痛失多年的爱情？年纪一到，再伟大的哲学也令人厌倦，兄弟们各自倦鸟投林云返岫，民众仍然浑浊，连旧日恋人的吻也散发出老妇的恶臭。这世界真的很没意思。这种没意思，常将仍然尖锐的义士挤压成了扁平的。长夜漫漫，义士全靠编造一系列旷古未有的思想复杂性与社会偏见，来抵抗这种没意思。否则他就是一张废纸。在他的世界里，唯一的趣事就是可以杜撰意义。不能杜撰和不允许杜撰的，全都是假的，过眼云烟。没有就义的世界就像没有性欲的艳遇。

为此义士无数次告别已显老态的发妻，独自走向街头，想去寻觅就义的可能性，杜撰存在的价值，从而一扫旧信中的全部屈辱。可最终，他又总是失败而归，回到家中灶边，独自面壁，饮酒扫地，唉声叹气。他那与生俱来的思想洁癖，那积压多年的为臭皮囊之衰老与猥琐生涯的复仇愿望——总之，一切光荣的反对，微言大义的最后闪光，都会被老妻的误解、世界的无视与物质统治下的怯懦击得粉碎。

没有人会关心就义者。这世界一切意义都已是零，何来“就义”？就义者有时会站在大街拐角处徘徊，用捡来的树枝或雨伞去拨弄一个孩子丢在路边的球，用皮鞋去蹭人行横道的白漆，在雨中抱树而哭，或用牙咬着右手无名指上的一根倒刺，并不断地去撕嘴唇上干裂的皮。就义者不爱喝水。就义者心乱如麻。就义者随地吐痰。就义者无所事事。

2020 年 9 月

棍棒梦

淡忘乃头颅暂寄之斩首，清静即万籁俱寂之焦虑。

十七年来，我一直在同一团跟踪我的云做斗争。记得当初，在浅草茶屋，我们坐下来饮抹茶，话不投机，互相之间都心怀怨恨，一枚最小的点心也未吃完，便分道扬镳了。可多少日子以来，我又始终觉得她离开是假。她在暗中尾随我，监视我，幽幽目光如芒在背。待我转身，却空无一人。

有时我会装作弯腰系鞋带，或因痛苦而蹲下来向身后偷窥。但除了自己那被阳光打倒在地的影子，从未发现有任何人跟踪我。

若让我回忆，究竟有何处得罪过她，欺辱或伤害过她，让她想报复，我也想不起来。浅草寺前黑压压的人群翻滚，早已埋葬了爱情的马蹄。屋子里残留着她与我一起写作时留下的那些照片、藏书、手稿碎片、口红、一大堆废弃的签字笔，老式电子文字处理器、眼罩、香水瓶、涂改液、书签、曲别针、扣子甚至掉下来几根头发——简直就像世间一座最小的私人文学馆，看上去也都那么温润古雅，丝毫没有任何生过气的迹象。

为什么会分手？想不起来了。我们之间也从未有过什么第三者或离奇的冲突。

屋子墙上倒是有过一道被砸出来的、很深的划痕，深得可以看见钢筋与砖头。因长期不修缮，石灰腐烂了。后来这划痕便逐渐发展成了一团潮湿的黑窟窿，里面还盘踞着某些我说不出名字的昆虫。可我一直不能确定这是被什么东西砸的，更想不起是我与她谁砸的，以及被砸的原因。

甚至她最后在茶屋门口转身离开时，是笑是哭，我都不敢肯定。她的脸在从鬓角边缘向眉目间延伸时便渐渐消失了，只有一个白印在风里飘动，如一面没有符号的旗。

大概真正控制我们的，从来就不是记忆，而是忘记。不承认这一点的人，往往更是被控制得最严重的人，因他都不知道自己是谁。我过去就是此类人：方向不明决心大，激烈于辽阔的色欲，投身于荒谬的日子，像一阵朝四处乱吹的风。我对她的全部记忆，正如我晚上的梦：具体梦见什么已经忘记了，但那个被忘记的东西，却在暗中指挥着我十七年来白天的脾气。被忘记的东西如此强大，以至于你无论怎样回忆，都找不到它的定义或逸闻，甚至连人与物之名都不一定记得准。你只能感到自己是被它无数凌空乱下的棍棒所驱赶、痛打、压迫或控制的一个傀儡，是被一团空白之疼秘密折磨的奴隶。

万事皆空，只有被她跟踪这一点是确定的。有时我觉得她为了监视我，就在对面的楼里租了一间房子，因有好几次我都清楚听到过她的说话声。待我转身，却空无一人。

当然还有一种可能，即会不会是我记反了，不是她在跟踪我，而是我一直在跟踪她，或监视另外一个什么人的行踪？那个人我并不认识，却自以为认识？也未可知。我无数次路过她过去的住处时，不也会探头去看吗？以己之心度人之腹，这种事也是有的。况且这么多年来，我总是躲躲闪闪地前进，隐藏着自己无耻的存在，当大家警觉地回头观察时，我便装作低头买烟或看报。我土木形骸，不修边幅，早与路边的尘土融为一体，就像所有历史上那些情不自禁去跟踪别人的人一样。遗忘使每个人都变成了卑鄙的人。

总之，就为了这么一件完全想不起来的小事，为了一个想不起来的人，我的眼泪常摇摇欲坠，犹如长久地凝视太阳。那是否有可能——人会为了根本不存在的东西而甘愿走向抽象的毁灭呢？也难说。只是在毁灭之前，人还是宁愿选择一场绚丽的苟且，或写下一首足以遮蔽自己丑陋往事的诗，譬如：

夜雨秋灯任琴冷，展卷萧斋有所思。
哪堪参得无人境，与君重温遮云痴。
残茶犹醒棍棒梦，宿墨猛喝二三诗。
枯木摇接万古漏，扉锁燕笺寸心知。

2020 年 10 月

藩王的刺青

就在那场史称“月环食之变”的事件发生前一日，几十年来沉浸在夺嫡抱负中的藩王朱高燧[1]，终于掌握了用铁钉的秘诀，即只要将这钉子钉在殿外那座长廊上，便可以阻止敌军来犯。这个奥秘究竟发生在十五世纪中叶的哪一年并不重要，重要的是那一年藩国第一次有了从西域传来的铁钉，而藩王则是唯一能执行铁钉秘诀之人。

数百年来，藩国人从未发明过铁钉。一切依赖结构力学的事物，都是靠胶粘、捆绑或木质榫卯结构来咬合固定。铁钉横空出世，改变了太多的东西：宫殿、造船、马车、佛塔、栅栏、城门、衣柜、书案、贞洁带……除了通往藩王内殿的那条长廊，几乎所有的藩国事物都被铁钉改变了性质，只是表面上看不出来。

殿外长廊曲折九弯，全是用原木铺地、木柱与木梁连贯筑成。藩国人都相信“金克木”的传统，若修长廊也用铁钉，理

---

① 藩王朱高燧（1383—1431），朱元璋孙，明成祖朱棣第三子，明仁宗朱高炽同母弟，封为赵王，就藩彰德府（安阳）。朱高燧恃宠，多行不法，与汉王朱高煦谋夺嫡，时时谮太子。七年，成祖闻其不法事，大怒，诛其长史顾晟，褫高燧冠服，以太子力解，得免。明宣宗宣德元年时，朱高燧又欲与兄汉王朱高煦共谋夺嫡之事，后朱高煦被烧杀于铜缸之内，而朱高燧则得免，宣德六年去世。

论上是很危险的、不吉的，故明令禁用。

此外，整个藩国境内唯一能拒绝铁钉的东西，就只有藩王朱高燧的文身了。

藩王的文身是藩国最雄伟的传奇，闻名遐迩，勾勒着霸主英姿的元素。朱高燧也正因有这壮怀激烈的文身，才始终都想谋反，与他那位孔武有力的兄长朱高煦一起，重新夺取被晚辈霸占的父皇之江山。据说，他的文身是由一座一座密集的楼阁、园林、花朵、月牙、狮子、孔雀与鲤鱼等互相交叉，再用铁线界画连起来的一幅没有边缘的山水图。图的起点从朱高燧的后脖子开始，围绕着他后背的体毛、血管、筋肉向四肢展开，呈放射状。其中也有一条细微的长廊，则以他的整个脊椎为曲线，从上到下隐约贯穿，然后在尾椎与腹股沟中逐渐凹陷下去，落入器官的黑暗里。藩王的会阴穴，便是整个图案与长廊消失的地方，犹如一轮黑色的太阳。刺青本出自父皇一位心腹太监之手。朱高燧从来认为：父皇能让心腹给他文身，便早已说明想传位给他，只是不便明言。文身是最强有力的遗诏。可父皇驾崩之后，皇位却被一个侄子霸占了。这对朱高燧以及众多同辈藩王们而言，真是难以忍受的奇耻大辱。因二十多岁时，他就曾经参与过夺嫡，无奈失败了。为逃避这屈辱，他只能终日沉浸在对文身的沉思中。那刺青针法妙绝，染色绚丽，却又文得薄如蝉翼，吹弹可破。裸身时，那山林里飘逸的雾霭，会随着肌肉与骨骼的起伏若隐若现，其逼真感连藩王的妃子们在深夜抚摸到他的肌肤时，都不禁瑟瑟发抖，仿佛稍一用力，便会将此无言的诏书从肉体上抹掉。

铁钉普及之后，朱高燧的肉体仿佛就变成了整个藩国最柔软的地方。谁敢往藩王背上钉铁钉呢？更何况他并不相信铁钉。

“以异族人之奇技淫巧治天下，终非长久之计，”藩王说，“何况孤尚有大事未做，怎能在一枚舶来的钉子上耗费时间？”

可铁钉的好处就在于，只要一锤子下去，便可让很多东西变得坚不可摧，牢不可破，故多年来铁钉在藩国朝野上下所向披靡，尽管藩王对它的意义置若罔闻。

朱高燧四十二岁那年，一轮久违的月环食出现在了藩国边境的一棵树上。藩国占星师告诉藩王，这月环食的时间太长了，已远远超过了田间一头牛反刍的时间。从占书上来看，这种月环食天象一旦出现，便是夺取皇位的吉兆。此事自然唤醒了朱高燧颓丧已久的雄心。就在前不久，那位勇猛无敌的兄长朱高煦也已来信，让他一起再次举事夺嫡。而朱高燧毕竟不像当年那么年轻了。他野心犹在，可又担心万一谋反失败了，自己是否还能全身而退，依然世袭王位，保有这藩国的全部黄金、建筑、粮食与恋人。

占星师谏言道：“吾王若真须留此后路，那就要用上西域铁钉了。”

“此事纯属孤之家事，拿那外来的钉子有何用？”藩王问。

“吾王有所不知。如今藩国内，所有东西都不拒绝用铁钉，但皆民用。当年送铁钉来的那个西域胡僧，曾告诉过微臣一个秘诀，即在大殿外长廊中，有一处，若钉上此铁钉，就能阻挡住任何武装者的入侵，包括来自皇城的御林军、禁军、御史钦差或锦衣卫们的寻衅，更不用说任何叛军或贼寇的侵扰。甚至从西域番邦来的攻击，只要有此一枚铁钉镇住，也都不能靠近吾王的肉身。”占星师答道。

“小小钉子，果然有此等奇特法力？”

“法力大小，微臣未敢断言。不过，夺嫡之事本千难万险，宁信其有，不信其无。若吾王已决心冒险，也不妨一试。”

记得那一年历史的人，都说当初以占星师起头，围绕铁钉到底能否用于长廊之事，藩国内辅佐朱高燧的文臣武将们，进行过几次漫长的争论。但藩王最终还是信了。他在发密信回复兄长朱高煦之前，便默许同意了将一枚食指长短的西域铁钉，钉入外殿长廊中间，九转圆柱下的第四十七块原木地板里。据占星师说，这个位置也是胡僧当初选定的。胡僧说，深夜子时站在这块木板之处，抬头便可以直接看见前方的北极星，而在其他位置上看，北极星则都会被长廊上密集的柱子、屋檐或转弯不断的藩篱挡住。

月环食发生时，长廊上的北极星尤其夺目耀眼，望之几令朱高燧泪下。

但夺嫡之事还是泄露了。藩王听说皇帝先将兄长朱高煦废为庶人，剥夺了全部藩国，后又在追杀兄长时，命人用一口铜缸扣住了力大无穷的朱高煦，并纵火烧死了他。虎背熊腰的兄长，最终在铜缸里被烤成了一坨痛苦的熟肉。而一大群曾辅佐过朱高燧的幕僚、军师、游侠与心腹，也包括占星师等，都纷纷被逮捕问斩。但皇帝却很意外地，唯独不杀有文身的朱高燧。朝廷里很多人都谏言让皇帝在削藩时务必斩草除根，但皇帝拒绝了。藩王朱高燧只是被剥夺了很多黄金，但仍住在他奢侈的藩国内，只是忍气吞声。他醉心于对刺青中建筑层次的研究，却再也不敢回忆父皇的许愿，直到四十八岁因病去世。

没人知道藩王是怎么死的。因朱高燧死时，停尸于宫殿中央。传闻他的脊椎断裂了。另一个传闻则称，在藩王后背文有长廊的地方，于腰侧命门下之脊骨缝隙二三寸处，有一枚被不知谁派来的什么刺客揳入的西域铁钉。这件无法证明的事并未修入正史（或因悼明宣宗之忌，在修史时被勒令删除了），可在明代山林笔记里却有所传闻。如明人罗清[1]在其早期佚作《削藩寇轨》里，便载有几句笔记，称藩王（赵王）朱高燧，薨于殿上。头七那日，一位白帽乌衣，从西域风尘仆仆而来的长须胡僧骑枣红马赶到了灵堂。殿外众多侍卫见来者可疑，欲阻挡胡僧入内。可胡僧下马后形若魅影，执一柄波斯弯刀，猱身而上，眨眼砍杀数人，轻易便避开了藩国灵堂的刀剑丛林。胡僧直奔棺椁，掀开盖子，从藩王朱高燧遗体后背那发白刺青上，迅速拔出了铁钉，含在嘴里，然后纵马扬鞭而去。

一根殿外长廊九转处的柱子，在胡僧走后轰然倒塌。从此，在藩国彰德府那座殿外长廊里，无论从任何角度、任何位置，都不可能看到北极星。

而且藩王死后，长廊下发现了很多铁钉，可见在历代修长廊时，西域铁钉早已普及。可唯独在那第四十七块地板下，并未发现哪怕一枚铁钉。

那么，是铁钉一开始就被揳入朱高燧的后背了吗？这更无法证实。但最起码，铁钉终究让他保留了藩国的待遇，并未因谋逆之罪而立即被废。有研究者云，“月环食之变”或是明代藩王制度走向衰落的真正发端，而铁钉的出现，占星师与异族

---

① 罗清（1442—1527），字梦鸿，号思孚、无为，山东即墨人，后世门徒称为罗祖，又称“无为老祖”。其创立的宗教俗称罗教，又称罗道教、罗祖教或无为教等。

的关系，从一开始便可能是西域胡僧试图用异族冶金术篡改明人生活方式的阴谋。更可惜的是，罗清自创罗教后，《削藩寇轨》一书因与其教宗大旨有悖，便被作为其早年游荡时期的异端孤本，被历代门徒封存在了民间浩瀚的野史里，秘不示人，至今未见全豹之踪影。

2020 年 10 月

单驮记

獾的肉身太弱小了，枯瘦如柴，皮毛也松松垮垮。它生下来就被猛兽们追赶，活在惊恐中。它常沿着灌木、沟渠、洞窟或碧涧流泉之缝隙仓皇地躲藏，在原野上四处逃亡。它生下来就没有任何牙齿能发育为一颗獠牙，爪子也在三块趾肉垫里磨烂了，奔跑速度还不如一只肥丑的鼹鼠。它长得如此难看，丑陋多毛的鼻孔上带着猥琐的斑点，腺体终日释放的臭味令人厌恶，被山火烧得只剩下半截的胡须，以及曾被豺狗咬掉了尖的黑耳朵，常令它爬树时失去平衡，歪歪斜斜。山林残酷，虎狼驰驱，从未有谁关心过它卑贱的惊叫或冗长的哭泣。就连那些它的同类，为了表达各自的尊贵，也都视它为蹩脚的家伙，迟早会被赶走、被淘汰或被吃掉。总之，它是那种必将被丛林法则所忘记的生命，仿佛从未存在过。作为一头枉自委曲、苟且偷生的无名幼兽，哪怕是午夜爬到山顶上去拼命向着明月怒吼，它的声音也像一阵微风的叹息，谁也听不见。它躲在岩壁缝里，也能看见太阳出来，朝霞凶残地绞杀着漫山花海。待下雨时，又把这壮丽的血浆洗得一干二净。一朵小花尽力摆出稚嫩的雄姿，拼命反抗巨石的压迫。狮群趴在溪边交媾，咆哮与受精的快感融为一体。不计其数的食肉植物、寒鸦、浮萍、细菌、蚂蟥与蚊蚋们在密林中万军混战。巢穴边的鹰含恨地望着远方，抬起头痛饮苍穹。只有獾什么也不能做。它只能抱着自己那一堆肮脏的皮毛，躲在暗处舔伤口，或梳理被汗液、屎尿与泥浆弄得污秽不堪的器官。它是丛林边缘最卑贱的渣滓。

唯一不同的，便是这獾后来有一个主人。

它的主人（同时也是它的奴隶）是一个流窜到弇州一带，抢劫过往客商的瘸子土匪，自称“单驮”。没人知道这名是什么意思。

数年前，单驮带着一群由潦倒的师爷、落魄举子、兵痞、监狱逃犯和附近一带村夫盲流组成的喽啰，驻扎到了丛林里。他们盘踞于岩洞和石窟之中，定期出去杀人越货。同治三年夏，有个被劫的行脚术士曾告诉单驮，他的真身就是一头在原野上到处流亡的瘸腿獾，无论他如何为人间之事挣扎，即便当了什么头儿，也最终难摆脱被忽略的命运。单驮本是不信此类预言的。不过，只为了这句话，他没杀那术士，只抢了他的财物，便放走了。因单驮早就看见，在他们一伙人藏身的山洞角落里，就躲着一头癞皮瘸腿、半死不活的獾。那家伙半夜常爬出来偷吃喽啰们的残羹剩饭。单驮并没有开枪杀它。

更意外的是有一日，据说单驮在獾出没之后，做了一个他从未对任何人说的梦，从此他就变了。

他开始神情恍惚，对抢劫等大事心不在焉。以至于有时下山回来，饮酒独坐，单驮便会与这一瘸一拐的畜生四目相对，看着它无耻地咀嚼地上的食物残渣、蚯蚓与昆虫，忽然痛哭流涕，或长久静默无言。大概因单驮自己也是瘸子，同病相怜吧。抑或他是这样想的：生命中总会遇到自己的镜像，可大多来自碎片。人向往尊严、王位或富贵之境，有时看上去似乎已做到了，但真正决定命运的，又都是些小事。譬如一句得罪别人的话、一本早已忘记多年的书、一个始终被大家反感的姿势等。人会为了某些完全不足挂齿的琐事，如冷笑、脏字、脚气、牙黄、借了手帕不还、在宴席上抢了风头、抽烟呛人、被女人多看了几眼等，便将他人乃至亲友置于死地，甚至搞得满世界洪水滔天吗？几十年的荡寇经验告诉他：会的。人都是小气鬼。尤其是帝王将相，睚眦必报只是习惯。譬如他自己为何会落草为寇？他过去本是指挥千军万马的将领，攻城略地，独霸一方，可就因腿瘸，走得慢了点，便被上峰赶出了兵营，没能参与那场可以改变中国的战争。单驮在獾的身上看到了自己。他发誓，此生即便粉碎如残渣，绝不再与任何强者为伍。后来无论流亡到哪里，驻扎在哪个洞穴，他都会带着那头用恶臭来保护自己平安的獾。它成了他的宠物。这成了那一年最荒唐的剿匪奇闻。据说，单驮与獾朝夕相处，变得亲密无间，以至于后来发展到每当大家要下山做什么事时，单驮都会向獾请示。獾点头（发出吡吡声），他才会做；獾若反对（腺体释放臭气），他便绝不会同意下山。若有谁胆敢对獾不敬，便会立刻被单驮打骂，甚至被他不眨眼地举枪干掉。为此，不少追随者、军师、骨干与女人们，都悄无声息地离开了单驮，视他为不可理喻、背信弃义的混蛋。他成了一个独行的大盗。他不仅只身去抢劫，还会去帮獾杀掉所有过去欺负过它的那些毒蛇野兽。有人烧山时，他就抱着獾在深山老林里奔跑。獾天生能于岩缝下挖洞，单驮以此藏身，避过无数次搜捕；平安无事时，他就趴在山顶，学着獾那样对月哀号。单驮的选择始终不能被人理解。从围剿他的官兵、江湖旧交、过去的姘头到整个绿林，他和獾都成了一个著名的笑话，他是与畜生为伍的臭烘烘的废物。一度昌盛的匪窟作了鸟兽散，把单驮独自抛弃在草莽生涯的黑暗里，像一个悲伤腐烂的疯子。只有獾不曾离开他，他们一起觅食，同窝而眠，共享丛林的血腥与痛苦，好像也是在同一个冬日黄昏因饥饿而死去。

头七那天，行脚术士重新出现在洞穴边，把他俩枯瘦的遗骸埋在了一起。术士在墓碑上并没写单驮之名，只写了“獿塜”（狷冢）二字。此冢距弇州北有一百二十余里，墓道及碑文断毁于六十年代的一场雷雨。弇州当地，从未有谁能准确诠释此二字与单驮及他的獾之间究竟有何关系，也永无人能知道匪首单驮当年到底做过什么梦。

2020 年 10 月

坐 腊

刮掉胡须的人站在路边坐腊，用拐杖拨弄着下水道边一块被丢弃的肥肉。

多少年来，刮掉胡须的人都不相信世界。世界通常都是亲者哂，善者庸，师徒相猜，同行相嫉，昔日情侣、夫妻与朋友最终会渐行渐远，两个好人之间仍将不断怨恨。世界是无数弱者们相互伪装成强者，用渐次比较逃避终极究竟的总和，并因不得已或无奈，便表现为沉默。只要人一旦走到大街上去，便都是在坐腊：上有老，下有小，中间是风化的焦虑，身后布满黑压压的人群，前途是诱人的深渊。

刮掉胡须的人曾获得消息，当某日午后的太阳照射在那块肮脏的肥肉上，其散发的腥臭向四野辐射时，他便能摆脱这坐腊的处境。

遗憾的是，他每天出门都是阴天，乃至下雨天。

他摸着下巴，若有所思，寻觅着已被刮掉的胡楂，顺便否定自己的脸颊。他的脸颊就是他的盲区。其实被他忽略的他人世界都算盲区。每个人都会忽略大部分看不见的世界，关注自己能看见的一小部分。眼观鼻，鼻观口，口却不能再观下巴。从人到世界之间的色变，渐浅渐深，亦仅是层次差异。世界不过是由一系列无限重叠交叉的盲区组成。从未有一个人能真正完全认识另外一个人，遑论世界。大家全是盲人摸象——就像刮掉胡须的人摸他的下巴。所有的事件与论证大概都来自想象，包括文明、历史、知识、宗教与科学等。因都是局部。观念是这样一种东西：只要“无限”存在，那“全部”便不存在。如果“全部”是场骗局，那“无限”岂非更是对每一代人的讹诈？

他曾为这光荣的窘境而沾沾自喜，如献身于一场恶的自渎。

托在下巴上的无限，让他享受着坐腊时代漫天而下的暴虐花箭。

当然，这刮掉胡须的人或许只是个不修边幅的试验品。他只是个被什么伟大的麻木者发明出来的一束矛盾的感觉。他每天都按时出门，带着剃须刀在大街上走来走去，或于众目睽睽下满地打滚，对人间疾苦与少女的乳房皆熟视无睹。他面对着肥肉的磁场旋转，走又走不开，停也停不下来。他抱住自己的肉体在地上翻滚一阵之后，会坚强地站起来，摇晃一会儿，如一棵暴风雨中的怪树，然后又再躺下来继续叫喊着满地打滚，如此反反复复。他也会疯狂地、目不转睛地注视着远方那块已爬满苍蝇的肥肉，或发出一阵冷笑，或与肥肉秘密地对话。作为一个表达者，仿佛总统、窃贼、装甲车、监狱、汉字与下雨天搬家的蚂蚁们都不及他更敏锐。他可以用四十九年来积累的记忆符号、阐幽镜像的物理发明与中世纪杜撰的神秘学体系来折磨自己，嘲讽那些如铁的事实一般根本不存在的往事，在路边进退维谷的两难之中寻求色相与理智。他为此甚至可以深刻地怀疑天体运行与性欲的规律。他为此甚至可以背叛一位从他人盲区里费尽心血横刀夺来的奇异恋人，让她在家中静候。

当然，这一切可能也都是刮掉胡须的人在自己盲区中的想象而已。

自古以来，肥肉都从不会以惊人的速度膨胀，或在暗中发馊，而从来便是以光辉的腐烂缓慢凹陷、逐渐干枯——故刮掉胡须的人很难揣测出，他与人群、恋人、想象力、拐杖与肥肉等诸多事物互相纠葛太久，究竟哪一个会率先化为坚定的无。

2020 年 11 月

巨匠（Demiurge）

按：巨匠（Demiurge），即大造物主，在柏拉图《蒂迈欧篇》中有所描述，又译德谬哥、黛米乌尔、迪米乌哥斯等。古希腊哲学如柏拉图、新毕达哥拉斯、中柏拉图或新柏拉图主义中，德谬哥指的是一个类似大工匠的造物主，真身呈圆形，负责创造并维持物质世界的运行。早期景教诺斯底教义中也有巨匠造物主，但是一个次神，因他创造的物质世界有缺陷并存在恶的叛逆力量。

一

太空里光线密集，自从发明了那些堆积起来、不断变幻与运动的原子，又目睹它们的互相毁灭后，巨匠便躲起来，再也不愿面对自己一手塑造的形状、声音、颜色和气味。偶尔，巨匠会站在悬崖上低声絮叨：“恶的曙光呀，你真存在吗？为何你还不带着坚硬的犄角与运动出来，用耀眼的缺陷反抗我呢？”但这只能是声若蚊蚋的自言自语，还有点滑稽。因巨匠从来就是一个被恶的曙光所忽略的小人物，此事全世界都知道。有时，整个下午，巨匠都会围绕着他早年制造的那些奇怪的飞禽走兽、圆、大海、山林、气、数学、宫殿或人间烟火等绕圈子，无处可去。他想重新为万物洗牌，却无从下手，因原子的密度早已太大了，且仍在昼夜生长。尤其那些人间烟火。各行各业都挤满了人，令巨匠感到无比厌倦。人群其实也是理解巨匠的，如他们也曾发现过诸如以太、互反噬效应、神学悖论、笼子、性与恋人、时间、火元素、死、天体物理的局限、25 号宇宙等由巨匠亲自设计的镜像、实验或模型。他们在模拟巨匠，但也知道自己的模拟毕竟是模拟，在太空里也前途渺茫。而且，人间产品的堆积越来越多，当景观、思绪、情感、表达、语言与物质都达到饱和时，每一个个体的感受也就麻木了。他们会对新生的哪怕再好的东西都变得很冷漠，不再需要，任其影响力逐渐式微，最终陷入准停滞状态，只剩下忘记。就像一个人收藏了太多的书却往往会变得一本都不想看一样，无论知识还是肉体，密度会消灭一切感觉。整日整夜，巨匠都在崇高麻木中保持着伟大的神秘，拒绝出来为自然、人间与物质的三维矛盾解围。他希望自己变得小一点，再小一点，能远离这场无限繁殖的密度，仅知道它们仍在运行就好。太空里有过多的空间，空间与空间之间还在诞生空间，这一点也让巨匠无感，故他对制造空间也已毫不关心。他每日高悬于万有之间，从有走到无，又从无走到有，荷戟独彷徨，无所事事地冷笑，又如妇孺般地为安全焦虑。最孤独之时，巨匠甚至认定自己可能就是那道恶的曙光：因他目睹由自己缔造并运行的这个世界正在一点点地衰败，却并无意去修正它。他在姑息养奸，在期待这世界的缺陷。那些既成事实、历史、文明、建筑与重复的哲学，几乎耗尽了人间烟火的全部魅力。万物旋转成无用的一团，似乎唯有“破坏”才是唯一的希望与凶残的激情。只是这一点，巨匠暂时还有些拿不准，或舍不得。

二

巨匠常自省：被自己发明的这个世界太大了，大到巨匠对任何地方都失去了兴趣。因所有的新奇、方向、巧思与异象，包括树叶与人体可怕的对称，说到底也全都一样。甚至人的无限、残酷与荒谬也极具相似性。万物的性格太明显了，看得出来，它们是由同一个家伙设计的。巨匠曾认为自己也发明过一些特别的东西，譬如观念。可回头一看，那所有不同观念及观念导致的后果，如爱与痛苦、历史、生死、政治；动物必须通过器官繁殖；基本粒子可以转移为别的生命等。可在时间单行道之中，本质上这些事物也都具有同样的傲慢，同样的封闭性。他不能修改自己。他为自己这千篇一律的枯燥手法而羞愧。

有一次，他还听见大街上有两个人在谈论他的缺陷。

甲："也许巨匠这样做，是为了给他的恶留点余地吧。您知道，善终将会麻木。一个完全没有破坏性的世界，也是很难维持下去的。"

乙："他当然可以给自己的局限性找到合适的借口。事实上，他最厉害的缺陷，正是他总能用某种借口来弥补他造的孽。"

甲："好在他毕竟也算是创造了吧。"

乙："他到底创造什么了？"

甲："当然是创造了这个有缺陷的世界。"

乙："窃以为他编撰的宇宙时空也是弹丸之地。因无限与悖论，也都是可以设计的，也都是我们能理解的。他额外附带生产出来的那些宗教、文明、魔术、幻觉、元素、数学、自然气候与生物们互相吞噬的灾难、人间道德与战乱悲剧等，也都可以靠物理逻辑来支撑。这想象力实在太狭隘了。巨匠身上从未有过什么恶，是超越于我们理解力而凌空飞来的、意外的、超凡脱俗的。甚至人一旦忘了过去，便什么悲伤都没有了，可见最渺小的记忆都可以解构全部矛盾。看来那家伙的创造力也不过如此。”

甲：“那倒也是。或许那家伙本身就是恶？”

乙：“最起码他本身就是苦。”

甲：“你这话又是指的什么呢？”

乙：“‘苦’解释起来，也是勉为其难。不过可以打个比方，如孩子、病者或恋人，便都是些受苦的人。因巨匠发明的这个世界的压力，也从不分男女老幼。婴儿的痛苦与老人的痛苦是一样的。正如暴君的冷酷与暴君统治下群氓们的冷酷也会很相似。所有人整体都在被同一个大气层所挤压，只是不同的个人经验转移了他们的注意力而已。”

甲：“那巨匠为何会把制造灾难的责任推给‘时间的演变’？”

乙：“大约那家伙只发明了一个时间、一个天体物理及一个人。就算他的仓库里还有什么平行宇宙，也是被互相隔绝的。因这样一来，每一个宇宙就可以孤证不立。可见那家伙在心理上也是怯懦的。否则他为何会躲起来？”

巨匠运行在任何生物都感受不到，却又无处不在的地方。他在夸克的碰撞中也清晰地听到了甲乙双方的对话，偶尔还把自己设立为丙方甚至丁方，与之激辩。但他知道一切哲学都等于零。天街踏尽公卿骨，杀君马者道旁儿。他算是无法洗清冤屈了。自有存在以来，那旷古烁今的恶、卑鄙无耻的缺陷与自己独享着的一系列既成事实，已是很难再被修改的了。甚至连观念中什么都没有的所谓“无”，他都修改不了。因“无”也来自过去他的虚构，他的缔造，且那样的单调乏味，覆水难收。巨匠心中怀念着一场元始的空，一场在万有旋转光辉中的自暴自弃。巨匠在六边形思维体中为此刻写他的这个人自惭形秽，反之亦然。巨匠也为自己本质上一事无成却竟然也造就了这个世界而感到后悔不已。

2021 年 1 月—6 月

中国斗笠

一场百年未遇的飓风在子夜秘密登陆又旋即消失后，我最残酷的兄弟、同事与挚友阎盾于清晨七点零三分上街去买菜。他是在过十字路口时，意外被已刮得松动的红绿信号灯箱掉下来砸到头的。好在灯箱并不重，只擦破点皮，没有造成任何哪怕最轻微的脑震荡。但阎盾从医院包扎完出来时，为了掩饰满头白绷带的尴尬，他却戴上了一顶古老的中国斗笠，让脸部像太阳下的一个黑窟窿。我注意到，阎盾的个头稍有些变矮了。不，他比过去矮得太多。尽管挚友的头部似乎并没变小，但身体却缩到了只有过去的一半高。不过，对此惊人之异变，他竟拒不承认。走到街上时，我始终只能弯着腰跟他说话，非常吃力。要知道在过去，我们俩一直是并驾齐驱的。当然，他努力抬着头看我的样子，也显得很吃力。

“有没有可能是你又长高了？”他反问我道。

“怎么可能。”我大笑一声道。这时我们正好路过另一个信号灯，我顺便伸手朝上摸了一下说：“我的高度从没变过。几十年来，这条街上谁不知道，只有我能摸到信号灯，这就是证明。”

“这并不能证明什么。我也能摸到。”阎盾说着，从我身边忽然一个旱地拔葱，凌空蹦了起来，如一只巨大的、戴中国斗笠的跳蚤。我没想到，他被砸伤之后的弹跳力，竟反而能达到他身高的十几倍。我看见他在空中如闲庭信步，时间多得能拿出打火机，点了一根烟，同时还做了个空翻加转体三周半，最后才在那信号灯的黑铁皮上狠狠地拍了一下，仿佛是在为自己的伤复仇。黑铁皮立刻凹陷下去一块，形状正是他的手印。

“你是蹦起来才摸到的，不算数。”我否定道。

“证据可以不择手段，只看结果就好。”他说，“如果你需要证明，我还可以去揭一片房瓦，抓个麻雀，摸一摸高压电线，掐断对面公园里那个孩子正在放的风筝，或摘一片某棵法国梧桐最上面的树叶来送给你。”

“可这些都不能证明你是否变矮了呀！”

“会不会是你的视角出了问题？譬如你这把年纪的家伙，过去看起来很大的东西，现在会看起来很小。”

“何以见得？”

“譬如，你看上去够高，但你却够不着地面。”

为了反驳他这句肤浅的荒唐话，我立刻像孩子一样蹲下来，摸了一下地面。可还没等我说话，阎盾便立刻嘲笑道：“瞧，你是蹲下来了才摸的。不择手段，不算数。”

“你强词夺理了吧？”我有点生气。

“兄弟间的误解本无须解释。解释会让误解变成一种害人的美学。再说，干我们这一行的，就像早上去菜市场买菜，见猪杀猪，见鱼杀鱼，只要心狠手辣即可，压根就不需要什么美学。”他又说。

“你到底想说什么？”

“有句古诗叫‘笠重吴天雪，鞋香楚地花’，你读过吗？”

“你他妈的到底想说什么？”我又问了一遍。

“我想说，别看我们是挚友，但你别瞧不起人。我是不是变矮了，我自己知道。”

说着，阎盾咧开嘴发出了一阵恶意的狂笑，并缓缓地摘下了中国斗笠。我看见他被药纱密集包裹的脸，除了刚才的黑窟窿变成了阳光下的白窟窿之外，其余则全都沦陷在血的阴影里，根本看不清鼻子与眼睛。我甚至不敢确定他还是不是我的挚友阎盾，那个我们曾经一起出生入死过的残酷的兄弟。

此时，这白窟窿般的矮子意犹未尽，还从怀里取出来一个油腻的纸盒子，踮起脚尖，费劲地抬起头来递给我。盒子里散发着一股奇怪的、几乎凶险的臭味。

“这是什么？”我暂时没接，只是低头问。

“这是昨晚刮飓风时，我从办公室抽屉里冒死才抢救出来的。我把它交给你。这盒子里装的可能是仇人的头、钞票、钥匙、避孕套、间谍的情报、老鼠药、砒霜、见不得人的猪下水、一本致命的脏书、手枪、炸弹、血衣或一堆可怕而露骨的什么私人照片，也可能是我们俩过去的交情、通信录、手机或你一直关心的所谓证据之类。反正，最无耻的角度与最卑贱的哲学，都在这盒子里。这本是我们共同的财富。可我们俩见解不同，以后大概也很少有机会再见面了，就算给你留个念想吧。只是敢不敢打开，得看你的造化了。”

冷酷的矮子说完，便将盒子向我手里一抛，然后戴上中国斗笠，猛地一纵身，提着他刚买的菜，跳上了一辆正飞快驰过我们身边的公交车的车顶，与我分道扬镳而去。真没想到，就为一句话，我与早年最残酷的挚友、同事与兄弟就这么散了，且至今未再相见。唯有那只发臭的盒子，我始终未敢打开过。

2021 年 2 月

敌人絮语

——十二世纪一位黑契丹军师的幻术、兵法、畸恋与哲学手稿

按："契丹"是东胡鲜卑游牧民族，其名最初见于北齐《魏书》，本义为镔铁，泛指坚固。契丹部落于唐宋时鼎盛，与南中国交战，并建立辽朝政权（907—1125），国号大契丹，传九帝，218年，有契丹文字、医学与雕塑，信佛教与萨满教，拥有谋士、军师与猛士无数。辽灭后，部族延续有西辽与东辽，西方称西辽为哈剌契丹，即"黑契丹"；东辽灭亡后部分契丹并入高丽。从十三至十五世纪，蒙古金帐汗国等称中国北方皆为契丹，故俄语至今仍称中国为"契丹"。希腊语与中古英语也称中国为契丹（Kitay，Kitala，Cathay）；有些中亚古代文献称北中国为契丹；据说哥伦布航海也是为了探索"契丹"。据现代DNA研究，东北达斡尔族离契丹后裔最接近；另还有一说：契丹是在历代漫游中逐渐演化的，正如突厥即后来的土耳其，匈奴即后来的匈牙利一样，契丹即后来的车臣（Chechnia）。

1. 我们的存在形式就是逃亡，四散奔逃，或一代一代都朝着同一个方向。不，逃亡就是逃亡，不是游牧，也非什么侵略与迷惘。究竟是谁，在时间中驱赶着黑契丹人？本师不知道。但那只驱赶我们的巨手，始终都在天空中挥舞，像一把肉乎乎

的斧头。

2. 为了肉食与繁殖，必须用兵夺取茶叶，赢得帐篷与水。我黑契丹的第一兵法即四处骚扰。这是决定，无计无谋，只须大刀阔斧，从生与死的根本去否定空间的意义。

3. 待桃花开时，可令我黑契丹猛士们埋伏于南下的悬崖上，用本师泡在烈酒中的凿子与匕首修改月光的曲线，那光辉了太久的南蛮必会因此陷入黑暗。

4. 黑契丹是一个空间概念：它没有版图，它四处扫荡，它有时很小，有时又很大，它是戈壁滩上昼伏夜出的狂风。

5. 过去已被遗忘，未来仍旧昏聩。本师的黑契丹已化为一种“观”。胡杨的部落、豺狼的酋长与士卒们，请带着你们的鲜血追随我的残酷吧。野蛮与幻术，这就是我们这一代人快乐的基础。让皓月与乱草并驾齐驱，践踏一切自诩的礼仪之邦，群兽奔腾，葫芦提起，千疮百孔，祝君幸福。

6. 世人皆信，作为一位忙碌的黑契丹军师，本师的恋人、火药、聪颖与黑暗，必定都是早年靠抢劫得来的。我那撒豆成兵，令植物们行走的幻术，也是抢劫得来的。对此，我从不否认。问题在于：什么是抢劫？我的抢劫就是我的激情。

7. 本师与猛士们皆读过南蛮那些名著，却反对他们的名著。因那些读名著的人，竟会屠杀他们自己邦中的无名之人。一个人怎能又读名著，又杀那些信奉这些名著的人？可见若南蛮不是假的，那名著便是假的。反之亦然。

8. 只有虚构可信。下半句就不必再说了，进言者斩。

9. 唯黑契丹与恋人不朽。我的怀疑就是我的远见。我的命题无须论证。

10. 本师曰：数学即心学，兵法乃几何学，其中本来并没什么物理学的事。打仗靠的完全是情绪。可我们有的契丹人，总是想用数学来测量石头、肉体、敌军的数量或武器，用物理去探测敌人的火力。很遗憾，他们得到的结果都将是零。我的情绪自古所向披靡，故波斯是零、阿拉伯是零，南蛮、西域与东土也都是一连串的零。唯我契丹，是黑色的一。

11. 整个宇宙都是假的。而且，本师也搞不清楚，到底是不是真的只有一个宇宙，或者有几个。三维、六维或十七八个维度，都是同一个维度的折叠繁衍而已，因“数”可能也是假的，是那只巨手凭空捏造的逻辑。或许“数”就是恶，它把我们设计在一个只能依次计算的序列里，从未去探索过别的序列。

12. 全部精神都来自怕死。那只巨手，为了让我们怕死，还设计了很多镜像，诸如与南蛮的战争、瘟疫、衰老、疾病、敌人的头颅、腐烂的尸首、丧失亲人的悲痛与恐惧等，来欺负我们。他知道我们肯定会害怕。我们也的确害怕。南蛮古人有句老话："除死无大事。"本师完全认同这句话。因我的幻术也建立在这一件事上：我最怕死。

13. 说来惭愧：那位罕见的、曾随我四处逃亡与征伐的黑契丹少女，我心中最野蛮的恋人，曾是本师生活的膏肓之穴（请原谅我不得已使用了南蛮们的医学术语）。所有问题都在于想爱与怕死。谁会让我肉身死？只有敌人。我记得那些南蛮术士，如房中术典籍里，曾将女子统称为"敌"。的确，爱与死，便是一枚南蛮铜币的两面。这正如每一次性交，都会使人快乐，但其实每一次又都会让人失去一点点的元气，渐渐地接近死。

14. 敌人曾说："黑契丹人不过就是活了一次而已。仅仅一次，是第一次，也是最后一次。"为此，本师已不相信时间。如果时间都是绝无仅有的一次，那时间便是假的。不能重复的事，就等于从未发生过。重复是对存在的验证。

15. 本师老了，常与鹰蛇相聚，叹旷野晚风如酒，可惜不再是豪饮之年。黑契丹的敌人早已不在酒中，而在白发之中。

16. 草原里阴霾了数日，那糊里糊涂的太阳总算露头了，就像个昏聩的老混蛋。在那只巨手的挥斥之下，没有酋长与智者，也没有军师、哲学、长年累月积累的知识或兵法，除了我的恋人，我苍古的少女与她腐烂的肉体，其他所有人都是白痴，只配逃亡。

17. 本师自幼成长于这旷野戈壁，遗世独立，从不想逃亡。但为了在此永驻荒凉，又只能热爱逃亡。条条大路都通向敞开的逃亡。

18. 正因一切都是假的，包括大海、敌人、少女、佛、风林火山、南蛮的名著等不计其数的人与事物，包括黑契丹夜晚伟大的天象、野兽与丛林，也包括我与我现在这句话，所以本师只好选择相信一切。草原空间作为一种无社会的空间，始终在我的中枢神经里蔓延，我的空间是一系列“无我”垒砌而成的，故我也不可信。信，都是不得已。起兵之日，本师将发起“我”的所有假设与虚构，骑着我的恋人与猛士，如风振海，去扫荡虚构的真实。

19. 黑契丹人的脾气与性格，一直在各处融化与演变，却从未消失，就像血里的红、气里的风、火里的烫、海里的盐。平时无征兆,一旦提炼出来，便会如金子般闪光。

20. 难道本师真有恋尸癖吗？不，是往事不堪回首吧。我那残酷的少女呀，此刻已在坟墓中腐烂如花的昔日恋人，磷火点燃了你的骸骨与肉体，终日照耀着我这副空老林泉的臭皮囊。还记得你当年从南蛮那边抢来的黑茶与兵书吗？兵书对契丹从来是无用的。唯有黑茶，倒是可以浇灭我们吃肉后内心的狂躁，让我秘密的野心能暂时享受一点猪圈里才有的暮气。可惜，如今你绚丽的皮肤，也已在泥土深处发黑了吧，就如一块丰腴到恐怖的黑茶。我多想再次啜饮你的干枯的芳容，你是本师以舌用兵时一段最苦涩之记忆。

21. 本师从不认同“方向”的存在。谁若有了一个方向，谁便会失去其他的方向，乃至失去四面八方，也就失去空间。人的存在本没有方向，只有方式。

22. 何谓东西南北？北夷与南蛮吗？这只是为了羞辱。何为前后、左右与上下？那都是六合发明者的东方骗局与西方模型。黑契丹猛士唯一的宇宙，只有一颗敢于主动失败、不动如毁与被动逃亡的野心。

23. 为防止黑契丹南下，南蛮人曾修了一道墙，烽火台与石头蔓延万里，企图阻挡我们心中的狂风。他们称此墙为长墙，而本师则称之为“南墙”。仅从荒谬的规模上看，本师便知道南蛮人根本不懂真正的兵法与暴力哲学。因长度从来是虚无的，厚度也是最笨拙的人工幻想。世间根本就不存在什么密度。所有的密度、高度、厚度或硬度等，都是不同空间程度的渐变色罢了。空间才是最强大的力。南蛮的基本粒子是物质，黑契丹人的基本粒子则是运动。这两种对世界的理解，根本不在一个逻辑上。最让本师惊讶的，是历代南蛮人呕心沥血地思索过存在的意义，还设计了无数封闭的伦理体系，为此写下了浩若烟海的名著，可他们却连“点无大小，线无宽窄，面无深浅，体无古今”的道理都不懂，竟相信靠石头的堆积就能构成稳定的版图，这真像孩子一般可笑。

24. 黑契丹兵到处，如入无人之境，何况物质、朝廷与地图。

25. 尔等必须服从本师的大札撒：礼赞那巨手下的盲目，追随与农业降水线之间每一场无家可归的战役，尸山仰止，头撞南墙，鼓吹潦倒，庆祝逃亡。

26. 偶尔，本师也会展卷轻啸，夜吹觱篥，雅羡南方的种菜写字之徒，研究他们在斋戒与祭祀中写的诗。不过，一看见我帐外的烈马与我黑契丹刀斧手肌肉虬结的英姿，充沛的食欲与精液，此类优柔寡断便随即烟消云散了。人生苦短，就应为血性而生活，哪有时间去等待那些可耻的寂静?

27. 黑契丹若占领一座城，便会取缔城门，不设城门。门是虚构的假象。我们至高无上的威严、凶残与封锁，只来自我们的目光，而非吊桥与城门。

28. 占领一座敌人的城，就像占领一位少女，无须管辖，只须放任。越是放任她，随她敞开她的空间，便越能成为城的占领者。即便城与城相连，最终形成的也只是空间而已。正如抢劫来的少女们数量再多，也不能代替爱。爱是可以无人的。少女如虎，爱则是无限纵容，放虎归山。在我黑契丹的编年史记载里，正因为无门，每一座城才变得坚固无比，世间无人能敌。

29. 我的野心里始终住着两个酋长：一位是我黑契丹的太

祖皇帝，一位则是我那兵不血刃的昔日恋人。后者的确来自一场与敌人的可怕遭遇。而我的幻术与我的哲学，则是从生命本身乃至本能里忽然迸发出来的一种东西，强大而无名，如旷野上一阵阵扫灭牛羊的疾风骤雨。更别解释我的恋人与我的兵法。肚子饿了有何好解释的？性欲有何好解释的？逃亡、接吻与睡梦又有何好解释的？只有虚伪与懦弱的语言，才需要不断对人解释。看，那一代又一代的南蛮们，也曾用他们奇奥的象形文字、训诂与注疏，试图说明他们的哲学，最终得到的却不过是一个个的零。改朝换代的零。爱的零。

30. 本师虎眼如渊，常观戈壁这一天大的窟窿，从没有见过什么白昼与夜晚，只有发光的空与漆黑的空。天旋地转，昼夜是虚构的。

31. 宇宙是反智的。文明皆为野蛮之后的假设。空中巨手疯狂地敞开给戈壁。存在过的事物十之八九都会被虚无消灭。能写下来的都是些侥幸的、鸡毛蒜皮的琐事，其中最琐碎的便是历史。

32. 历史从不是这世界发生过什么，而是心中希望发生过什么。这希望乃是对历史之绝望。

33. 观自由自在，行深般若波罗蜜多时，照见敌我皆空，黑契丹已被记忆篡改为辽史，唯本师昔日的恋人骸骨在墓中仍不增不减，不垢不净，不生不灭。

34. 作为纯粹的逃亡者，黑契丹在溃败与敌人的督造中，只会锻造最奇异的野蛮史：只有徘徊，没有频率；只有速度，没有停留。

35. 那不断宣告胜利者都是可疑的或龌龊卑鄙的。我黑契丹古人早有谚语云：“雄鹰必伤，君子与恋人必败。”

36. 在亚细亚式生产方式的腐败与色欲中，我们是布满远东的过时神经，陈旧的刀伤经常催化着本师这一代人野心的流逝。好在一代人有一代人的自暴自弃。我们真的是被敌人消灭的吗？不，我们是在恋人、友人与敌人的夹击中同时被消灭的。一切都过去了。过去是什么？过去即无用。过去就如南蛮藏书楼里那些受潮的名著、秘笈、卷宗、尺牍、兵书，对御敌而言都是毫无用处的废纸。敌人皆来自未来，恋人才是过去。

37. 本师曾闻南蛮人在武经中有言：“一贼仗剑击于市，万人无不避之者，非一人之独勇，万人皆不肖也，必死与必生，固不侔也。”这是对冒险的迂腐表达。真的猛士，从来无生无死，只向疏密空间中进出，如闲庭信步，哪里来的什么万人或不肖？

38. 本师制造过一架庞大的折叠逃亡机器，名曰“耶律汗车”，其中零件、构造与机关等犬牙交错，大如一座可以隐藏在丛林里的机械行宫，宫下制有数千只木桨与履带车轮，水陆两用，府库内藏有羊肉、奶茶与囊，宫中房间皆为折叠建筑，门窗交叉，走廊错综，其色相与山林无异，轰鸣如风，靠人的肉眼难分彼此。耶律汗车若完全展开时，面积乃折叠时之数十倍，宽约十二丈，绵延数里，若大蜈蚣，车腹内可藏七万四千余人，包括他们的武器、黄金、炉灶与行李。若遭遇南蛮或阿拉伯人的进攻，或有灭族之灾时，此车必能将我等全族人运送到戈壁之外的空间，保我黑契丹人安全无虞，继续繁衍子嗣。为造成此车，本师写有等身的笔记与数据，收集过二十个春秋的材料，并绘有详细的图纸。苍穹有眼，天不灭我黑契丹，待有高见能超越我之少年出现，便能得我真传；得我真传者，便能得到笔记与图纸。可惜，四十九年来，大辽猛士辈出，可能传我车之思想者，却未遇一人。

39. 戈壁月光微弱，令人视力锐减，本师已在暮年中沦陷，常把昏花的怀念，错觉为对侵略的瞭望。想本师当年初下山时，携带着阴谋与虎群，曾与旷野上一群群散发着青春体臭的黑契丹少年，骑马驰骋，昼夜陶醉于格斗与抢劫，放火烧山，攻陷南蛮的朝廷的盛宴，或与沿途那些文雅的女子们性交。如今，早年的兄弟们竟都被各自的衰老抛弃在戈壁的角落里，孤独地痛饮疲倦的泪水，忍受金疮旧伤与关节炎的折磨，最后一个个地被抹杀在深夜肮脏的羊毛毡中。青春不再，阴谋与虎群又有何用？

40. 岁月如仇，本师常觉得只是在酒醉与酒醒之间，去帐篷外撒了一次尿，世界就变了。敌人只是一种逐渐从我们鼻子下消散的尿臊味。

41. 先有世界观，然后有世界史，最后才有了这个一无所有的世界。世界上真的会有什么元素吗？不，元素也只是世界观，改变元素的排列方式即世界史，但都根本不是这个世界。

42. 敌人是世间第一知己，因唯有他能理解你的恶，并成就你的恶。

43. 每临子夜，本师便到戈壁中心恋人的墓前静坐，并朝着她黑暗中的腐骨说话，从娓娓动听的倾诉衷肠，到痛苦不堪的往事絮语。我们的交谈始终激烈。而最终的结果，竟都是在黎明时大吵或大哭，用拳头残暴地拍打墓丘，不惜丑话迭出，恶语相向，然后与她这一场伟大的"无"闹得不欢而散，说起来真是惭愧呀。

44. 敌人产生于对逻辑的歧视，而非反之。在黑契丹沙场上，歧视是无条件的丛林之常态，而平等只是一种具有魅力的休息时间，虽能枕戈待旦，却往往都是有条件的。

45. 比创造平等更重要的，是如何创造那个前提条件。可创造本身就有一种歧视：如能创造我朝版图的黑契丹猛士，必会歧视那些不能创造的。炮制平等之人，一旦获胜，便必会去歧视那不能、不会或不曾参与炮制平等之人。若如此，且问平等在哪里？

46. 尺有所短，寸有所长，两个人之间就会产生歧视。如一卒御一敌，必以己之所长歧视彼之所短。即便最低限度到个人的内心，也常会“我以自己所善之处，歧视我自己所不善之处”。戈壁生活如此悲惨，契丹人皆迫于猛兽之追击而逃亡，其情好高骛远，每一个强者逃得一命时，便有一弱者被抛弃给馁虎、寒冬或敌人的弓箭。危险高压之下，一个人的歧视与被歧视，也可能都是不自觉的本能。更遑论种族、宗教、地域、文明、性别、贫富等大的歧视。契丹祖先有格言：“想要反抗命运的歧视，那便拿出你逃命的本事来。”

47. 一流友人易寻，一流敌人难得，但最难遭遇的还是一流的恋人。此三者乃本师的“时间三国志”，他们各自据守一段岁月，定期进行拉锯战：友人会意外变成敌人，敌人变成难舍难分的恋人，而恋人之间到最后，则可能会变成一个平庸的友人。他们风水轮流转，不断重复地用激情与叛变，瓜分着本师早已颓废的雄心。

48. 寿则多辱。长寿也是必要的，因唯有长久地忍受屈辱，才是一个人沉思存在，与存在周旋，乃至能击破存在的韬略。

49. 自壮年时代以来，本师便厌倦了兵器，常年都在黑契丹草原上空，用冷峻的手势制造一条弧线。此弧线状若麻绳、绞索、皮鞭、弯刀或彩虹，却又从不依赖于任何元素，不依附于任何材料。弧线残忍，却异常管用。可惜，从来没人真正理解过这弧线。本师认为，束缚敌人的力，必是弯曲的，而非笔直的。本师信仰弧线。

50. 恋人之墓是戈壁的肚脐，我便是恋人与虚无之间的脐带。

51. 儿童胃浅，青年语浅，老人泪浅。身体一旦有了暮气，哲学也就变了。历代以来，本师麾下那些猛士与敌人们，也都是为了抢劫、性欲与粮食，而不断修订自己的哲学。可哲学始终就那么多。敌人为了一些衍而论之的注释与学问，竟然有那么多孩子去杀人、被杀或为互相杀戮的方法论进行探索。我们呢？我们黑契丹人或许从不需要注释与学问，但我们的孩子命运却也是一样的。

52. 无即力。最大之力即天真之力，因天真迟早有一日是会消失的，消失到不敢相信它真的有过。天真是一场雷霆万钧的无，在我们的过去振聋发聩。天真在黑契丹每一代军师的早年的恋人眼中都会出现，就像每日戈壁上的曙光。故黑契丹先贤曾言：“年轻就是王，此外并无别的真王。”

53. 记得墓中恋人活着时，可令诸天为之心悸。肉体香风袭来，敌人亦愿退兵。

54. 在戈壁空间里只有三个人的骸骨：恋人骸骨、敌人骸骨、契丹人骸骨。本师在兵法中缔造的一切谋与策、问与答，经验、实验与先验等，都不过是为了能理解这形销骨立。

55. 本师自挥戈以来，便于戈壁折叠空间的核心处插了一根树枝。在手中那道光辉弧线的鞭笞下，此树枝阴影每日都随着太阳旋转、倾斜、变幻短长。千百万黑契丹男女老幼，都要从本师无情的弧线与这根树枝下经过，去接受被阴影遮蔽、羁绊或捆绑的考验，史称“枝条定律”。可这件大奥义与大札撒，是本师一个人于山林间秘密定下的，甚至恋人都不知道（为此，老朽真是愧对她当年那一团超凡脱俗的献祭与光辉的色情），更遑论敌人。更没有人能发现这定律是怎样化为我们今日之真实生活的。每一个到过戈壁的人，可能都会记得那根树枝，却从未有人记得核心在哪里。因折叠空间只有距离，没有核心。

56. 有人谏言让本师改变戈壁，重塑敌我、朝代与爱情之尊严。戈壁本来无人，怎么改变？无人并不是无，而是一种比无更强大、更可怖的人间。无并不危险，无人才危险。

57. 漫天黄沙飞扬，横扫北回归线时，本师便理解了何谓“气势”。吾等黑契丹人的气势就是基本粒子的气势：气者，没有良知与道德的挂碍，兴起则发，兴尽则归；势者，不关心强弱，亦不用谋略诓骗世人，随性四方游荡，只有一系列聚散、遮蔽、路过与毁灭。

58. 求种田者，一生常苟且如蚯蚓；求入山者，最终亦化为朽木；唯求戈壁者，必能令“四大原无我”之精神，与四大本身，即地（版图）、水（恋人）、火（战争）、风（性格）之激情同在。戈壁是睡着了的禁忌，唯犯禁者能理解元素中的图腾。

59. 兵法都是失败者写的。故南蛮兵书越多，他们的失败也越多。胜兵无法，心里的想法也绝对不会说，尤其不会留下任何文字，只要一个结果。

60. 只有失败者才会产生文明。文明即对过去的眷恋。戈壁也有过去吗？不，从来没有。戈壁也没有未来。戈壁上如果还有文明，那唯一的文明，便是本师在追逐恋人时，曾遭遇过的一场场难忘的大失控、大混乱与大失败。唉，如今肝胆相照的恋人已逝，文脉寸断，这文明也无法再传承下去了。

61. 南蛮畏亡国，黑契丹猛士畏亡天下，唯本师畏亡记忆、亡心。可心是什么呢？也说不清。反正心不是科学。心尤其反对科学。

62. 敌我关系就是恋人关系，你死我活。但我会追忆你那凶残的美，因不能拥抱你而产生的恨，两军对垒时比性交更荡气回肠的刀枪之恶浪，失去对手之后延续一生的幽怨，以及去寻找无数替代者后发明的数学，爱的数学。

63. 师徒并不重要，重要的是传递问题，即契丹先祖之全部知识、精神、兵法与心学如何有效传递给后代的问题。戈壁每一次陷入时代困境，从来都不缺与本师一样的先生，但缺与本师一样的后生（本师亦有师，出于师，然后入于师），要么便是“前途堪忧，后生可畏”。南蛮僧人所谓“见与师齐，减师半德；见过于师，方堪传授”，此之所谓也。因传承是一个系列动作，只见传递者，不见承接者，或者年轻的承接者仅仅只是完成了本师一个呆板的规定动作，自己并未再次转化为新的传递方式，那知识与精神都是无法延续的，文化也会流于一种表面假象。猛士辈出，恋人亦不灭，危险也是永远都会存在的。若一旦遇南蛮北征，西学东渐，残酷多变的爱情抛弃了我们诚恳的色欲，或那只空中巨手忽然停摆，落到地上，吾黑契丹数代人铸造的这座荒芜而伟大的折叠空间，刹那便会崩溃。

64. 戈壁上有一种苦草，契丹名曰“赤孤蘼”，因其花甚小，状若南蛮少女之守宫砂，且终其枯荣只开一次。此花含苞欲放之前，根茎便须拼命伸入地下岩层，可达十几米之深，方能吸到水。本师当年曾为恋人摘得一朵，想博她一笑，谁知却被她痛骂一顿。但她始终不对本师说明生气的缘故。后来还问了她很多次，但每次都被她怒斥、鞭打，搞得满身血痕，狼狈而回。直到我旷世的恋人在芳龄逝去，此怒亦不得解，成了我的终生之迷惑。南蛮人从未见过此花，混同于一般溪边山林中的蔷薇科荼蘼，实则相去甚远；西域波斯人称此花为“契丹荼蘼”，阿拉伯人称为“红哑莲”，而本师则称之为“怨葵”。

65. 有些敌人总是在反抗，其实不配作敌人。那与己玄同，不卑不亢，同饮同睡，站在人堆里根本看不出任何区别之人，是为真敌人。

66. 黑契丹人的移动空间里，从没有点、线、面、体，这都是物理或几何概念。我们的移动依靠的是有与无。抢劫时为有，逃亡时为无，驻扎时则游于有无之间。

67. “一”不是数字，仅仅是脾气。因所有数字都可以是一，如一个 17、一个 3748、一个 –0.618、一个百万亿兆、一个无数等。本师从来以脾气来判断敌我伤亡的数量，混一胜败，故无胜败。

68. 勇敢者奔跑，狡诈者穿梭，无耻者则能飞行。

69. 本师手中痛苦的弧线虽可御敌，但不能御恋人、太阳和戈壁上群兽的大迁徙。故本师于囊中尚收藏有一些更宽阔的形状：有烫的、尖的、螺旋的、密集排开的、可忽然分裂的等。所有的力与法，都来自形状。“无形”也是另一种形状的表现形式。

70. 我们生于戈壁之间，自幼在血腥与屠戮中成长，与豺狗争食，什么没见过？野兽、暴风雪、天寒地冻、酷刑、囚禁、开膛破肚、斩首、分尸、煮食人肉、大饥荒、集体殉葬、奸污、乱伦、地下室里的审判、机械化的惩罚、挚友兄弟的欺骗、无端端的谋杀、毫无道理的抢劫与亲人之间的互相出卖。不计其数的猛士们打打杀杀，也许就为了一句伤及颜面的玩笑话。曾经最热烈的恋人们心怀算计，甚至恨不能置对方于死地，可能只是由于对方一夜之间变老了、丑了、麻木了。所有悲剧都伴随着黑契丹的逃亡史，无孔不入，代代相传，让我们变得更加坚强，也因过于荒谬而变成了常识。戈壁的常识是不能诠释的。一旦解释，反而变成了反常识。本师从来只尊重三种思想：爱情、敌意、常识。

71. 如何继续这场逃亡的哲学呢？一言以蔽之：即名非是，以身无立锥之地而尽收大地。再大的格局都是智力的囚笼。吾等黑契丹人没有格局，也不喜南蛮人的格物。巨手挥舞，格杀勿论，猛士冲刺在心史最前线，远方只是下一个后方而已。

72. 自恋人芳魂归道山之后，戈壁上下，经纬度与降水线内外，再也没有能阻挡本师兵法的物质、理论、敌人与梦境。也没有任何人能阻止黑契丹人在巨手下的逃亡。我们是不需要归宿，只需要露宿的一代。本师深通盛宴、形势与奢侈的暴力之技，也谙熟戈壁上伟大导师的绝望之道，却从不屑于使用。这并非为别的，仅仅是因再也不能与那旷古罕见的恋人并肩而行了。霸占一切之恶，却不能与她分享，此类千古蹩脚事，弃之又有何遗憾的呢？

2021 年 3 月

狮子楼客话

——作为诡辩、色相与哲学困境下的“微狂人日记”

按：某君昆仲，至今犹在，因常驻人间烟火，规避绚丽的迫害，故慢与那厮们提及。今隐闲暇于荒谬，藏色相于虚无，微缩愤怒，指点颓废，聊作末学小记以为效颦，乃因百年前现代小说之祖龙有此文而意未尽，故不复改也。辛丑年清明夜撰于灯下。

一

狮子楼前，烈日如焚。被毁了一生的人，都爱来此楼中饮酒。

每次坐在窗前，见到有疯子走上楼前街头，坐骑人群与气流，便能引起一阵喧嚣。这很奇怪吗？自史前浮游生物登陆以来，恶，便总是昼夜兼程，奔赴罪的盛宴。善则只有平庸无奈东躲西藏的份儿，或以等待与流血，换来一点立刻就会过时的尊严。

作为常去狮子楼饮酒的一个邋遢者，小县之獦獠，我很清楚那场忌妒、恶斗与屠戮，是在哪一日以及是如何发生的。但在此无须赘言。因无论杀人者、被杀者、恋人、酒徒与围观的看客们，都只是经过楼下或住在楼下。大家都熟悉了。只有一个人会住在楼上。

烈日汹涌，奔入酒窗时，那个人也是不会关心楼下事的。

我这獝獠的冷酷，实是谨慎得有理。

二

说起来，那场斗杀与恋情发生之前，唯有饮酒，是可以让我的时间、逻辑与色欲皆纹丝不动的。我是过来人。野蛮人都是过来人。我知道，年轻人迟早全都会变老，而老人全都会活在年轻时。身体全速前进，心智则只开倒车。就为了抵达一种莫名的碰撞，人性必须与物理背道而驰，并甘愿为此身心疲惫。

狮子楼下，常有几个孩子在卖香烟、瓜子或报纸，在尘土里走来走去。

偶尔一个大人走过来欺侮他，他也不说话。

遗憾，我对孩子的迷惘，也是熟视无睹的。因常想到，孩子也会变成大人，乃至老人。他们每日全速前进，搞不好很快就变成了一个比我更冷酷的家伙，也未可知。

当然，我也想过：我与孩子们有什么可为难的呢？我自己也是那样，靠走来走去，无所事事活过来的。那些被浪费的时间才是獝獠快乐的时间。

狮子楼里若不浪费时间，便会畏惧。

三

恋人与孩子，都是细腻之人，含蓄之人，不轻易表达之人。

你怎么知道她的沉默，抑或忘记，静静地将你忽略，不与你说话，就不会是另一种更激烈的反应呢？喧嚣是脆弱的。楼上那个最狠心的人，也常常一声不吭，却说不定会暗中影响你，摆布你的生活。

我与这座狮子楼的秘密冲突，从来就是白热化的，酒是伟大的缓冲。

譬如，那天其实一大早，我就知道狮子楼里会出事。

好在自少年时代嗜好饮酒之后，我便不太关心惹事之人。或许再要关心，得年逾不惑，或戒酒之后了吧。我实是率先便闻到了惹事者腥味儿的一代人，最起码也是这一代人中微醺的一个。那腥味儿一时被酒味儿掩盖住了，犹如恋人用美貌挡住了她的冷酷。

四

在狮子楼里，谁都能想到会发生什么。最平淡无奇的事，便是死人。

我也常常幻想自己是那个凶手，或那个被害者；就算是那个为了恋情，甘愿去否定自然规律与世袭哲学的粉头也行。

我也没法纪念他们。因纪念皆是廉价的物哀，尽管别无他途。行动无力。爱也会失败。只要尊重记忆，人就只有一辈子，没有下辈子。所有人与事，哪怕再厌恶的人与再小的事，也只有一次，仅仅一次，再没有了。死也只有一次，再没有了。文明并未战胜死。宗教与灵魂的机关设定、平行宇宙、基本粒子与一切物理的集大成思维方式，也未能真正消解这一生命必陨灭之痛苦。我也只有一辈子。故我要认真地、世所罕见地去浪费这一辈子。唯愿根本就没有死亡，众生长情，时间如恋人、酒与岁月雁行。

五

据说楼上那个人，从小就是个不讲道理的人，却总是喜欢凭栏远眺，并凌空展示他的推理。心情好时，他甚至还会由此得出一些奇异的伦理，发明了一大堆物理。这到底是什么心理？因楼上的人从不饮酒，他的幻想力从何而来呢？对此，獨獠也很诧异。

有时，他会骑在狮子楼的栏杆上，双脚悬空，朝外摆出一个跳跃的、弯曲的姿势。有时，那姿势弯曲的程度，危险到我在饮酒后都看不懂。奇怪的是，大街上的人因此便乱了。若那个惹是生非的人没有来，连狮子楼里的人，也会争先恐后地去模仿那姿势。

六

烈日烧焦了楼顶时，便已听闻，有个人提着人头在大街上走。

当时，沿街的墙都是密封的；所有街道在尽头转弯处，都可以抵达狮子楼下，只是分了前后门、侧门进入，或从窗口直接翻进去的区别；树是横着生长的；垃圾箱里总有二三粒黑色的腐烂在秘密闪光；一条昨夜被撞死的狗，肚破肠流地躺在路口，残骸爬满苍蝇，并发出凶恶的气味，可全县的人都以它悲惨的位置为核心坐标，判断今日的阴晴、雨、风力、心学及狮子楼的经纬度。

七

我很早就听闻过：远方与狮子楼齐名的，还有一座樊楼。樊楼应该比狮子楼更大，且远在东京汴梁，不像我们这个小县城。但两座楼的结构力学、卯榫和折叠空间应是一样的吧。因樊楼如樊笼，阳谷县或即阳羡，故樊笼也就如一个放大之鹅笼。我常看到楼上之人，如笼中鹅，总是在讨论铁锁的质量、栏杆的长度、铁丝的经纬编织方法与间距是否符合建筑规则，并一起怀疑狮子楼或提笼人的位置。虽然鹅的语言只能发出同一个音，但有时就为这一个音，它们仍会争得面红耳赤，甚至差点打起来。因鹅只要在争吵时，笼子的空间就会被忽略，乃至完全忘记。即便半路挤进来一个书生，大家也感觉不到。

鹅群互相绞杀，只可惜那个美艳的粉头。

自史前浮游生物们登陆以来，狮子楼下，便始终是杀人无算的十字路口。离此处不远，出了县便是野猪林。楼上楼下的寂寞饮酒人，并未有几个留其名的，却多是对野蛮、暴力与荒谬的哲学式盛赞，或对空中那一系列弯曲姿势的拙劣模仿。只有那个被杀人者别在腰上的、血腥的粉头，她为了爱情而抹掉了规则，并甘愿为此而死的恋人絮语，还算说了一点人话，还有一丝人味。

八

烈日如熨斗，碾过大街，把人流与性格全都烫平了。

唯有那条躺在十字路口的死狗，眼球突兀，仿佛又多看了我一眼。

作为一个贪生怕死的獦獠，我对那个提着美人头匆匆赶来的人，当是畏惧的。自以为提着仇人的头行走，便是得了大自由。岂不知楼上还有一个人，每日正提着我们所有人的头在空中行走呢。我亦畏惧在旁边包厢里饮酒的大官人。只对他旁边陪酒的几位花枝摇曳的姘头，倒还存有些敬意。传闻她们常被他扒光衣裳，裸身用绳子绑在厢房的椅子上，用手柄上镶嵌着玛瑙与绿松石的皮鞭抽打，行房甚或相拥而泣，几令香血飞溅，芳魂凋零。小县人的爱与侮辱总是混淆在一起，就像他们的洁癖与卑鄙。

当然，说到官，这弹丸之地，谁又不是官呢？放羊的叫羊倌，放牛的叫牛倌。狮子楼出事的那日，不仅我这个过客会被叫作客官，连楼下那些起哄看热闹的观众，也都叫作看官。

列位看官：无论谋杀、侠义或畸恋，虽与我等无关，但对它的判决却实与我等有关。因我等总是用集体的麻醉，在行使这毛细血管中的威权。

九

大街、书、私事与镜子，在小县本来是一码事，却因狮子楼事件被分成了不同的人群。

说起书，我本也是读过几年私塾的。后饮酒多了，便厌恶起做学问来。概因做学问者，多是用一本书之言论，去反对另一本书之言论。字义笺疏，莫衷一是，如此反来反去，最后每本书都是错的，等于无书。

仔细看所有的书，每一句话，都能找到另外一句话来否定，句句相反。每一页都写满了空白。故我很早便不读书了。

与其读书，不如空着两手，来回徘徊。我更喜爱空间。

如从且介亭、大观园、菜田、藏经阁、山、广场、公园到小县这座芝麻点大的狮子楼，便始终都是一系列拓扑空间：古今对折，比焦虑更宁静；其大无外，如绝望般博学；饮酒人在最狭隘之处翻滚旋转，出入丛林；我的存在像我的缺点一样深奥完美，无懈可击。

十

论悲悯疾苦，解构群氓，如今唯一的途径便是眷恋小花、攻略杯盏，或与美人把臂入林，赞襄山涧沟壑与黑暗的斗室，否定狮子楼的营造法式与建筑体系。我宁拜溪边一条三斤鳜鱼为师，终日吐纳泡影，也懒得关心天下大事。

只是有时想起那被杀的粉头，被侮辱的弱者，包括路过狮子楼边时，那些附带着被凶杀事件碰伤的孩子、卖艺人、酒保、店里的伙计、厨子、摆地摊卖馄饨的、兜售字画的、贩夫走卒乃至潦倒的病夫，便略有些伤心。想到提头走路者的步履与英姿，或偶尔一振；可接着便想到他所为之卖命的那些主子，也许正是楼上那个人，我便又不怎么佩服了。

“死狗与苍蝇尚有尊严，淫妇便没有尊严了吗？”我也想问。

狮子楼屋檐下的乌鸦叽叽喳喳，也没有谁能回答我。

高空里总有巨大的机器噪声，振翅飞过，俯瞰着赌博的人群。观棋不语，故一声不吭的传统，被看作是有尊严。

十一

狮子楼前每日聚众饮酒，也是为了理解那噪声来自何物。

我常见楼上那个人，骑在栏杆上，手里拿着一双筷子，朝下指指点点。可发出大噪声的似乎也不是他。他用筷子的速度、疾徐与刚柔并济，常爱在空中夹蝴蝶、蚊子或麻雀，如在盘中拣肉。他一言不发，但被大街上的人仰视。如果有人敢从大街上往狮子楼上扔石头、刀子、糖果或鲜花，他也能在空中用筷子夹住，然后换成一块肉，再狠狠扔回去。

骑在楼上的人也是在浪费时间吗？他扔回去的肉又是什么肉？

在那场凶杀与灾难出现之前，小县人是看不懂的。

十二

本獨獠飘零酒一杯，微醺狂悖，尚且自惭形秽。而小县人野蛮，从不理解细腻柔软之心，常是因某种“看不懂”，而自有一分庄严的。若世间之奥秘、不朽之文学、爱与良知，也全都可以看不懂之故而流传。此正如恋人之间的表达，可能貌似很无理，无端端地便生气、脸红、摔碟砸砚。自言自语亦看不懂，却并不一定真需要被谁理解她。

当初，那提头来杀人者，不也是因看不懂粉头之恋，从未体会过伟大的性欲，才有了这共同的悲惨事吗？

他不能理解，原来这一身草莽皮囊，也是可以被倾心的，原来自己也是人。

无理才是最准之表达。有条有理，索然无味。

十三

狮子楼前日子，几十年过得都像同一天。

儿时，獦獠只觉得与老一代人有代沟，待人到中年，方知上下前后左右全是沟。欲填沟壑，唯有饮酒。只是过去一同饮酒的朋友，大都散了、病了或死了。故人凋零，只剩下靠看热闹或揣测楼上人的姿势，自斟自饮，算是喝一点儿闷酒。

最后还剩下的一二个兄弟，偶尔还会在狮子楼里碰到。不过大家寒暄、作揖、问候几句家常话，也就各自应酬各自的饭局去了。即便相约饮酒，话也不会有过去说得多。更多的时候甚至是无话可说。

唯有当大家同时看见一件恶斗之事发生时，那往昔的激情、活跃、呐喊、怪叫与充满严密逻辑分析的理智，便又会像回光返照似的回来。如果赶上酒桌上的残羹已所剩无几，那这滔滔不绝的絮叨与咋呼，便算是用说话下酒。

譬如有一位旧相识，我始终叫他老大哥。狮子楼出事的前一日黄昏，小县下雨，十字路口的那条狗还活着，我便在雨中遇到他。老大哥手里拿着一包刚买的花生米和烧酒，浑身长袍淋得比那狗还湿，也不赶紧回家，却是上前主动来问我道：“兄弟，听说了吧，他们快要打起来了。你说，是明天吗？”

“那谁知道。”我无奈地回答。

“我看，明天准会打。不是明天，便是后天。”

“何以见得呢？”

“这不明摆着嘛，报仇可不能等呀。”

“不是说君子报仇，十年不晚吗？”

“那也得看是什么仇。有些仇也太烧心，不能忍。”

“嗯，可真要是杀了人，小县可就乱了。”

“适当地乱一乱，也是好的。”

“老大哥此话怎讲？”

“不乱一乱，平时生活也无趣。”

“虽无趣，不也平安吗？”

“平安便是平庸。我在小县土生土长，痴长你几岁。据我的记忆，能让大家快乐，过得有点激情的时期，都是些杀人放火、报仇雪恨，或是模仿那个楼上骑栏杆的人做出危险动作的时期。最起码，乱一乱，也能让我们坐在狮子楼里，饮酒作乐吧？”

“可因乱而死的人呢，以及他们被连累的家人呢？”

“那我不太清楚。想必人各有命，也是活该吧。”

“天底下哪有什么活该的事。”

“怎么没有，就像那条狗，总是在彷徨，迟早便不得好死。”

“如果那狗是你家的呢？”

“咦，兄弟，怎么几日不见，你好像比原先婆婆妈妈多了呀。”老大哥笑道，又说，“我看你也是岁数到了，自己喝闷酒喝得发软吧？干脆，新买的花生米，咱们按老规矩，捡钱见面分一半，如何？”

“别啊，我无功不受禄。”

“咱们之间客气啥。不过说好了，明天他们打起来时，你得到狮子楼上等我，帮我占好座儿。这种风光事，咱们这代人怎能错过呢，对不对？”

说着，老大哥打开那包花生米，抓了一把递给我。

可我一看，哪里是什么花生米，却见油纸里面包着的，都是楼上那人骑在栏杆上时，扔给他的一堆肉渣。一股奇异的气味扑鼻而来，令我不禁推辞了，权当没碰到他。

十四

午后烈日焦灼，楼上的人不时走出来挥挥手，然后又进去睡觉。

匆匆提头赶来杀人的人，也最终会被杀，这件事小县里的人心里都清楚。但饮酒看打架、捆绑、裸体、刑罚与斩首的诱惑，仍经久不衰。而且，为了顺利观看这场事先被预感到的凶杀案，小县人也是谨守消息，以免泄露到别的县去，引起人多嘴杂。万一那提着粉头脑袋匆匆赶来的暴徒，忽然改变了主意，那将是多么扫兴？残酷的快乐，必须都是秘密的，这早已形成了共识。

狮子楼里客人们认为：大家虽有共识，也有分歧。共识不一定是真的，分歧肯定是真的。这也是昏话。在一个全封闭、不传递、没有别的县的人来过的快乐空间里，哪有什么共识，反正都是同一件事。分歧也只是“共同的分歧”，只是另一种共识。

十五

说起来，我与楼上那位凌空摆弄姿势与筷子的人，也是见过的。有一年，我还在狮子楼的楼梯转口碰到过他。他很面熟，两鬓留着长胡须。我记得，他应该是我早年的一位同窗。只是当初年幼。后来我成了獦獠，他成了文明人，分道扬镳，大家便失去了联系。

我伸出手想和他握手，可又不知该如何寒暄。嘴张了一半，也说不出话来，定住了，仿佛是在保持一个大惊讶的表情。他当时一手拿着一双筷子，一手端着一盘肉，也没法握手。于是我们便只好点点头，或抬了抬下巴，便互相转身而去。

见他骑到楼上栏杆上时，长胡须已剃掉了，人也瘦了。脸上光溜溜的。

我从不敢对人说，我认识他。我不能确定他是否会承认。

楼上的人最善于沉默，但也不是完全不说话。如情绪好时，尤其当半空中那个巨大的噪声出现时，或如那天的打斗发生之前，他便恳切地向下喊道："反正大家都是要等着看打架。趁还没发生，闲着没事的话，你们就拿起石头来扔我呀。找不到石头，用树叶、书本、首饰、鞋、打火机或烟头，总之什么都行。谁能扔得准了，哪怕能碰到我一根毫毛，我便请他饮狮子楼里最好的酒。"

这也是不断有人聚集到狮子楼边的原因，尽管谁也没砸到过他。此事小县的人虽都参与过，却也是保密的，从未外泄到附近的县里去。很多人还因屡次扔东西都碰不到他，喝不到好酒，反而只能趴到地上去捡他扔回来的肉渣，便伤心得放声大哭。

待哭声盛大时，楼上的人便单手抓住栏杆，凌空打起了一个倒立。

十六

俯仰之间，獨獠老朽了，无颜面对十七岁时的自己，只能浪费生命。

如今饮酒观斗，只是为了追忆猛犸一般过期的色情，自史前浮游生物登陆以来就带领我们突围的性欲，以及一种只有自己才知道的无耻。

十七

有没有一种可能，楼上那人，只是一个替代者？不能想了。

数千年来吾小县中等待看打斗的人，为占座位，都会有人冒名顶替。加上小县内大多数人，是没有登上过狮子楼的。没几个近距离看过那双指点大街的筷子，大家的判断力都差不多，故互相冒充时，也没人太介意。

烈日西沉，见打斗仍未开始，我饮酒已不耐烦，打算离开。刚要下楼，便看见那个提头的暴徒，正满脸怒气地冲进来，疾步往楼上走。他手里提着一道闪光的弧线。这是一个不能接受“恋人”出现，更不能接受“恋人”背叛之人。一个努力无恋，而又被自身之恋打倒了的矛盾的疯子，一个性欲被侏儒、兄弟与愧疚耽搁了的未来癫僧。

我们打了个照面。他看了我一眼，突兀凶猛的瞳孔，就如路口那死狗。

我是不敢看他的。我默默地走自己的路，仿佛什么也不知道。

我仅看见他悬挂腰间的那粉头的鲜血，沿路滴洒在了门槛与楼梯上，如斜枝上的朵朵桃花。这并未引起注意。因期待凶杀的人群，对他人的血，皆是佯装不知的。

至于他之前那些开膛挖心的凶残技术，与后来那些格斗、打杀、审判、刑罚、斩首、焚烧、凌迟与流放等细节，小县历来也千篇一律，没什么稀奇。

那天，我与粉头可怜的脑袋擦肩而过，倒是有点激动。我看见狮子楼下聚会的人群，与那杀人与被杀的人，全都混在一起了。因他们本是同类，只不过因肌肉不同，故狂欢的方式不同，疯癫的诉求各异而已。

唯淫妇那一颗血淋淋的美人头，却与他们不同。这亦是人与集体之不同。

集体的快乐皆来自凶事被张扬时，对一种犯罪与洁癖的古老期望。

我对这古老之期望，却始终是带着崭新之绝望的。

十八

岁月如仇，去年夏日，我因饮酒犯了疯癫之后，恍惚也是见过暴徒、侏儒、官人与淫妇的。当时，他们不过都是本县里的小渣滓，潦倒半生，随波逐流。何以后来又变了呢？我倒不觉得发生这样一件小事，便能对狮子楼下广大的人群产生什么影响。

令我没想到的，是狮子楼下后来的历史发展概况：自那大官人身首异处后，当初欢聚在狮子楼下的人群竟产生了异化，相继分成好几个帮派，如：

甲：支持凶杀并一起在现场欢聚的

乙：旁观凶杀而不说话的

丙：秘密向楼上之人汇报凶杀细节的

丁：凶杀时看得目不转睛，之后又撰文反对凶杀的

戊：谈论狮子楼建筑不符合运动力学的

己：推断淫妇肉体、内脏与器官结构与别的淑女不同的

庚：当街去抢大官人尸肉及蘸人血馒头的

辛：因抢来的人血馒头分配不均而压抑苦闷，从此便远走他乡的

壬：认为楼上之人与大官人本有私交，可临危却不管闲事的

癸：揣测此次凶杀，正是楼上那人暗中策划的，目的只是为了吸引更多的人到狮子楼来看他在空中摆出的姿势……云云

本县人群在凶杀发生之后，所产生的歧视、怀疑、争论与愤恨，便延续成了好几种本地特有的学问，名曰“歧学”。然后，大家为了证明自己这一派歧学之正确性，便各自著书立说，或写入县志，或加上注疏，乃至伪造命题与论据，以一代代人进出樊笼的逻辑进行有罪推论，设计荒谬的模型，最后刻版盗印，再拿这些书去解构他们当初那世袭的畏惧与可耻的亢奋。

我因身为本县人而心怀愧疚，好在有酒，这传世的麻木拯救了我。

十九

饮酒多了，我便说几句渔樵闲话吧：在狮子楼的日子里，本也是有一位恋人常来楼中与我幽会的。有时，恋人就坐在我身边，却很久都不说话。语言很多，恋人则很少。因在浩瀚的乙醚空间里，大多男女之事，都是为了伦理、繁殖或规矩。即便霸占性欲，也只能算是独辟蹊径的一个小山头。爱的表达是不存在的、不敢的或微言大义的。我们之间的关系就是看起来没关系。她亦知道我是一头没有爪子与獠牙的野兽。

她知道我早已无法离开狮子楼。我老了，壮志消磨，为俗事所绊，身不由己。但她是宽容的。她是我心中最小的狮子楼，故她也是我的另一个笼子。

反正不表达，也迟早会毁灭。可一表达，则马上就会毁灭。

那么，有没有第三种表达呢？能不能在表达与不表达之间，在幽会与公开欢聚之间，与人群混一而又保密？没有确然的爱的绝望，但能让她因未然的渴求而流泪？或许也有吧，譬如文学。

遗憾的是，我不知何为文学，更不能确定小县究竟还有没有文学。

二十

狮子楼凶杀案结束后，喧闹一阵，仿佛大街就要变了。但事实证明，楼上的人仍在楼上用筷子指点大家欢聚，小县也没什么变化。即便路口的死狗，仅剩下一张皮，亦无人打扫。它遗留的凶恶气味与残骸原子，日晒雨淋，也是靠自然风化才渐渐被淡忘。

狮子楼的红灯笼依旧昼夜燃烧，时间则消失在十字路口的狗尿苔里。

一日，楼边来了几个抬玻璃门的人。玻璃门很大很高，装了好几车，超过了一般人群的眼眶视线，故远远望去又好像没有玻璃。

楼上的人端着盘子，用筷子指着狮子楼下及附近山林，对抬玻璃的人说："去，在每个路口与拐角都放一些玻璃门吧。"

"狮子楼下也要放吗？"抬玻璃的人问。

"对，每一处。"

"那本县的城墙上呢？"

"当然。"

"树林和山间小路呢？"

"毫不例外。"

"难道河流上、船上与小溪边的茅屋也要放玻璃门吗？"

“是的，即便是空中也需要，绝不能遗漏。”

“放这么多，有必要吗？”

“你们懂什么。时代不同了，我要让本县从狮子楼看出去，漫山遍野和寰宇内，一望无际全都是透明的、闪光的，同时也是安静的。”

于是，尽管那件著名的凶杀案早已过去若干年，之后本县也发生过，并继续发生着无数类似的凶杀案，但因四处都有了巨大的玻璃门，阻隔了风与声音，故震动便也少了。大家只能看见我仍在窗口饮酒。楼上那个人，仍在继续摆弄筷子、肉与危险的姿势。玻璃丛林，形成了一团团明亮的哲学困境，即便是每日都按时到狮子楼下来欢聚的人群，其喊叫、投掷、哭泣与干杯，也都是鸦雀无声的，宛如一群哑巴的伟大祭祀。

二十一

四野八荒的玻璃，藏污纳垢，看起来却什么都没有，也根本走不进去。故附近州县里，一生都没来过狮子楼的人，或许也有不少吧？

唯愿以后他们也不要来。救救他们……

2021 年 4 月

新笼中豹

上

我从未见过她。那恋人是一场起义中的无。

为何我充满记忆的前半生，竟这样过去了？雨味多么熟悉，我还没闻够，雨就停了。三十多年前的曙光才初吐茶色，今天的午觉就醒了。

“还记得我吗？”我问。

“还记得一点。”她说。

“那你为什么不跟我说话呢？”

“因为我忘记了为何一定要记得你。”

“抱歉，我不懂。”

“忘记就是一个结果，不需要懂。”

说着，她摸了摸我的獠牙与额头，顺手便将我推进了大街边的铁笼子里。她微笑着在我身边放了一块兔肉，然后便转身走了。笼子是早就准备好的。

从未见过，却有记忆，这可如何是好？为了重新获取记忆的顺序，我只好从远方为自己定制了一尊她的雕像。

我知道，每个人都把我当畜生。路过笼子的人也有些怕我，常取笑我。不过，如果雕像能准时送到，自己被看作什么，也都无所谓了。

整个夏天，就为了等雕像送来，我在笼子里经常休息不好。雕像迟迟不到。送雕像的人是在半路上出了车祸吗？也有可能是送雕像的人把雕像独吞了，或送错了地址？尽管这笼子也没有锁，可为了不让她太过失望，我并没打算马上出去。世界是很奇怪的：天有头、麻三斤、丁子有尾；皇帝自惭形秽，楚狂有口难辩；鲸背、马头、虫翅与蟹脚之间可以互相理解，却不能互相容忍；栅栏后的笼中豹本从不按套路出牌，却可以为了一个并不相识的恋人而四肢紧张，彻夜难眠。

我是一点办法都没有了，束手无策。雕像昼夜前进，如一枚缓慢飞行的导弹。我等待雕像的侵略，如夜对空壁，如砖镜自磨，如在街头捕风捉影。人是隔阂的产物。生命从根本上一定会被别的生命所忽略。为此，我是不愿做人的。

好在徒增白发，正是吾心最强大之时。

好在“千载以还不必有知己”，才是一种真的雄心。

我本须髯激烈，爪牙无情，但对恋人则敬畏，哪怕是一位狡黠的、纯洁得有一点邪恶之恋人。她的雕像很庞大，高若干米，鼻梁的弧线与凝固的艳姿，犹如独坐山涧的猞猁，足以令沿途路人都看得荡气回肠。我身为野兽，亦不得不甘做其秘密祭祀之刍狗。我始终在咆哮地解释自己，但这咆哮对她却从不是什么语言，而像是哀求。在丛林里，即便冲决网罗、色情狂狷或绝望独行于黑暗等，皆一时之光辉，唯有对雕像的期待能使我心有所安。

起义发生之前，一头猪亦可令百兽率舞，故这世间唯一还值得眷恋的，就只有雕像了。当然嗜血、速度、性欲、捕食、斑斓的皮毛与虹霓般的尾巴等，也须珍惜。但都远没达到雕像的高度。这恋人真是奇异呀，我本不认识她，但却能想起她。因记忆大约只有三种：并不认识但好像熟悉、非常熟悉但早已忘记，以及长期忘记了又忽然被想起，并自以为认识。恋人有美貌、形态或五官，但却始终没有面孔，就像记忆。记忆必须重新发明。我在铁笼中彷徨，就是为了发明一场对她的伟大记忆。这样，待雕像抵达时，便可以记住她了。虽然我从未见过她。起义发生之前，为了记住她对我的熟视无睹，也为了让她以后还能记得我，我宁愿整夜地咬啮着铁栅栏上酸楚的雨水与锈迹，让痛苦的獠牙磨得铿亮，就如三十年前那个凶猛的少年。

下

雕像运行缓慢，犹如一个孩子从窗口投出的纸飞机，迟迟不能落地。

在铁笼栏杆的挤压下，我浑身皮毛擦出的静电与幻灭感也与日俱增。虽然时间紧迫，我甚至会怀疑：到底有没有过那场起义？三十多年前真的下过一场雨吗？

“可能根本就没有过起义。”一个常来饲养我的路人说。

“没有，那这笼子是从哪里来的？”我问。

“笼子本来就放在大街上。”

“本来？我过去怎么没见过？”

“因你是豹眼，故你看这门的打开方向不同。”

“门难道不是向外开的吗？”说着，我用头顶了顶栅栏。栅栏纹丝不动。

“当然不是。”路人笑道，并从栅栏缝隙里扔给我一片羊腿肉，肉香扑鼻。

“那就是向内开？”

“也不是。”

“那是向上提的吧？”

“都不是。”

“那怎么开的？”

“也许，根本就没有门。”

“怎么可能？没有门，那我当时是怎么被她推进来的？”

“其实你一直就住在笼子里。并没人推过你，她也没推过。”

“什么意思？”

“她只是设计笼子的人。”

“你说什么？”我忽然怒道，用爪子疯狂地拍打着铁栅栏，声音响彻大街。我不能接受他对恋人的污蔑。

“还有一种可能，也许根本就没有她。虽然你会收到一尊她的雕像。”路人望着我迷惘的豹眼，忽然冷笑道，然后扬长而去。

我立刻想追出去，抓住他，咬住脖子，再把他撕成碎片吞掉。我缩身扑起，看见整条大街的房屋、人行道与树木在我的疾驰中迅速倒退。但真的没有门。我追出去很远，认为我早已出了笼子，却始终在笼子里转圈。笼子没有边缘。在无边之地，等待被一个从未见过的恋人记住，实在是一件苦闷事。这是在与她说话之前完全没想到的。我把作为一头野兽的傲慢与年纪给忘掉了。望着笼子周围愤怒的花园，唯有语言的暴力能缓冲我苍老的焦虑。

我只配庆祝这场自惭形秽。

因运送雕像的人迟到，造就了我们这代畜生的著名咆哮：野蛮的表达。

我真盼望那三十多年前的起义能赶快出现，好毁灭后来这些年发生的无恋人记忆，笼子的记忆。据说，历史上的起义本都是为了爱情。只是在大家相约杀人与宴席散去后，读书人才来开始解释那些卑贱的血统与奔腾的色欲，但不能解释目的。爱情必须毁灭，当初消失的恋人，才会成为唯一的证据。爱情即只有一次，或最后一次，且不允许解释。

如今，大街是空的，只有人群，却没有人。正如笼子里也是空的，只有我的嗅觉、抱负与对撕咬一块肉的梦，却没有人。

人群为了管窥全豹之一斑，常常集体遮挡我的视线。我的肉身倒是清醒，而笼子中心则始终有一个伟大的意志晕眩。

如何才能让恋人在无人中记住我呢？我当然知道这没有希望。从一开始就知道。记忆本来就是一件完全“不可能”的事。在笼子里，你朝哪个方向奔跑都是错的。要么作废，要么等死，要么累趴下，要么把沿途的景物全当作无限延伸的栅栏。除了用獠牙的齿痕在铁栅栏上，把这些凶猛的感受记下来，其他办法全是一时之假象。怨憎会时，岁月产生悖论。笼子就是用来睡觉的，故名回笼觉。对“被恋人记住”这一极端的“不可能”之事，我有我的哲学，不足为外人道。但我的确为此茶饭不思，一筹莫展，只能肝胆激越，望洋兴叹，也是血腥的实情。我不得不寄希望于那尊麻木的雕像。

为了恢复记忆，我必须建立一个我、笼子、恋人及雕像之间的符号，一种哪怕是最低限度的关系。就算失败了也无妨。因失败也是一种关系，聊胜于无，就像起义。

好在三十多年前的起义与恋人的雕像，是在黄昏同时抵达的。大街上闹哄哄的。笼中孤苦，有此雕像一叶障目，便可以屏蔽大街与一切不快乐之事。快乐都是预定的。所有绝望都发生在过去。三十多年前的雨水此刻重新落下。事先设计一场起义，才会让人想起曾经有过灭亡。心字当头，无坚不摧吗？不，笼子本无边缘，故亦无中心。

最令我意外的是，来送雕像的人，竟然就是那个告诉我笼子无门的路人。为了报复我之前对他的怒吼，他故意把雕像立在了大街尽头，一个很远的路口。从笼缝里往外看，大概离我有数百米。落日余晖下，巨大的恋人雕像显得很小，像一朵黑色的小花。他用脚踢了踢铁栅栏，指着远处的雕像对我冷冷说道：“畜生，你不是很能跑吗？瞧，你那些自以为是的记忆与恋人的符号，就在那里，有本事你就自己去取吧。别忘了带上你那颗獠牙。”

“为何不直接送到我的笼子里？”我问。

“抱歉，没时间了。当年的起义已经开始了。我再不去，恐怕就赶不上了。”他说。然后仰天大笑了一阵，便阔步离开了。

我看了看远处。雕像距离并不远，可却在笼子外。

我知道我的速度只是一场速朽而已。

2021 年 4 月

壁 虎

迎风流泪的人终日贴在墙壁上游走。迎风流泪的人始终也在暗中凝视着我。清晨，只要我开窗向下俯瞰，便能见到她在沿街的墙上悬挂、飘浮、哭泣，或像一只透明的壁虎般四处游走，展现她旷世传奇般的艳姿与强大的颓废。这真是一个漂亮的秘密：因她的出现总会令全城的人都感觉神清气爽，亦如一朵奇异的云在晴空中龙腾虎跃。从来没有人会去打扰这个迎风流泪的人。大家都在窗户里朝外张望，或从大街远处静静地眺望她，膜拜她。当然也没人知道她为何会迎风流泪，是患有眼疾吗？是打呵欠太多，还是被谁伤了心吗？时间久了，流泪的原因也就不再有人关心了。

城里的风一点都不大。就算是刮暴风时，她也从未从壁上掉下来过。最奇怪的是，她究竟是用什么方法吸附到壁上去的。似乎每日清晨，她就是背对着墙，然后往上一蹦，脊背与臀部便贴到了墙上。然后，她便蹭着墙游走。手脚偶尔也会助力，仿佛是一个倾斜着游泳的人。而墙只是一座竖立起来的游泳池。她的眼泪会在墙上越积越多，顺着墙缝与墙脚横流，像是一场大雨。她的头时不时地会埋进水里，又从砖头中抬起来呼吸。有时，她会拿着一朵小花，长久地用脊背吸附在墙上流泪，沉默不语。

我当然也不会轻易下楼，去和她打招呼。而且，我始终是一个遵守快乐的科学的人。尽管我看见有很多人在大街上围观她，有些人还把她看作一位表演幻术的卖艺人。但我知道这并非幻术。因壁虎游墙这种把戏，谁都可以练就。凌空悬挂的本领也可以渐渐学会。但长久地迎风流泪，则非任何曲学阿世的技艺所能做到的。那是一种骇人的、只有少女才会有的天赋。那些看似廉价的、不知为何见了风就飞溅出来的泪水，在路边形成了积水。故路过的人常有被滑倒。而每次有人滑倒时，展现出来的尴尬的姿势、肮脏的窘境与解嘲的骂声，都可以令那些在沿街窗户后面偷窥的人们发出一阵阵开怀大笑。这是这座城最大的集体乐趣，也是大家都秘密地爱她、同情她、猜忌她，却又绝不会去打扰她的原因。就连我这种铁石心肠、走起路来瞻前顾后的家伙，途经她身边时，也曾不小心被泪水滑倒过。不过值得庆幸的是，我也是自己滑倒的时候少，笑别人的时候多，大部分时候则因过于喜欢她而陷入了麻木。

2021 年 5 月

一点不斜去[①]

恶德闪耀时，我仍被你不朽的忽略所吸引。你是种子，就在楼头、在山涧、在一条蜿蜒的大街上盘旋。你常驻不动，亦随时会移动。你是滚烫的。你会晃悠。你始终在我眼中摇摇欲坠，却又从不掉下来。你太轻、太快，以至于路过我的时间也太短。你是一个点。只是我忘了这个点是十七年前的事，还是四十几天前的事。或者一个钟头之前吗？也未可知。你太老了，百年多病独登台，我会去看你。好在今天你还那么年轻，落日照新妆，遥叩芳龄。你有燃烧的瞳孔、绞刑的手指与桃色的前额；你是逝、月、鸥、舟、箭；你的肉体是我可以凌空向下俯冲的一座桥。爱就是要炸毁这座桥。爱就是在正要轰炸这桥之前，束手无策，便忽然又返航回去。你是我在最小的色情与最大的虚无之间，一直追求的那个缺陷。你是丛林，我本应该把你抛在身后，但你却挣脱了我，从蛮荒之地冲了出去，把一座空荡荡的我甩在后面。你是一代人所遭遇的崭新的腐烂，

---

① 据清人梁绍壬《两般秋雨盦随笔》卷六载：“世传曾子固不能诗，非不能也，不过稍逊于文耳。唐张道古，名睍，博学善古文，读书万卷，而不好为诗，曾在张楚梦座上。时久旱，忽大雨，众宾咏之。道古最后方成绝句曰：‘亢阳今已久，嘉雨自云倾。一点不斜去，极多时下成。’此则真不能诗者矣。事见唐张鷟《耳目记》。”我倒不这么看。窃以为道古此诗中，三句皆平庸无奇，唯“一点不斜去”，堪得与时人同入唐诗真境。

只用一动不动的高悬，便可振聋发聩。你是我在唐代的雨，以及 2072 年的雨。所有雨都是一滴雨。为何你从不说话，却影响了我对数学、性欲与天体运行轨道的偏见？你是一个点，斜着就将天空擦掉了，如一块橡皮。你是我反抗的裂缝。你是我灭亡的虢亭。四十九岁的幻灭感是没有资格与你肤浅的狡黠相提并论的。只是担心，你会不会突然落下来，宛如密集的种子或少女的尖刀，掉进我的眼里？

2021 年 5 月

吾友拉迪盖

五十岁那年，我又见到了潦倒的拉迪盖[1]。他两鬓斑白，牙齿已缺了一颗，手里拿着油腻的折扇、满是唾液的烟斗与一方花边发黑的罗帕。他爱过的那些贵妇人，早都成了一群满脸皱纹，浑身散发着香水味与体臭的老妪，藏在黑暗客厅中指责着这位已拄着拐杖，戒了酒的文学恶少多么卑鄙滥情。他用拖泥带水的乡巴佬大衣，裹着发福的皮囊与秃顶、红肿的小腿与鼓起的肚子，就像一位失败的游魂。看见当年清晨的狐媚已化为黄昏的萎靡，这真是一件遗憾的事。好在吾友拉迪盖意志坚强，高卢人的爱情怪癖让他仍残存着一点对生命的不甘心。他也迷恋这种不可告人的恶趣。

从十五岁写小说，到五十岁被写进小说，拉迪盖始终在一粒沙中炼钢。幻灭的他曾对我说："你们东方人有古训，叫'伶俐不如痴'。我是两样都占全了。"

我始终想写一个开放式的、非叙事化的、不同于其他任何

---

① 雷蒙·拉迪盖（Raymond Radiguet，1903 年 6 月 18 日—1923 年 12 月 12 日），另译雷蒙德·哈第盖，法国少年天才小说家和诗人，15 岁就写出了爱情小说《魔鬼附身》，但只活了 20 岁，因伤寒去世。主要作品有《魔鬼附身》《德·奥热尔伯爵的舞会》等。另，因三岛由纪夫早已写有以科克托与拉迪盖之友谊为主题的短篇小说《拉迪盖之死》（类似随笔），故亦无须重复。

作家的关于早逝的天才，吾友雷蒙·拉迪盖已垂垂老矣的寓言小说，即所有灾难的发生原点只有一个：爱情失败了，于是干脆乱整一气。他霸占的女子都是他不爱的。反正恋人已缺席，哪管它洪水滔天。这不是异端少年在伤寒时期的爱情，而是他必须在那未来的灾难发生之前死去。但事与愿违，他竟意外地活到了五十岁，且将继续活下去，直到七十二岁、八十七岁、九十四岁乃至一百二十七岁。五十岁以后的拉迪盖反对战争、高烧、沙龙与巴黎流动的盛宴，不关心文学，认定财富、盛名、成就与天赋，甚至包括对任何一种宗教解脱的追求，禁欲哲学以及对常驻和快乐的领悟等，都是爱情失败的替代品。魔鬼并未附身，青春苦短，山河巨变，整个欧亚大陆故人凋零。此刻，他意识到扭曲与苦闷才是失去恋人时最可贵的东西，其他事，包括文明与科学，都是些笑话而已。

五十岁的拉迪盖是拉马丁带有暮气的壮烈隐喻，是五十岁的兰波（他“七岁就写小说”）、洛特雷阿蒙、特拉克尔、中原中也或梁遇春等的集体镜像，当然也可以是一位五十岁的明代少女诗人叶小鸾。或者干脆如安伯托·埃科那样，用误读写一个“奶莉塔”，将纳博科夫的洛丽塔完全颠倒过来，讲拉迪盖爱上了一位白发苍苍的老妇？但这些都是荒谬的。因拉迪盖当年不是不能接受少女，而是“万有皆少女”，故而在厌倦中产生了毒性。他说过“我从来就不是一个幻想者”。他大约喜欢精通床第之欢的熟女、谙熟私通的有夫之妇、投身革命的街头暗娼与贵族舞会上善于猥亵的荡妇，乃因这些人都是同一种他所亲自发明的少女，即“拉迪盖式少女”。而当他老了，具体的、纯精神化的少女意象才会重返他对激素的怀念。这不是靠性能解脱的，而是虐恋与倒错的反噬。这是他因年龄而被置换的腐烂的青春、黑色的幼稚。我听闻吾友拉迪盖，后来大汗淋漓，额头白得像药片，胡子拉碴，却在西方以头撞柱，要证明他的悖论。什么禁忌、年纪、语言与矜持，只能一律不管了。前额与柱子，总得有一个先破。冲决网罗从来不靠读书，而是靠耍浑。

美少年只是恶棍人到中年后的一场痛苦记忆。

吾友拉迪盖说："世界怎么还不毁灭？快毁灭吧。"——此句不在他的书中，但我就应该从这里开始叙事。我讲述的是拉迪盖的观念，故此小说非彼小说。正如科克托不是魏尔伦，我也不是科克托，而是一个东方人对拉迪盖的友谊。我知道他是什么。我不想重复。我的汉语必须保持她原教旨的尊严，就像他未成熟的法语。我要写的只是一种概论。我要写的是大量的留白。我要写的是不能直抒胸臆，却带着巨大撞击力的本能。我要写的是恐怖的含蓄。我要写的是与十五岁的拉迪盖在韶华中短兵相接，又与五十岁的拉迪盖相遇后那些从未发生过的、一挥而就的颓废之事。这是一场虚构的色情辩护，一种飞跃的放荡逸闻。五十岁的拉迪盖不是五十岁的闰土。他脸色浮肿，否定了生活的意义，并不需要再被杜撰什么惊险的传奇。他的存在只是对野性的尊重，而非"野性的思维"。野性从来就没有思维。野性就是无理、繁殖与光荣的奸污。丛林没有列维-斯特劳斯，也根本没有文字。吾友拉迪盖曾认为："爱就是抒情的抢劫。所谓横刀夺爱。"——当然此句亦不在他的书中，而是在他的街头、口头与心头。只是这样的小说是不能完成的。

五十岁的拉迪盖不敢下山，也就别抱怨山中无恋人，只有老、丑与病。他披着爬满虱子的恶臭大衣，叼着半截香烟，把一根黑色的柱子立在巴黎郊外的山头。每天晨昏，他都顾视柱子下之日影而轻轻撞之。他撞得鼻青脸肿，满脸眼泪。日影旋转，他也旋转。他与那柱子不共戴天，成了一对麻木的情敌。他在疼痛中冲锋，追忆着他那些苍老的少女。拉迪盖不能原谅自己已走到五十岁。拉迪盖渴望自己能重新抵达十五岁。撞柱还算好的，也是条卑贱的苦恋虚无之路。若真有出息，我看他就该从山上的悬崖直接跳下去。可惜，五十岁的拉迪盖只有文学，已没有爱的勇气。

2021 年 5 月

冲 刺[1]

凌晨倾颓，曙光发黑时，这场参加者必须穿着紧身大衣的长跑运动会才浮出地面。在靠近终点的最后一段路附近，一个始终遥遥领先、浑身紧裹着黑大衣的瘦子忽然停了下来。他先站在一朵路边的小花前，自言自语地凝视了几分钟，然后又竖起衣领，坐在跑道边冷笑。他掏出一根香烟来抽。路边围观比赛的人问瘦子为何发笑，他不说话。问他为何停下来，他也不说。望着离他仅有几十米的终点线，以及那些即将陆续赶上来的人，瘦子好像完全对这近在咫尺的距离与已经唾手可得的荣耀失去了兴趣。似乎过去的奔跑都太惨烈了，令这傲慢的瘦子有点懊悔。

“跑那么快做什么，前面地上除了一条虚线，什么都没有。”他自言自语道。

“可您停下来，不就输了吗？”我碰巧站在他身后，便反问他道。

---

① 写这篇是因记得过去听过一个朋友关于伊索寓言《龟兔赛跑》，以及芝诺“龟兔悖论”的生物学说法，即比赛结束后，懒洋洋躺在路边的兔子对抱着奖杯的乌龟说：“那又怎么样？没人会叫我乌龟，也没人会叫你兔子。因距离是虚构的，冠亚军都是些骗人的词语，比赛也只是文学作品而已。兔子还是我。”

“我更关心速度的本质，并不关心比赛。我甚至连受到尊重与否都不关心。别总以为运动的差异真能突破物种的起源。事实上，速度的本质从来就没变过。”

“您说这些是什么意思，真的不打算冲刺了吗？”

“速度是天赋，根本不需要验证。”

瘦子说着，不但没有继续往前跑，而是就地躺下，就在跑道中心和衣而卧，接着朝霞的温暖睡起回笼觉来。他的大衣始终裹得很严实，即便在他睡得大汗淋漓、噩梦不断时。

过了一会儿，一个在现场维持秩序的交警走过来，将他踢醒。

“喂，给老子滚起来。真是岂有此理。就算你不跑了，也不能在这儿妨碍别人跑吧？”交警冲他喊道，“你这讨厌的瘦鬼，要睡觉，可以到路边林荫道的长椅上去睡。”

“时间还早，我就想在这里睡。”瘦子坐起来固执地争辩道。

“兄弟，我看你还是别在这儿惹事了。”我也劝告道。然后拼命拖着他的胳膊，拽着他向林荫道上而去。

“跑还是睡，都是我自己的事，谁也无权干涉。”他一边走，一边冲我与交警怒道。一不小心，他的大衣扣子散开了两个，衣袂敞开了一些。我意外看见大衣里面，沿着他干巴巴的肋骨和凹陷的胸膛，竟全绑着几排雷管，还有电线、钟表与手榴弹。他下意识地急忙捂了一下，然后又重新裹紧了大衣。好在此时那个警察已离开走远，只是偶尔会回头看看我们。

“兄弟，我全看见了。又不是女人，你也不用遮遮掩掩的。”我开玩笑似的对他说。

“你都看见啥了？”

“呵，我看见你好像别有用心。”

“的确，跑步是次要的。其实跑得快与慢，也完全不重要，”他跟我解释道，“我来参赛的目的，是为另外一件事。”

“什么事，能比冲刺还重要？”我迷惑不解。

“当然。我要解散这个运动会，消灭裁判员。”他冷静地望着不远处的终点说道。

“什么？”我感到很惊讶。

“运动会最大的悲剧就在于，总有一半人在设立终点线，而另一半人则只能疲于奔命地去迎合那条线。唉，你就是个围观者，当然不会懂得我们奔跑者的压抑和屈辱。”

“既然那么不喜欢这比赛，你也可以不来参加呀。”

“我无法不参加。”

“那又是为什么呢？”

“我不会别的，只有一种与生俱来的加速度。你知道我有多快吗？这个比赛其实三天前就开始了。所有后面追赶我的那些家伙，都是前几天就出发的。而我是今天才从起点开始一路跑过来的。结果，我还是跑在最前面。那些人要追上来，还不知道要过多久。我是等得不耐烦了，所以才想睡觉。”

“既然你具有这样惊人的体能，就算自怜自艾，也该吃这碗饭，怨不得别人吧。”

“可我不能接受任何标准，尤其是快的标准。距离是虚构的。长与短都是相对的假设。那些划定起点与终点线的家伙，则更加卑鄙，他们纯属是为满足自己。你以为标准是什么？是为了公平吗？你错了。标准就是为了侮辱别人才设定的。”

“你的话我不太懂。不过既然你腿脚好也可以选择干点别的呀，譬如上山去打猎，去追兔子、麋鹿或羚羊。要不就当一个同城闪送快递员，也是好的。何必非要来参加这个裹着大衣拖泥带水的长跑比赛呢？既然来了，就得入乡随俗。”

“我别无选择。”

“怎么，有人强迫你吗？”

“那倒没有。”

“那为何不拒绝邀请？”

“无法拒绝。人这辈子，怎么走都只有一条路，怎么选择都迟早会后悔。”不知道是不是因刚才没睡醒，是打呵欠还是有点难过，我看见他眼眶有些湿润。

“那么，接下来你打算怎么办呢？”

“我说过了，我要解散这个运动会，消灭一切裁判员。”他看着天空说。

“怎么解散和消灭，用炸弹吗？”我直言不讳地问。

“用什么也不重要。我连自己的天赋都可以放弃，哪里还会在乎任何毁灭的形式。重要的是我的否定，是我对‘第一’与‘唯一’之标准全都靠地上那一条虚线来判断的否定。你不是说我可以改行吗？今天如果出了什么事，就算是我的改行吧。”

“这算什么改行？你这样去玩命，体能优势用在哪里呢？”

“你对体能的理解太简单了。体能不是物理，而是心理。既然你相信我有体能优势，你怎么知道我就一定跑不过炸药、火焰、弹片和冲击波呢？”

“可炸药就绑在你身上。你这么说也有点太荒唐了吧。”

“大概荒唐才是唯一值得相信的。否则，你们为何都愿意去相信终点处画在地上的那一条什么都不是、什么都没有的虚线？”

“那我也不愿为任何形式的暴力叫好，即便是你有理。”

“所以我们不同。”

“大家都是人，哪有什么不同。”

“有的。我反对自己和你们成为同样的人。”

“就因为你跑得快吗？”

“不。是我没有标准。我反对标准。”

刚说到这里，我看见后面那些追赶他的长跑者，都从道路尽头陆续出现。每个人都裹着严实的大衣，在恶臭的汗水中踉跄地前行，或是一瘸一拐趔趄地奔跑。还有些已体力不支者，宁愿在地上连滚带爬，也要完成这狼狈的冲刺。他们以大水漫过堤坝的态势，超过了本来最领先的这个瘦子。

在离我们不远处的终点线上，云集着很多裁判员、吹哨的、掐表的、拉绳的以及围观呐喊的人等。他们正等待这些裹着大衣的长跑者，就像一座光荣的陷阱与赞美的刀丛在等待迷恋速度的兽群。那掌声便是毁灭。这时，我身边这位浑身绑着炸药与钟表的、本来早已遥遥领先的朋友——我如今愿意这样称呼他，乃因我尊敬一切为了旁逸斜出而敢于否定秩序的失败者——却终于解开了他的大衣纽扣。他拔出一枚雷管，一只手紧握，另一只手拿着半截抽剩的烟头，混在呼啸的长跑运动员群体中，也向终点线那边慢慢地走了过去。瘦子走路的样子，恍若一位刚吃完早饭出门散步的人。晨曦红如火药。缓慢总是美好的。清风如一场深情。此刻不说话，就是最好的表达。我看见即便是散步，一心抱着偏见的瘦子也比那些奔跑着的人群要快得多。

2021 年 5 月

焊 枪

漆黑深夜里，带我上山参拜的向导说，在他与他的同伙们这些年霸占的这座山头的厅堂里，放着很多荆棘丛林般密密麻麻的椅子。但唯有一把交椅，制作与众不同。当然，关键并不在于那把椅子是不是第一把交椅，也不在于它是可拆卸、可折叠、可拉伸，甚至晚上都可铺平了来当床使用的（据说，头儿一般就睡在那把椅子上过夜）。关键是那椅子的卯榫结构也不是传统的，而是靠昔日某位秘密的巧匠独立设计的，图纸也是一脉单传的。只是没人指点的话，谁也猜不出来众多椅子里哪一把椅子才是它。

“那椅子坐着很舒服吗？”我问向导。

“其实也不怎么舒服。在椅子上睡觉，时间长了还容易生病。”他说。

“那它的魅力何在呢？”

“大概只有从那个角度，能看见山头上的某些特殊景色吧。”

我很好奇，便在向导的带领下，曲径通幽，绕来绕去，才终于来到那把著名的、被遮蔽在众多椅子中的椅子边上。我坐下，并放眼望去，虽然山头上的一切都能尽收眼底，可也并未发现有什么特殊景色。我推了推那椅子，纹丝不动。那椅子四棱八角，黄花梨和酸枝都用上了，打磨也精细，本身并没有用过一根铁钉。我想挪动它，换个位置看，却发现它是由很多根钉子、楔子、胶、漆、铁丝、麻绳与焊枪等，牢牢固定在厅堂的地板上的。我顺着椅子把手、椅背和椅子脚摸索，又发现它与它身后的屏风，也紧紧地用胶咬合粘连着。我再去摸那一面画有寒林山水的屏风，冰冷得简直就是铁板一块，并严丝合缝地与墙焊接在一起。那墙与厅堂的横梁、柱子、匾额与密密麻麻的其他椅子也焊接在一起。厅堂与地面及门口操场上的两尊石狮子底部焊接在一起。操场则与我们上山时爬的石阶也焊接在一起。以此类推下去，从那椅子开始，一路下去皆是与整座山头的植物、狗、花朵、塔、猪圈、粮仓、栏杆、弹药库、寺庙、坟墓、悬崖、医院乃至通往附近乡镇的道路，乃至每一家人桌上的饭菜和粪便等，全都焊接在一起的。我一生对人间事孤陋寡闻，不过此刻目力所及，也真的感到有些意外。

向导见我迷惘，便从椅子底下抽出了一把焊枪，递给我说："怎么样，兄弟？你也可以试试，看能不能把你认为还在移动的事物，跟这把椅子焊接到一起。"

"抱歉，我从未用过焊枪，而且眼睛也不好。"我婉拒道。

"那有什么关系，戴上墨镜就可以了。"说着，向导又从裤兜里掏出一副墨镜。我勉强戴上后，发现黑暗中的山头和远方景色好像更清楚了。

"怎么没看见你们头儿呢，他不是睡觉都会在这把椅子上吗？"我问。

"那要看在什么时期。今天山上安静，就我们两个人，我就是头儿。你如果学会了使用焊枪，也许可以和我轮流坐那第一把交椅呢。"

“可是我对椅子没兴趣，无论哪一把。”

“兄弟，做人还是应该要有点幽默感。你以为我就真有兴趣吗？只是为了让我们山上的日子能固若金汤，让宁静的卯榫结构永驻，总要有点事做吧。我也是闲的。”

向导笑着自我嘲讽道。然后，就像是听到什么声音似的，他猛一转身，便用焊枪按住了停在柱子上的一只花斑飞蛾。然后他再向前一跳，又用脚踩住了一只刚从墙角洞里蹿出来的老鼠。那老鼠本来在惊慌地快速移动，却要被永远焊接在墙根处。我看见向导手里的焊枪熟练地发出噼里啪啦的火花，瞬间照亮了整个山头。

2021 年 6 月

谁是博物馆中的血腥少女？

一

我知道一座藏品浩瀚的野蛮博物馆，是本世纪最精致的愚昧，玲珑的丛林。但那叱咤馆中的少女，请君切勿靠近。因那馆里并没有文明，只有性欲、数学与世代传承的抢劫。毫无疑问，有一种对此博物馆的爱，总是在暗中压榨我。它在，我就没有真实生活。我在，其实本不需要博物馆。有时候两者混淆不清，角逐或倾斜，浪费了我的天赋，把什么都给耽误了。我本是独立的，不应该输给这种奇异的挤压。甚至可以说，我当年写作，就是为了能推翻这博物馆带来的力。博物馆毁掉了很多人，把很多动物制作成了标本。这些倒也不重要。问题在于，究竟谁是那个站在博物馆中心，指挥这一切的血腥少女？她很早就在那里了。她并非博物馆的创始人，但却控制着馆内的一切运动、青春与生灭。这座城里的每个人都听说过她吧。记得在生灵涂炭的那一年，人间荒凉，到处都是石头。这座由符号、器物、遗址、陶祖、标本与春宫图构成的肉欲博物馆，便意外地出现在了这座城市的大街上。谁也不知道它是怎么修建的。不能理解博物馆的人，都想进入馆内去观摩与朝拜，研究那些过去从未见过的瓷器、雕像、钟鼎或黄金。仿佛大家都认定，那些三角形或圆形中蕴藏着某种奥秘。唯有博物馆中的少女，每日旋转如喷泉，像一尊在暗自窃笑的图腾。她是博学的铁。她不爱我。博物馆里的东西也太多了，到处是机器、尸体、情书、行李与航海图，到处是往事笔记簿，累赘而又舍不得扔，就像我们的记忆。人生识字，后悔莫及。我愿用我写下的全部文字，去换取那个少女有血有肉的爱情哪怕一秒钟，而不是仅仅去写她。遗憾，这是不可能的。而且，因好奇而进了馆的人，那些不曾写下过任何博物馆见闻的人，最后全都会被她的愤怒撕成碎片。当初，也是她启发了我，第一个让我写下对这个异端博物馆的解构与批判。她告诫我：只有记录才是唯一自救的方法。也是她让我避开那些馆内堆积如山的知识与标本景观，只看事物的形状，只闻生物的气息，只写行为的矛盾。只去爱，但不表达。故自从有这色情博物馆与少女以来，我写下的一切从来就不是知识，而是某种充满激情与偏见的东西。我只写私人的本能，从不写任何广阔的第二经验。可悲的是，写得再好，她也不爱我。她对我的冷漠与对其他人的热情一样让人绝望。我也不知道她为何从不愿意跟我多说一句话。这凶猛的沉默亦令人着迷。只是偶尔，她会坐在博览全书的黑暗中，朝我摆出一两个别有意味的姿势。我知道她曾用这可怕的姿势干掉过很多人。她长发、抽烟、穿皮靴、从不涂口红，精通光学与声学，还能说一口熟练的旧式脏话。她是透明的。她想毁掉进馆来打听她秘密的人时，只须轻轻地朝他们的脸上吹一口气。我知道进馆去找她谈话是件很危险的事。搞不好，我也会被烧成灰烬。但我有痴性，有时明知死胡同也会往里钻。万一有小径呢。也许血腥少女本身即希望的小径，一条通往大海、噩梦与旷古荣耀的地下管道。这伟大的侥幸心理，曾将我与我的文学之恶推向极致，并成就过我这一代人那些荒谬的爱情。我在被她控制之前，心情会立起来如一枚飞快旋转的硬币。好在无论哪一边着地，最终结果都是平的。可问题在于，岁月飞逝，究竟谁才是那个站在博物馆中心改变了我与世界边缘的血腥少女？

二

正午幻灭之后，也总会给黄昏留下点什么。那个博物馆中嗜血的少女一贯否定知识的意义，只礼赞人在肆无忌惮时的纯洁，即便是恶的纯洁。与大多数进入馆内参观的人一样，我与这绞杀过很多无辜者的少女之间，也始终存在着敌意。这是一种警觉的哲学。这是无心之人与一架摄心机器的无情较量。不得不承认，迄今为止，我尚不能理解她。或正因我的不理解，故亦可以不离开。我只能选择对她视若无睹，就像人对太阳与空气也须臾不能离，但每分每秒又都视若无睹。

夏日，任何一个曾在博物馆中徘徊过的家伙，都看得见她的存在，但从未有谁见到过她的脸。就像每个人都知道她的血腥，可从未有谁见识过她的手段。她一直贴身站在古老的玻璃窗、灯、剑齿虎、太空陨石、磁铁与一些沙漠植物标本之间。我能确定，她就是那个美丽而著名的少女。她素发垂肩，穿着一件八十年代初镰仓制造的纯棉蓝条纹海魂衫，令乳房宛如微隆的海浪。她脖子上系着殷红的荷兰丝带，下着一条有波斯图案的花边短裙。她的臀部含蓄地弯曲，粉色的膝盖宛如两只缩在草丛边的兔子。在蔷薇般绽开的小鞋子与罗袜上，似乎还残留着她上次作案时洒下的二三滴血迹。

谁若跟她咨询博物馆中的路径，她都会勉强回答几句。不过，她说话时会将本来就秘密的脸转向窗外。她看不见或根本不愿看见任何问路的人。

种种迹象，都表明她就是那位妩媚多姿的嫌疑人。

为了不打草惊蛇，我必须暂时隐藏自己的侦探身份。

“您好，打扰一下，请问可以告诉我猛犸展览厅怎么走吗？”我小心翼翼地走到了她身后，冒险一试地问她。

“向前五十七米，再向左，上楼梯，三楼右手第六间就是。”她背对着我冷漠地说。她的声音纤细柔美，状若颗粒，是那种类似海豚音般的处女嗓音。她的脸则像图钉一样被按进窗外的风景里。

“那热带雨林植物馆呢？”

“沿着二楼回廊一直走到头就是。”

“吐火罗文地图阅览室呢？”

“你到底要去哪儿？”她有点烦了，但仍未回头。

“我还没决定，就想都先问问看。”我故意很冷静地说。

“那就等确定了再问。”

“我无法确定。”

“怎么会？”

“也许，我就是想以各个方向来确定一下我现在的经纬度吧？”

“哦，你是迷路了吗？”

“算是吧。主要是我有点怀疑。”

“怀疑什么？”

“怀疑你就是那个少女。”

“你是来逮捕我的吗？”

“当然不是。我又不是警察。”

“那就快离开吧。”

“也不想马上离开。”

“为什么？”

“我还没机会看一下您的脸。”

“有这个必要吗？”

“认识一下总是可以的。”

“你不觉得很危险吗？毕竟到目前为止，在博物馆里没人知晓我是谁，你似乎是唯一一个胆敢对我产生怀疑的家伙。虽然我对你完全不感兴趣。”

“危险也没什么。我很好奇。”

“好奇我是不是那个血腥少女？”

“不。我好奇你的脸。”

“你不是好奇，而是好色吧？”

“这么说我也不反对。”

“放弃吧。我是一定不会回头的。”

“你是怕被人认出来吧？可博物馆里就只有你最可疑。”

“这条街上有两座博物馆，大门是一个。一座是过去的自然历史博物馆，一座是现在的人文历史博物馆。你是走错了门吧？”

“看来你还是怕了。”

“荒唐，我能怕什么？”

“畏惧的人，才总喜欢把责任推给时间或者分类。”

“这只是你那代人的肤浅理解。而且早过时了。”

“可那些被你干掉的家伙呢？”

“也过时了。过时皆无效。况且谁能证明？”

“历史都能证明。”

“幼稚。历史不过是无数图书中的一个类型。书你也信吗？”

“嗯，过去的确有过‘尽信书不如无书’这种话。不过，如果被记载的事也无法信，那还有什么可信的呢？”

“在这座博物馆里，重要的从来不是信或不信，而是做与不做。”

“看来，您是一个没有底线的少女。”

“底线本来就没有，都是那些不理解底线的人设计出来的。”

“我完全不能认同您这句话。”

“那也是你的事。你老了。”

“何以见得？您一直没回头看过，怎么会知道我的年纪？”

“这还用看吗？怀疑即衰老。”

“就算再残忍，可你也总该解释一下你犯罪的哲学吧？”我决定在动手之前，给她最后一次为自己辩护的机会。

“你认为能解释的东西，还算是哲学吗？”

她说了最后这一句，便朝我一甩手，表示不再想说话，或希望我赶紧离开。此刻窗外夕阳西下，博物馆内的人流也越来越少。少女的阴影投在博物馆的墙上，随着落日的斜射而变得越来越大，就像运动的黑夜。她伸出手，从怀里掏出了一支香烟，在半明半暗的窗前点燃抽起来。我意外看见她手上竟然有皱纹与老人斑，雪白的汗毛在夕阳余晖中闪光。我还注意到，她颈项后的头发，在光线下竟也是几缕白发。她的海魂衫是地摊旧货，花边裙、罗袜与鞋也都是几十年前，在战后镰仓街头暗娼们穿戴的那种流行款式。她的膝盖大约是因关节炎发作，曲线才显得那么可爱的？鞋袜上的血迹不过是夕阳的光斑？我还闻到她身上散发出的一股过期琉球香水的酸腐味。她故意压尖了声带，提着假嗓子在跟我说话吧？她到底是谁？她是在冒充青春时代的自己吗？她只是一位把头埋在风景里，不愿露脸，戴着假发的异装癖患者，还是有犯罪史，谙熟这里每一条路径，由博物馆雇佣来的老太婆向导？她的人生都被藏到哪里去了？

正在我纳闷时，忽然听到从博物馆楼上的不知哪间大厅里，又传来几声这些日子大家传闻的那种悲惨尖叫之声。我看见很多人从楼梯上惊慌失措地跑下来。

也许是有人再次被谋杀了？我尚不能确定。

那少女般的老太婆像钉子一般站在窗前，仍不回头。由于密集的植物标本间隔着，我无法绕到前面去看她。从侧面望去，只能看见她的半边耳廓。她的脸早已被玻璃窗外的风景吞没了。镰仓海魂衫的背影漆黑，但我能感到她在黑暗的波浪中发笑。博物馆里乱作一团，各类传闻与恐惧在互相回避与退出的人群中蔓延。天色将晚，博物馆的大门就要关上。我仍在为自己的批判与推理而来回彷徨。唯有这苍古老妪浮雕般的倩影与年老色衰的艳姿，镶嵌在窗前。若她真的只是一个帮凶或从犯，甚至无辜者，那谁才是博物馆中的血腥少女？

2021 年 5 月—6 月

肉 嶲

男子手相奇异：几条深陷的掌纹从侧面扩散出来，绕过虎口，布满掌心，如群蛇在肉色的空中龙腾虎跃。清晨，一个看手相的人空手而来敲门，带来了令他惊喜的消息。据看手相的人说：男子手中有一种罕见的掌纹，在相书上被称为“猛虎纹”，就趴在拇指虎口与食指缝隙之间。如果不能“虎归肉嶲”，那他今后的命运就会像一块残骸，全部生活最终都会被他手中的猛虎所撕咬、咀嚼与吞咽，然后渐渐消化掉。人生会变成一场空。

“好在我有古法，可帮您抹掉此纹。”看手相的人说。

“掌纹是天生的，如何能抹掉？”男子表示怀疑。

“人只要把心一横，任何事都可以做到。做不到也可以勉强做。”

“难道是把手砍了吗？”

“倒也没那么严重。”

“那怎么勉强？”

“掌为虎，指为龙。龙吞虎便吉，虎吞龙则凶。能不能做，得看情况而定。请您先把手掌摊开给我看看吧。”

男子出于绝对自信，便缓缓地打开了他紧握成拳的手。他绽放的手如一朵凶猛的花。那看手相的人对他的手掌摸了摸，看了看，甚至还低头闻了闻。在确定男子掌纹的位置后，看手相的人竟忽然拿出一柄匕首来，在男子摊开的手掌上飞快地划了几下。手指还没来得及因疼痛而蜷缩，猛虎纹便被划得面目全非了。鲜血顺着胳膊流了下来。

“你这是干什么？”男子惊恐地喊道。

“真是抱歉，”看手相的人说，“不过，要真心感谢您让我有‘刺虎’的机会。也许您不知道，猛虎纹在数千万人里才会出现一个。干我们这行的，这种机会更是一生难遇。因‘刺虎’若能成，我们在相学上就会升入到另一个空间，预言也会奇准无比。”

“那他妈关我什么事？你破了我的手相，我的命运怎么办？”

“命运是小事。关键还是看您能不能学会勉强。”

“你总说‘勉强’，这到底是什么鬼？”

“大概好的人生大都是以勉强自己开始，然后以误会发扬，以互相伤害达到峰值，最终则以扫兴结束吧。我只是送给您一个开始。等伤口愈合，虎归肉寓时，您就知道了。”

说完，看手相的人便转身离开。迫于他手里不断晃动的匕首与凶狠狡诈的目光，男子也不敢追上去。

好在几个月后，男子手掌上的伤口愈合了。在猛虎纹结痂的地方，新生的筋肉慢慢生长凸起，并出现了一块起伏绵延的、丑陋的伤疤。所谓“肉寓”，即因此疤在伤了手指神经后会异端突起，如一座掌上的小山。过去的猛虎纹，几乎全被隐没在了肉寓之下。

许多年来，男子命运的确有了变化，与人为善，朋友众多。他从不提起自己曾有一只沾满鲜血的手，以及一头杀死在手相里的猛虎。安全孤独时，他会默默地反复看着手掌，度过漫长的夜。偶尔遇到危险或攻击时，他又会对人摊开手掌，表示他这伤疤是多么凶残，又是多么与众不同，就像恼羞成怒的赌徒在显摆他手里的最后一副好牌。过去，他每与陌生人握手时，都会不可抑制地发出一股巨大的力，甚至不小心时会折断对方指骨。他曾每天都带着那可怕的猛虎纹出门，并秘密地伤害着每一个与他交往的人，把生活捏得粉碎。如今夜里回到家中，他则会勉强地把有肉瘤的拳头咬在嘴里，表现出一种不可告人的痛苦。

2021 年 6 月

麻 袋

——或“一个现实问题”

那个扛麻袋的家伙，从昨晚就开始在我家门口蹲着过夜了。也可能是从前天下午，或上个月某一天的早晨他就来了，只是我没注意。

麻袋很大，可以把他自己装进去。麻袋很脏，鼓鼓囊囊的，不知里面塞满了什么。麻布缝里还有些发黑的污渍，散发着臭味。扛麻袋的家伙看来只是个跑腿的，因他每天都不断地将麻袋堆在我家门口。开始是东一只西一只乱扔，从门槛、窗前到台阶上，到处都是。不久又蔓延到了附近街道。麻袋越来越多，渐渐垒成了一座座灰色小丘。晚上，他就睡在那些麻袋上。没人敢过问他为何要堆这些麻袋。问了他也只是冷笑。长久以来，也从未有谁见他打开过那些鼓得像肥猪般的臭麻袋。这些沉重、可疑却庞大的麻袋矩阵，把门窗与道路都挤成了狭窄的一条，如针孔管窥，快要堵死了。我与住在附近的所有街坊，出门时也都只能挤着肩走，或屏住呼吸，从麻袋与麻袋之间的缝隙勉强地爬过去。扛麻袋的家伙每天还会扛来一些新麻袋，或在麻袋构成的密集巷道中来回彷徨，像个镇守战壕的“麻袋烈士”。

这是一个现实问题：他到底想做什么？

麻袋影响了这么多人的生活，为何没法管？

另据传闻说，在这座城市的另一端，也有一座麻袋山。那里也有人在堆砌麻袋，与我门口的麻袋形成了遥远的对垒与呼应。扛麻袋的家伙，每天都会望着另一边那座看不到的麻袋山发呆。他不是唉声叹气，便是时不时地朝那边扔石头，仿佛是在发泄什么怨恨。石头远远地扔出去后，似乎在半空就失去了方向，也听不到半点儿落地的声音。

“兄弟，我想和你谈谈。”一天深夜，我实在忍不住了，走到门口对他说。

“谈什么？”他虽然始终堵在我家门口，却从来没把我放在眼里。

“一个现实问题。”

“什么问题？”

“你这些麻袋到底还要在这里放多久？”

“这可不好说，得看情况。”

“这毕竟是我家门口。况且，这条街还有很多人，都被你的麻袋堵住了。也许你有什么苦衷，不妨说出来，我们大家一起想想办法不好吗？”

“堵住又怎样，你们不照样能通行吗？”

“可的确非常别扭。”

“生活总是会有点别扭的。别太在意。瞧，我一个人要看管这么多堆积如山的麻袋，也很别扭。”

“但你的麻袋碍了大家的事。”

“我可不这么看。”

“什么意思？”

“我是在完成一场著名的比赛。”

“比赛？”

“你应该听说过，就是城市另一端，还有一座麻袋山的事。”

“我正想打听此事。你们这算是在比赛吗？”

“是的。”

“比谁的麻袋垒得多、垒得高？”

“不，比谁能坚持不解释。”

“不解释什么？”

“不解释为什么会垒这些麻袋。”

“这真可笑。”

“只有你们这些从不扛麻袋，也从未理解过麻袋的人，才会觉得可笑。我们每天的比赛都很累，哪里笑得出来。”

“那不是你们自找的吗，为何要搞这样一场无聊的比赛？”

“也不是我们故意要搞的。”

“不是你们是谁？”

“抱歉，这我不能告诉你。再说，我们比的就是不解释。”

“不管你解释不解释，麻袋都妨碍大家了。”

“麻袋是我们共同的命运。”

“就没有移开的可能了吗？”

“反正我没有。”

“如果我与街坊们要强行搬开这些麻袋呢？”

“那顶多说明你们也全都变成了跟我一样扛麻袋的人而已。再说，你都不知道麻袋里面装的是什么。如果乱搬，引起更大的麻烦怎么办？”

“麻袋里是什么？”

“我说过了，不解释。”

“那我自己打开看看行吗？”

“你有这种想法，本身就很危险。”

“看看有啥关系？”

“兄弟，实话说吧，我扛了这么久的麻袋，为了这场不能解释的比赛，甚至付出了一生的代价，搞得家破人亡。我比你们更恨这些没用的，又到处占地方的麻袋。可就连我也从不敢打开麻袋看一眼。就凭你？”

“你说得也太悬了吧？”

“如果你执意要看，造成什么灾难，后果自负。你可想好了。”

说着，他又冷笑一声，独自在麻袋筑造的沟渠里徘徊起来。不过他的警告，我也不是完全不在乎。我是个很谨慎的人，从不做冒险的事。这也是我忍耐了那么久，直到今天才去跟他谈的原因。但没想到，他仅仅用一种新的恐惧感就完全把我挡住了。望着铺满家门前、大街上乃至延展到一望无际远方的麻袋山，我真有种无奈之感。

好在末日绚烂，我并未幻灭。

深夜，我开始沿着平时那家伙扔石头的方向往前走。

我去了这城市的另一端，找另一座麻袋山。我想，偌大世界，总会有明事理的人吧？为何要搞麻袋比赛，会不会只是一场误会？好在这城市并不大，我很快就找到了另一个扛麻袋的家伙。他们俩人相貌迥异，甚至性别都不一定相同。而且另一端的这家伙戴眼镜，终日就坐在麻袋上读闲书，抽烟。偶尔他会用香烟盒叠出二三枚纸飞机，站在麻袋山上往下扔。纸飞机随意飘落下的地方，就是他下一个放麻袋的地点。但他对比赛这件事的态度，则令我意外。他当即便否认了我的说法。

“难道你们不是约好的比赛吗？”我问。

“不，我跟在你家门口的那家伙根本没见过面。”戴眼镜的家伙说。

“什么，你们不认识？”我惊讶道。

“对，根本不认识。”他笑道。

“那就怪了。不认识怎么会搞什么麻袋比赛？”

“也许只是他心里想比吧，跟我没关系。”

“那你又为何堆这些麻袋呢？”

“我是为了一点私事。”

“可否冒昧问一下，什么私事？”

“抱歉，这就不方便说了。”

“事关麻袋的转移和大多数人的生活方便，还是请你告诉我吧，我们那边每个街坊邻居都等得很着急。”

“我知道。住在我这边的街坊也一样。”

“你们俩人做的同一件事，一个说是比赛，一个说是私事，而且都不解释。可干扰了大家的环境，难道就没有一个合理的说法吗？”

“抱歉，我的确无能为力。其实，我也不喜欢这些麻袋。只是为了点私事，我不得不去做某些令人难以理解的工作。我唯一的安慰就是读点闲书。你知道，我们每个人对生活的体验都不同，有时看起来很有道理的事，在现实处理上却有着很大差异。总之，我们被浪费的阅历都太多了。麻袋只是一件小事。”

“你也从不看这些麻袋里面装的什么吗？”

“当然不看。因我知道是什么。”

“是什么？”

“我说了，这是我的一点私事，不好说。”

“那我能自己打开看看吗？”

“其实你也不用看，你也知道是什么。”

“我知道？”

“你当然知道。”

“我怎么会知道？”

“这座城里的人都知道。”

“胡说，我就不知道。”

“你不可能不知道。你说不知道，只能说明你是个懦夫。好在知道不知道，都不重要。重要的是不仅这座城，而是世上所有城，只要家门口被麻袋山占了地方的人，大家都知道麻袋的存在是不可改变的。麻袋山全都一样，它们之间唯一的区别是，每个扛麻袋的家伙，对此事的解释不同。譬如你那边的人说是比赛，而我说是私事。即便他说的所谓‘比赛不解释’，其实也是一种解释方式。我和他都是干活的人而已，我们都卑微如尘土。麻袋堆积如山，必须在各个角落都形成庞大规模的街垒这件事，早已是当代流行的大趋势了，也是我们生活的这个世界最重要的浪潮、气氛与激动人心的伟大景观。这还不够吗？”

“抱歉，这我也是第一次听说。”我有点怀疑是自己有问题了。若不是我的问题，那为何其他城里那些挤着爬着走路街坊们，都不像我这么焦虑呢？

“没关系，世上总会有一些不能理解麻袋的人。”戴眼镜的家伙笑了笑，点燃一支烟抽着，又说，“如果都能理解麻袋，那就不算什么具有颠覆性的浪潮了。对吗？”

“那我就这样干等下去吗？”我最后带着点希望问他。

“嗯，也不一定。你可以选择没有麻袋的地方。”

“照你的说法，哪里还有这种地方？”

“找找看吧。”

“怎么找？”

“譬如，从你家门口向里走。”

“那叫什么找？”

“诶，可别瞧不起自己家。墙里有乾坤。”

“您倒真会开导人。”

“您过奖了。不过，人贵有自知之明。即便是往家里走，往后的日子如何，也得看你的脾气才知道。”他继续把手里的闲书翻开，一边读，一边对我又嘱咐道，“对了，回去以后，请替我转告在你家门口那位扛麻袋的兄弟，关于‘不解释’的比赛，就算他赢了吧。反正我有我的私事。我这人话多，但对输赢倒无所谓。”

“他好像真有点忌惮你，或者害怕你的‘不解释’会超过他，否则为啥没事就朝你这边扔石头？”我说。

“那也是你多虑了。他扔石头，或许就像我平时扔纸飞机，只是为了给你这种人随便指一个毫无意义的方向。”戴眼镜的家伙说完，翻身爬到他的麻袋山上，又朝远处扔了一枚用香烟盒叠出的纸飞机。他望着那纸飞机飘落的方向，失望地摇摇头，似乎眼角还有泪痕。但他旋即便又在麻袋上坐下来，把头埋进了闲书里，再也不想说什么了。

不知为何，那天回家的路上，当我看到大街上的人群仍都在麻袋矩阵中或挤或钻，或翻越爬行时，虽仍觉苦闷，可一想到全城乃至全世界都如此，心情便好了许多。毕竟，生活在这城里的人，最重要的或许并非出行方便，而只是给岂有此理的浪潮找到一个闻所未闻的解释。即便“不解释”也是一种解释形式。他们对语言的理解力，远远超过对现实问题的理解力。至于有没有麻袋，又有什么关系呢？

2021 年 7 月

指南车上的崔豹

那天下午刚一开门，满脸怒气的崔豹便驾着一辆结构复杂的指南车[①]闯了进来。但我立刻意识到，他这车是假的。迄今为止，我们的生活根本还没有设计过确定的方向，又哪里来的司南呢？但崔豹却很固执，甚至残酷无情。

他如入无人之境似的，站在车上，手拿几面令旗，上下左右地指来指去，先驾车围着我家的墙壁绕行了一圈。然后，他干脆直接把指南车开进了我的卧室，停在了我的床上。整个车在我睡觉的枕头上飞快旋转，而他像头老鹰一般俯瞰着我，冷言冷语地说道："你不用惊讶。我承认，确有一种可能，即这整个世界的存在、事实与观念，全是一场平面设计。只有错觉才是立体的，有方向的，乃至呈多维多元的。但那只是错觉。

---

① 指南车，又称司南车，是中国古代用来指示方向的一种装置。与指南针（司南）利用地磁效应不同，指南车不用磁性，而是利用齿轮传动来指明方向的机械装置。指南车最早在西晋崔豹所著《古今注》中有记载，传说为黄帝与蚩尤战时，蚩尤作大雾，黄帝造指南车为士兵领路。后来散见于《鬼谷子》《西京杂记》《魏略》等书。李约瑟在《中国科学技术史》中对指南车的差动齿轮也作过详细研究，他说："无论如何，指南车（可能）是人类历史上第一架有共协稳定的机械（homoeostatic machine）。"但历代复制此车时，从未真正成功造出过，故只能算是一种不成熟的技术设想吧。现代人的复制则是另一种实验，与古籍所载并不相同。

你瞧，花的意义并非花瓣、花蕊或花香的原子结构，而是我们每一个人对花的不同误解。人的器官本无大小，便溺亦无香臭，而爱欲或恶念不是也可以在我们肉身亿万神经元的末梢中振动吗？指南车总是要制造的。车速不重要，重要的是刹车片是否还管用，别失灵就好。对吗？”

“可你总要讲一点基本的礼貌吧？”我见他的车路过时，把屋子里的桌椅板凳和图书等搞得乱七八糟，倒了一地，自然有些不悦。可对老友也不好马上翻脸。

“兄弟，我真正的礼貌就是来告诉你，我的《古今注》写完了，而不是对你假客套。”

“你写了什么，我并不太关心。抱歉。”

“看样子，你是很在意我开车进你的卧室吧？”

“人总该有点底线。”

“有道理。不过，底线也是设计的。谁知道呢？就像从一定的远距或微距看，运动都是静止的。从一万三千五百四十二里之外看，我并没有进入你的房间。只要事先设计好观察的距离就行。”

“什么话，你横冲直撞，就是为了先设计方向，然后再造车吗？”

“你非要这么理解，我也不反对。”

“看来，你的《古今注》也是无中生有吧？”

“我知道你话里有话。你在夹枪带棒地嘲讽我的抱负。没关系。在一个并不存在方向的社会里，其实我早已习惯了。反正现在无知的蒙昧、知识的固执与全知的封闭，全都混在一起了。我的车只能有两个选择，或者哪里都不去，或者横冲直撞。不是吗？”

“就算如此，制造一架并无方向判断功能的车，又何以服众呢？”

“我造车本来也不是为了服众。”

“好吧，那起码你也得让我知道你闯入我家的理由吧？”

“兄弟，没有理由。其实我也很焦虑，或者说绝望吧。为了闭门造车，意在四方，我这些年利用了从齿轮、大雾、地磁效应、文献研究与兵法演习等各种形式，但都失败了。创造一种与自然并行的结构实在太难了。人贵有自知之明。我只能写，不能做。我唯一可以确定的是还有你这样的挚友，懵懂便可以会心，迷惘也可以重新发明。故为了抵偿我今天带给你的这场不愉快，我准备把这耗费我多年心血的车送给你。”

“我不需要。”

“不，你的床太旧，可以换一下。”

“我真不用这东西。我和它没关系。”

“你话也不要说太绝了吧。并不是每个人都有你的运气。”

崔豹说着，跳下车来，动手开始疯狂地拆卸镶嵌在车上的机械零件。零件太多了，我看见各种根本说不出名字的卯榫、杠杆、螺旋桨、履带、木偶、铃铛、龙、轴承与缰绳等，撒满了卧室一地。他把所有这些零件，乃至车轮与车辕，全都镶嵌嫁接在了我卧室的木床上。尤其是在枕头边安装刹车片时，他还专门叮嘱过我，刹车不要频繁使用，否则就会因磨损过多而失灵。尽管我多次拒绝，但崔豹的慷慨却往往表现得比我的厌倦更蛮横。入夜之前，他甚至还拿出过一柄匕首、一封密信与一包毒药来恐吓我，强迫我必须接受他的车。否则后果不堪设想。我只好默许了。可说实话，我至今也不能理解那架著名的指南车，不知道它能有什么用，制造原理是什么，更不能理解崔豹的苦心孤诣与嫁接方式。床与车有什么难以言说的相同的运行模式吗？好在为了文化的尊严与友谊的可贵，人是可以忘记一些尴尬的。只是自那以后，我每晚都会睡在那架带刹车片的床上，做一些完全没有方向的梦。

2021 年 8 月

倒影与狗

新一代著名物理分析师想让大家相信，他已从综合的气候、光学、路况、奔跑速度与历史数据中，推理出昨日在十字路口肇事的那一团火，并非真火，也非任何燃烧物，而是一条有粉色斑点的凶猛野狗路过时之倒影。倒影造成了残酷的事故。

但这并不能说服前来围观的听众。

昨日死于火烧的两三个人，尸首仍停在路口。

“倒影怎么会杀人？会不会是被那狗咬死的？”有人问。

“当然不是，尸首上明显都是烧伤。”分析师答道。

“那就奇怪了，”人群说，“这大庭广众之下，也没有任何易燃物品，路口连一棵树都没有，哪里会来的火呢？闪电雷劈的吗？”

“昨天并没有下雨。”

“那纵火犯是谁，野狗吗？”

“狗的可能性也不是没有，”分析师说道，“不如这样，我们就集体站在这里等待，也许那条野狗还会路过呢。”

于是大家就站在路口等。为了让倒影更清晰，大家开始在地上泼水。积水越来越多，在十字路口形成了一个可以映照出大街房屋、车、人群、乌鸦、太阳与路灯等的水潭。

野狗一直没有来。天热，为了避免发臭，过去的尸首都被拖走掩埋了。

大家等了很久。有些人已陆续离开了，剩下的也已鬓生白发。

“倒影与野狗到底什么关系?”一位藏在人群中很久的女子，这时忍不住走出来，贸然地向分析师提问。人群里其他人对这问题则保持着沉默，大概因他们风闻这女子曾是分析师往昔的一位恋人。敢于冒犯权威的家伙，通常都有点不足为外人道的私情。

“当然有紧密的关系。没有狗，哪来狗的倒影?”分析师冷静地说，并刻意回避那女子责难的目光。即便如此，大家也能感觉到他们曾经很熟。

“那火呢?”

“还是先等狗来了再说吧。”

“可都多久了，狗也不来。也许根本就没有狗。”

“这说明你们的认知有问题。”

“为何呢?”

“谁都知道，水潭里就可以有一切，只是我们朝里看时，宇宙景物都是反的而已。但水潭本身的物理结构却是完整的，空间也是无限的。如果我们能把所有精力都集中在水潭的深奥倒影中，而不是总去关心水的分子结构是什么，水潭外的狗在哪里，狗怎么还不来等这些没有意义的问题，或许对那团火的认知就完全不同了。”

“你这完全是诡辩。你的分析就是个骗局。”

“怎么会?我从不撒谎。再说，有什么必要?”

“你对我撒过的谎还少吗?”

“那也是我们对谎言的认知不同。”

“水潭里的倒影，与真实的物理世界能一样吗?”女子有点生气道。

“都是物质，怎么不一样?难道水、光与影就不是原子吗?”分析师反问。

“可水潭再大，我们也是不能进入的。”

“不用进入，所有人本来就在里面。”

“那只是倒影而已。”

“火也就是狗的倒影而已。”

“照你这么说，那你也应该在水潭里去等那条什么粉色斑点狗。”

“我本来也一直在里面等着。”

“你这都是些假设。究竟谁在杀人放火，还是没找到呀。”

“狗都没来，你们的结论倒是先来了。”

“我们无法相信你的物理分析。”

“不，其实你们根本就没相信过物理。”

“你的物理不合逻辑。”

“物理不是逻辑。”

“你说的物理到底是什么?”

“物理是统一的，狗、火与倒影，包括那些被烧到的人，包括我们现在所有的语言，花掉的时间和认知矛盾，都根本没有区别。我们都在水潭里。水如果蒸发，我们也会消失。”

“我们缺相信你的理由。”

“你们缺的只是等待。”

分析师说着，孤独地笑了笑。最后一批围观的人也都很失望，开始逐渐散去。其中提前离开的人，还会仇恨走得晚一些的人，并形成各自的阵营。提问的女子不仅失望，更像是陷入了对当年爱情失败的遗憾之中。她也将选择离开。大街上的天气越来越热，烈日下，水潭也渐渐快干了。粉色斑点狗始终都没出现。在新一代著名分析师随着水蒸气和恋人的怀疑一起都消失之后，在这座城市里，依旧有人在走到那个路口时，会忽然遇到一团火，然后躲闪不及，并在谁也没看见的情况下被烧死。当初，分析师甚至认为，即便水潭全干了，世界的倒影也是存在的。可惜，他这套倒影、纵火者与野狗的物理学总是没法说服大家，因无论走得早还是走得晚，反正从来没有一个人愿意等。

2021 年 7 月

快

虽然只有两个人，但离奇的团体就这样建成了。这个团体只奉行唯快不破。他们马不停蹄地表达着独特的运行，在麻木而缓慢的世界上见鞭影而行，四野弥漫着其滚烫的汗臭，燃烧的皮靴也响得令人发抖。大街上只要有他们的身影倏忽一过，沿途的房屋、人群、钉子与花朵便都会被卷进去，就像猪肉在绞肉机中一样被压榨得稀烂。不过他们俩人心里都清楚，事实上并没有什么快，只有他们互相对快的宣传、诠释或隐瞒。他们俩一直都是在散步中发明着这快的历史。无论到哪里，他们都会告诉遇到的人，说对方跑得比自己更快。对方疾若闪电，滴水不漏，以至于可以快得自己从来就没机会见到对方。如果运气不好，他们也许到死都见不了面。为了保持联系，他们每次都是通过一位共同的朋友给对方带话，商量快的哲学与工作，讨论快与快乐的区别。深夜里，当他们偶尔站在路边电线杆下撒尿时，面对前来瞻仰加速度团体的膜拜者，彼此都会把快的技术与胜利推给对方，只独自秘密地享受着这个团体带来的声誉与文化模式。多年来，我从南走到北，由东跑到西，见识过各种各样的距离与空间，遭遇过数不清的兄弟式激情或友谊的幻灭，但我也始终不能理解他们这种罕见的谨慎。尽管我就是那个给他们带话的人。

2021 年 7 月

发 小

一位庄严的艄公上岸后，把一根撑过无数船的竹竿也带来了。烈日下，他把竹竿立在了十字路口，供人参观。很多路人都走过来，围着竹竿进行研究，并记录它的长度、承重与裂缝。有些人惊讶于这竹竿竟能用这么多年还不断。有些人看着竹竿弯曲的影子，便感动得当场哭了起来。我是不会去研究的。这是因竹竿离开了水，就只是一个死去的标杆，故而不再是一个可以移动船与水面的撑竿吗？不，我从不关心任何伟大的工具，也并不在乎体与用的关系。我不去研究，乃因我很早就谙熟那艄公野蛮的秉性及昔日的恶行。我站在路口与他相视而笑，露出角度不同的虎牙。我们之间相距悬殊，在各自的本领上也有天壤之别，但因都不关心数量，并具有同一代人的凶猛记忆，便会把对方看作是一位难得的发小。

2021 年 7 月

金叉

谁都没想到，那个内心恶贯满盈，消失了好些年的怪物金叉，会再一次带着他凶猛刺鼻的气味出现在北京街头。

迷惘的薛三鸥黛眉熏目，想起这二十多年来她爱过的四五个男子，最后竟一个也没能留在身边。她从青春躁动一直到做准母亲后的怅然，始终都没完成渴求“传奇”的心结。她总希望突然出现一个什么人，能把她现在的一切全毁掉，然后把她从凝固的生活里抢走。至于抢到哪里去，倒并不重要。八十年代，她初恋的邻居少年每天堵在校门口，可以为她与人打架，骑自行车带着她，让她抱着腰。她坐在后座上，问：“我们去哪儿呢？”少年的回答通常是“兜风”。但兜风完了，依然是各自回家。第二个恋人是大学同学，他说得好听，还动辄爱流泪。结果，却跟她的闺蜜私奔结了婚。第三个恋人是忽然闯进她生活中来的怪物，广东南海人，母系家族里的远亲。南海人把她的日子搞得一塌糊涂。怪物没有工作，整日在三鸥家里吃住，说要拍电影，还险些让她因打胎死掉。最后两人不欢而散。第四个算是个俊俏明晰的人，本为妇幼医院的医生蓝恒宇。蓝是三鸥打胎时认识的，知识分子世家，自诩为明代“蓝玉党案”某幸存者之后裔，可又有些太缺乏激情，生活中言语无趣，苍白乏味，很快让三鸥厌倦了。最后一个，倒是到了谈婚论嫁的地步，是个爱冒险的长跑运动员，诚实而有教养。但他在晨练跑步时，趁着红绿灯转变的瞬间，常故意在过街人行横道上冲刺，只为了训练一种极端紧张的加速度。他总试图赶在车前飞驰过去。

“只有紧迫感下的巨大压力，才会产生绝对速度。”运动员说。

最终，运动员却被一辆因司机整夜酗酒，黎明才回家的轿车撞飞。他消瘦矫捷的骨肉变成了火葬场的一堆骨灰。

三鸥始终希望能被人带走，至于带到哪里去，并不重要。她有时觉得自己真的老了，因即使有这样一个人出现，她也不知是不是还走得动。“被抢劫”也需要一种精力。北京的春雨秋阳太亲切，不可代替。爱情不仅要靠运气，有时还得靠一点麻木。对往事麻木，便是对未来好奇。如烈士断腕，壁虎断尾，那些不好的记忆须随时拿出来给人斩掉。事如春梦了无痕。也许吧。去他妈的爱情。

不断有人来给她提亲。仿佛是为了避嫌，三鸥索性对外说：“我不想结婚。我就喜欢一个人，自由呀。”只有她自己心里清楚这否定一切的自由是何物。

喜欢她的人从来没有断过，俊秀的、富有的、颇有文艺范的、憨直想过日子的。但看起来都没法解开她的心结。不知何时，她也相信了同性之间流行的谚语：“长相帅气的男子通常都是很笨的，而聪明的男子又往往都不是什么好东西。”笨，或不是好东西，似乎哪边都不可取。这是不要男人的最好修辞了。至于相貌，她早已过了关心这个的年纪；聪明，究竟什么才算是真聪明呢？

说来说去，反正是怎样的都不予考虑了吧。

宁缺毋滥，这四个字算是她目前最不丢面子的说法。

夏末，一个黑云在空中龙腾虎跃的晴天，北京还有些潮湿，那个消失了好几年的怪物再一次出现了。

说南海人金叉是怪物，认识他的人都不会有异议。因一般我们若说某人怪，常是说他的秉性、癖好或习惯违反常理，令人难接受。或某人长得太丑，相貌奇特，也可称作怪物。金叉则不同，他的怪有两点：一是气味。恐怕不认识他的人，便不会有机会闻到他身上的那种太奇怪的气味。那肯定不是臭味，当然也不是什么香味、汗味、体味、狐臭以及烟味或酒味等常人熟悉的味道。金叉身上散发的气味，是一种类似樟脑或绿檀的气味。是热带雨林沼泽地里因鳄鱼腐烂而发出的凶恶气味。是鲸的气味、熊的气味、蛇的气味、蝙蝠或长臂猿的气味。总之不是人味。如果在夏夜与他一起睡在没有蚊帐的房间里，那气味简直具有驱虫的效果。其次是他的饮食：他吃东西简直乱七八糟，搭配混乱，超凡脱俗，像猪食一样令人反感。譬如他能把松花蛋、发馊的牛奶、辣椒与豆腐乳同煮，然后抹在馒头上吃；有时他会把煮熟的肉汤、咖啡与海盐混在一起喝掉；有一次三鸥还看见金叉在吃长了蛆的生牛肉、火腿、枯萎的藠头与腐烂发黑的折耳根，放在醋里洗洗，便入了口。

薛三鸥很熟悉金叉的气味。自从她第一次见到金叉时，这气味就令她有些着迷。但南粤那边的人都有类似金叉这般的饮食怪癖吗？粤菜果然是无所不吃吗？三鸥难以理解。

金叉认识三鸥不到四天，就把她引到屋子里，说是找到了一部好的录像带，国内一般看不见，想跟她一起看。三鸥喜欢昆曲，自己有时还学着唱点折子戏解闷。但她对电影完全是门外汉。金叉说："戏都是相通的。"于是三鸥便随他进了屋。刚进门，金叉便一把抱住了她。三鸥想挣脱，却被金叉散发的那种气味熏得眩晕，双腿也发软。一阵癫僧般的撞击之后，三鸥也不知道是喜欢还是厌恶，索性半轻不重地给了金叉一耳光。但耳光之后却迎来的是金叉继续的疯狂。野兽的亲吻与猛烈的撞击宛如夏天的雷阵雨，让她浑身湿透。

于是三鸥知道她有些喜欢金叉这个人了。虽然他是个怪物。

怀孕之后，三鸥总喜欢金叉多陪她一些。去医院做 B 超、吃保胎药、查唐筛乃至呕吐等妊娠反应，身边有亲人陪是一种感觉，有孩子的父亲陪又是另一种感觉。她从小就爱看那些鸳鸯蝴蝶派的小说，而金叉则总说："我正在筹拍一部戈达尔《精疲力竭》那样伟大的电影，不可能总是陪你啦。"

"他妈的谁是戈达尔？"这个问题令她继续呕吐，精疲力竭。

大约在三鸥怀孕四个月时，金叉失踪了。金叉拿走了她的积蓄。然后陆续传来各种不确定的消息：金叉和别的女人搞在了一起。金叉和第三个女人搞在了一起。金叉去青海拍电影时被抓起来了。金叉好像放出来了。金叉和第四个女人又搞在了一起。金叉又失踪了。金叉还要拍一部戈达尔式的电影。金叉去了非洲。金叉是个怪物。

三鸥呢？这段时间她则在打胎、养病、认识了蓝医生，又放弃了蓝医生。认识了长跑运动员又经历了运动员的死。她努力把金叉忘了。也几乎真的已经忘了。

直到这个夏末，怪物重新出现在北京街头。

三鸥更没想到的，金叉竟然是厚着脸皮来向她求婚的。这么多年不见了，怎么着也得见见，算是做个了断吧。

他约她去吃韩国烧烤。上世纪九十年代时，在北京琉璃厂到正乙祠戏楼之间的路边，密集有很多家小的炭火烧烤店。店面都是破败的，桌椅、电扇、招牌等满是油污。最狭窄的一家甚至只有瘦长的十来米，里面仍能放下二三台面，甚至一架满是尘土的十二寸黑白电视机。有些店还在二层，楼梯扭曲得像蒸汽机里的管道，上楼时人得变成一条尺蠖，不断鞠躬。但因炭火飘香，很远都能闻到，所以即便再破的店，也始终生意兴隆，彻夜火焰。

二十多年前，琉璃厂大街中心，还横着一座横跨东西的小汉白玉石桥。桥很旧，仿佛是民国时留下的古迹。人们把它当作过街天桥用。每走到那里，便有重返往昔韶光的哀愁。

金叉开着一辆二手吉普车，穿过石桥，停在烧烤店前。

“我现在真的可以带你走了。”他吃饭时脱口而出。他戴着一根面条粗的金项链，浑身仍散发着那股奇怪的气味。一边咀嚼着刚从铁箅子上夹起来的烤焦的牛舌，一边说。

路边的公共汽车扬起尘埃，仿佛在为烤肉再撒上一层人间世的盐。

“我现在哪儿都不想去。你丫就甭跟我瞎掰了。”三鸥是纯正的北京妞，泼辣、大气且说话带切口。虽然爱哼点折子戏，却从未觉得京腔与脏字有什么不妥。

“你当初不就是想离开北京吗？”

“那是过去的想法。”

“现在呢？”

“现在我就想自己一人待着。”

“我还是很中意你的啦。”金叉先吃了一筷子五花肉，嘟囔道。

“切，谁信呀。找我有啥事？赶紧的。”三鸥冷冷地支吾了一句。

“你不信就算了啦。我就是专程来向你求婚的嘛。我当时的确是想把事业做起来嘛。反正和跟人讲道理，好难。在中国讲道理就是在发牢骚。我当时没钱，你也瞧不起我。这个世界就是这样，嫌贫爱富，妒贤嫉能，弱肉强食，真的没什么道理可讲啦。想活着时就出人头地，那就得有话语权。话语权就是钱啦，对不对？”

“我听不懂你丫那些话语权啦。”三鸥讽刺地模仿他道。

“你不需要懂。只需要中意我就行了。现在我……”

“当时可是你自己个儿把我扔下就不管了的。”

“是，我知道自己有问题。那时候我不是着急吗？这些年我遇到的女人也教育了我。还是美国总统的话有道理：人生只有三样东西可靠，老妻、老狗和现金。”

“什么意思，我是你老妻，还是老狗？可笑。”

“别误会，不是这个意思。我是说，我还是觉得你最好。跟其他的任何人，冚家铲，信任感根本建立不起来。”

“可是我已经不爱你了，总统。”三鸥说着，冷冷地哼了一声，然后从自己提包里摸出一盒烟来。是昆烟，细细长长的，拿在手里像一种优雅的脾气。她把烟杵到烧烤的炭火里，点着了，深深地吸了一口。火星闪耀，像深夜天空中飞机掠过时的信号灯。

“你怎么还会抽烟了？”金叉很意外。因原来三鸥是厌恶烟味的。

“抽烟怎么了？惹急了，我还想抽你呢。”三鸥说。

“你真的变化不小。哇，脾气变得好大哦。”

“操，少跟我这儿装孙子。不就是觉得我老了吗？”

“我真没觉得你老。我就中意内一个人。”

“你们丫那粤语也忒有点自恋了，什么‘中意内’‘中意外’的，说得好听，跟皇上选妃似的。中意了半天，还不是大家各玩各的。”

“三鸥，我知道你还在生我的气。我以后通通赔给你好不好。”

“别。我早把您给忘干净了。要不是运气不好，前二年我就结婚了。你今儿个回来我都能带着孩子来会您了。”

“你的事我也听说了一些。我相信，你身上有一种东西不会变。”

“没错儿。什么都不会变，就是对你肯定是变了。”

“那是因为你很久没见我了，和我倾解。”

“别自作多情了。”

三鸥说完，转头看窗外。附近的中学已经放学了，很多少年少女走到了大街上。

金叉一时语塞。见服务员上了一盘刚才点的凉拌狗肉，便先埋头尝了一口。觉得不够味，便又在狗肉上撒了很多的花椒，并索性将手边的一杯椰汁和一碗花生，全都倒进碗里搅拌几下，如吃面条一样囫囵吞起狗肉丝来。炭火边很热，他的汗顺着额头和脖子滴下来。

沉默间，三鸥看着金叉狼吞虎咽，并又闻到了他身上的那种凶猛的气味。为了掩饰自己对那气味的敏感，她把烟吸得很深，好像恨不得吸到了自己下腹，吸到子宫里去似的。然后，再缓缓地把烟吐出来。

落日从虎坊桥那边照过来，来吃烧烤的人越来越多了。

就在金叉约三鸥吃烧烤时，蓝医生也一直在想她。蓝医生秉性善良，性格的确有些懦弱，温文尔雅。但他最大的优点是亲切。三鸥为了金叉打胎时，实际上是很有生命危险的。四个月，肚子已经鼓得像个小枕头。整个过程中，为了安慰三鸥的恐惧，蓝医生便把手放在她的肩膀上。他从未对女患者这么关心过。三鸥一边使劲，感到下身有血在溢出，便紧紧抓住蓝医生的手。疼一阵阵波动时，她的指甲便抠进他的手背里，抠得满是缭乱的血痕，仿佛一个苏丹犯人受完鞭刑后那斑斓的脊背。

看见他手臂上的血痕，她很有些过意不去。她忽然觉得有些喜欢这医生。

“就是你用指甲使劲挠我时，我觉得喜欢你的。”蓝医生后来也说。那次，是她为了表示感谢，也是请蓝医生到琉璃厂吃烧烤。因为蓝医生的家，就住在虎坊桥后的腊竹胡同里。为了人家方便，干脆索性就在对方家门口请客。

但蓝医生并不喜欢吃烤肉。他夹起一片牛肉送到嘴里，硬着头皮吞下去。说：“这么吃肉，真野蛮，真野蛮。”

“那你喜欢吃什么？”三鸥问。

“我最喜欢，就是吃口豆腐。”他笑着说，就像一块豆腐。

在后来的日子里，蓝医生便经常来看三鸥，且总带来不少营养品、药，还有一些供她在卧床休息时看的闲书。他上下班都是骑自行车，从虎坊桥一直骑到三鸥所住的磁器口街。每次来，车筐与后座上都装满了东西。知道她喜欢听戏，蓝医生还从朋友那里借来了几盘程砚秋的录音磁带。走到楼道里，若隐约听见三鸥的屋子那边传出《锁麟囊》、《朱痕记》或《金锁记》的唱腔，他便满心欢喜。“这都是民国的录音呀，你一唱，把这楼道都变成民国了。”他常常这样说。不过三鸥真的觉得这个医生不善言辞。后来两个人要说是“分手”，也不尽然。这期间总有些暧昧。因为在三鸥最失落的那段日子里，是蓝医生陪着她。吃饭、听戏、看病、春游、买菜、去单位请假、去医院开假条，乃至三鸥父母家里若需要扛煤气罐、更换门窗、冬天储存白菜、通马桶等，都是蓝医生代劳，或者是蓝医生帮忙找的人来办。看起来出双入对，其实两个人什么都没干。甚至连接吻，也是很勉强的几次。三鸥觉得蓝医生的嘴唇也是那么的无趣，舌尖仿佛一条死去的鱼，干瘪呆板，令人不愿再想继续。她依然是寂寞的。直到后来那个运动员的出现。

可与运动员订婚前夕，飞来横祸，令三鸥彻底心凉了。她从没想过自己的运气能糟糕到如此地步，就没一个男人能和自己顺利走下去。她把与运动员的热恋情节，完全从脑海中删除掉。她知道如果不这样做，自己便会从这楼上跳下去。蓝医生听说她的事后，依然是带着礼物，前来看望她。

“只是来看看你。希望你别太难过。”他说。

“谢谢你。我已经好多了。”三鸥拿着对方送来的水果、养生药品和一件包得很素雅的套装，有些发呆地应酬道。

沉默了一阵，她又说：“你还是走吧。找个合适的结婚。别总惦记我。”

“我不想。”蓝医生说，“我知道你觉得我这人很闷。不过有句话我一直想说。”

“什么？”

“如果你以后选择了很多次，都没成。只要你愿意……”

“好了，我都明白。”三鸥马上阻止了蓝医生的话，“你就这么想咒我，让我一辈子嫁不出去吗？”

“当然不是。”蓝医生赶紧解释。

“我可不想像你那样，过三班倒，养孩子，永远住在一个地方的生活。”

“我知道，你想离开北京。我可以辞职呀，我们一起走。”

“一起走？去哪儿？”

“我不知道。”

“你都不知道去哪儿，怎么带我走？”

三鸥说完这话，蓝医生也不知该如何回答了。可在那么狠狠地拒绝他的那一瞬间，三鸥又有些无端端的难过。蓝医生对她从未死心。九十年代用寻呼机时，他便常会给三鸥发留言问候，有事随叫随到。他还去学了昆曲与京戏，尽管他唱起来五音不全，滑稽可笑，但也被笑得前仰后合的三鸥封为“文武昆乱不挡”，意思是唱得不堪入耳，却啥也挡不住。

就当三鸥为这友谊兼爱情徘徊时，怪物金叉回来了。

怪物埋着头，在烧烤边吃完了那一盘子重口味的凉拌狗肉。他刚才被三鸥的几句话噎了回去，只好自己闷头喝酒。

“你现在就那么讨厌我。”金叉猛干了一口，忽然抬头大声说，有些失态。

“瞎嚷嚷什么呀，怕人不知道你是广东佬。”三鸥答道。

“我觉得你是离开我太久了。你把我们当初的快乐都忘了。”

“我跟你在一起就没快乐过。”

“撒谎。”

“你爱怎么想都行。”

“你需要的就是我这样的人。”

“德行。瞧你那样，生性粗野，挡不住的恶俗。”

“这，人和人不同。”

“对我来说也都一样。什么也不能改变。”

“三鸥，不管怎么讲，我现在真的能带你走了啦。你知道我这些年都做了什么吗？我去了青海，后来还去了印度支那、阿拉伯和以色列，最后去了埃及。你知道埃及有多好吗？你是没见过，到处都是森林，茂盛的植物和蜿蜒不尽的河流。大树像火焰，天空像翡翠，峭壁像男人的生殖器一样锋利。到处都是成群的长颈鹿、火烈鸟、角马、狮子、犀牛和部落的篝火。我们可以白天在那里拍野生动物纪录片，坐着热气球在半空中闲逛，生吃蟒蛇肉，跟着驯鹿大迁徙，守在豹子与大象出没的地方接吻，和它们用一样的姿势做爱；屌内，我们晚上就在原野上喝酒、吃烧烤，在狮身人面像、沙漠与草莽中生一大堆孩子。为了和你结婚，我已经在亚历山大港那边买下了一座独立的房子，虽然不大，从厨房到卧室也需要骑骆驼去，但绝对够我们住了。其实在君士坦丁堡和大马士革，我也都开有工作室，我们可以常去中亚山水中鬼混，浪费时间与生命，体验一切秘密的肉体嗜好和超凡脱俗的怪癖，不用在乎任何人的看法。屌内老母，几十个你们北京绑在一起，也赶不上原始丛林和沙漠的生活啦。你难道就不想跟我去吗？有没有搞错。我不信。我绝对不信。”

“丛林再好，那也得跟一个男人去才行呀。你丫是男人吗？”

“我，我怎么不是男人？”

“你就不是男人。是男人当初会跑吗？”

“我没跑，我是去了埃及。”

“别他妈跟我提什么埃及。再挨这儿扯淡，我跟你丫急。”

“唉，说穿了，你还是在怪我嘛。”

“怪有什么用，你本来就是个怪物。类人猿似的。”

“反正你怎么怪我都行，说你不爱我了，我不信。”

“爱信不信。就是不爱了。”三鸥又想要点一根新的烟，来给自己压抑情绪。她伸手拿烟盒，手一抖，烟盒掉在了地上。

金叉这时则觉得酒气上冲，脖子通红。他站起来，越过桌子走到三鸥面前。他的样子就好像是刚穿过了整个草原一样，充满疲倦，又充满兴奋。一股强烈的气味从他的肉体间散发出来，将三鸥裹在烧烤与香烟混杂的烟雾之中。三鸥下意识想推开他，但已经来不及了。金叉猛地抱住了她，深深地吻下去。这怪物的嘴是那样辛辣滚烫，带着梦魇一般的狂放和刺痛，好像要一口将她喝掉。他的舌头宛如满载导弹的攻击机，未经宣战便侵略了女人温柔的祖国，要将她的唇齿都消灭在语言的反抗中，沦陷于皮肤的骚动里。面对这一情景，烧烤店里的人都有些尴尬，没想到身边这两个人能当众如此放肆。但也没人说话。

三鸥刹那间，又开始感觉自己浑身瘫软，双腿几乎失去了知觉，手也无法动弹。她只觉得她在颤抖，那种羚羊被追赶来的豹子一口咬住了咽喉的颤抖。

那久违了的浓烈兽腥味儿，再次把她带进了情绪的癫狂中，令她血流沸腾。她觉得自己只剩下了绝望和欲望，只剩下了对这怪物的臣服、哀怨和不可抑制的激情。

这时，她饭前便放在桌面上的寻呼机响了。

三鸥听到尖锐的声音，像空袭警报。她的中枢神经便好像忽然找到了借口一般，反弹似的将金叉的身子推开。喘息着说："别，别这样。"她知道她必须挣扎出来。

"怎么样，想起来了吗？这就是我们的快乐。"金叉放开她，有些得意地说。两个人的衣领纽扣都被扯开了，露出汗津津的胸脯。

"你先等等。"三鸥觉得自己快要窒息了。她努力平复了一下心情，拿起桌上的湿纸巾擦了擦嘴唇。看了看呼机说："对不起，有个朋友呼我，我先出去回一下电话。"

"好，我就在这儿等你。"金叉说，然后坐下来，低头痛饮了一口酒，再把一大盘子牛舌和一盘子墨斗鱼放到了熊熊燃烧着烈火的箅子上。

三鸥拿上提包，红着脸，有些慌张地走出烧烤店。

她在旁边的烟店找到了一个公用电话。拨通寻呼台后，她对业务员说："请给对方留言：'我现在琉璃厂，在石桥上等你。'"

挂上电话后，她便没有再转身回店里，而是朝那座石桥的方向走。她在桥下还略微犹豫了一阵，才慢慢走上去。

她知道，蓝医生一会儿就会到。他骑自行车从虎坊桥过来，顶多只需要五分钟。她似乎急切地需要他能过来救她，把她从那个怪物身边带走。

她独自走到桥中间，站住往下看。下班的车流越来越密集。行色匆匆的人，把这个世界彻底变成肉的旋涡。不远处的荣宝斋、中国书店、一得阁和海王邨等店铺都已打烊了。路灯已开始渐渐亮起来，灯泡好像患有白内障的人，在缓缓地恢复视力。

远远地，三鸥看见那个不甘再放弃她的怪物金叉，久等她不回来，已经从烧烤店走了出来。金叉先向门口的人打听她的去向。然后，仿佛他在非洲原野练就了鹰一样的眼睛，他也看见她了。他把一沓钱甩给服务员，便从北边的大街快步朝石桥走来。她几乎能闻得到他刚才散发的凶恶气味。与此同时，三鸥回头，看见蓝医生也正好骑车过来。他把自行车靠在了桥下的石栏杆上，从桥另一边的东台阶走上来。

两个男人都在渐渐朝她靠近，像两面移向中心的墙。

三鸥也不知他们中哪一个，能再次把她带走。她抬头看天色，黄昏让九十年代的北京如麻醉的民国。桥下不远处，有个廉价剃头的街头师傅，正给某个骷髅一样的老头儿刮脸。一面巨大而斑驳的旧穿衣镜，大约过去是旅馆门厅用的那种，被当作临时剃头镜，放在了马路牙子上。镜子的光东摇西照。镜中倒映着的三个人，好像要把浑圆的万物全吸进去，并缩成黑暗的一团。一阵食物烧烤的烟雾从石桥上空凶猛地飘过，带着苦涩的焦糖香。

2014 年 3 月

澜

黑色往事虽空洞而苦闷，却常如“仰望明月心激奋”。很多人一生苦短，且都是被莫名其妙的情绪浪费掉的。如我的发小、情敌、挚友兼同窗李山川。昔日他曾是个精干高挑、面相发黑的瘦子。他平素动作快手快脚，颇带猴气。除了脾气大，实际上满脑子都是豆腐渣市侩哲学、暴力、脏话、对女人的无端怨恨以及各种残忍的念头。在惶恐枯燥的 1986 年，他是西城一带参与街头斗殴最多的一个少年。他出手异常狠毒，曾用自行车链子锁把一个外校学生抽打得浑身是血，人家已经昏厥在地了，他仍不断地抽打，就像电影里旧社会的地主恶霸。他不停歇地抽来抽去，劈头盖脸，将对方打得面目全非，一直抽到自己浑身无力了，才坐到地上，望着那堆痛苦的肉酱喘气。好在没出人命。不过为这事，山川被拘留过半个来月，然后是留校察看一年的处分。即便在受处分期间，他也惹是生非。一会儿听说他打群架时把某人的耳朵撕下来了，一会儿又听说他用板凳砸碎了某人的膝盖骨。他打人的事太多，自己也常在群殴时鼻青脸肿，头破血流。具体情况我都忘了，只记得他不太爱用锐器，只用钝器，如钢管、砖头、扳手、顶门杠、棒球棍、带铜扣的皮带等。

山川走路有点外八字，撇着腿，横着走，经常踢翻路边的东西，手里的棍棒或刀子在墙上乱划，胡乱挤碰到别人。他从不讲道理，更别说道歉了。明明是他碰伤了别人，可别人哪怕只是打个照眼，他也会恶狠狠地说：“再看，老子弄死你丫的。”

了解他的人都不敢理他，只好假装无所谓。他的目光歹毒得毫无人性。

山川唯一怕的人，就是“糖衣”。因他和唐衣澜在幼儿园就是同学，家里父母也算是一个单位的，知根知底。只是山川的父母是单位食堂的厨子，而糖衣的父母则是单位里的知识分子。山川从小就喜欢唐衣澜。从五岁那年开始，糖衣走到哪儿，山川就追到哪儿，从小学一直追到高中。因糖衣家远，选择住读，山川家很近，但他也选择住读。唐衣澜在学校做事从来说一不二。她最任性跋扈，生气时对男生也随便踢打辱骂，可从来不会遇到有谁敢跟她抬杠，就因她背后站着个人见人怕的打手李山川。

人活着就是一场皮试：有人会眩晕，有人会红肿，有人会过敏，但更多的人则是在尖锐的疼痛中看着自己的手腕，等待结果。

这话忘了谁跟我说的，反正印象深刻。或许就是唐衣澜吧？那年她吃了箭楼胡同边用脏水做的刨冰，结果发高烧，上吐下泻，差点脱水昏死过去。是我和其他几个人一起把她抬到了医院。整个抢救过程，她都在冲我们大家胡言乱语，有时甚至大喊大叫。医生注射青霉素前给她做皮试时，她更是怕疼。直折腾得精疲力竭，才睡着了。这是她醒来之后对我说的吗？

或者是后来山川受伤时，南苑对他说的？反正是他们俩人其中之一吧。不过，我不敢保证这肯定是当时的原话。后来唐衣澜家里人砸锅卖铁，把她送美国去念书，我就更没心情去求证了。最后一次见到唐衣澜，也已是近三十年前事了。嗯，那应该是在 1986 年夏末吧，放暑假前。就在槐柏树街。我在街头地摊买烟，点燃一根后，刚转身，便看见唐衣澜坐在一个男子的自行车后座上，与我擦肩而过。

“嘿，钉子……我马上要走啦，咱们长堤见吧。”

唐衣澜看见我，便匆忙地冲我喊了一句。她嘴里还舔着一根已半化的红豆沙冰棍，就拿冰棍代手，朝我挥了挥，算是告别。从此她便消失得无影无踪了。

我还完全来不及答话。我脑子里只是在想，操，长堤是哪儿啊？因那时根本不知道有这么个鬼地方。我的第一反应，还以为唐衣澜是在说西湖边上的什么苏堤、白堤之类。后来才明白，她说的是长滩（Long Beach）的别名。在八十年代，那还是一座大多数人闻所未闻的美国城市。后来很多年里，我也只是觉得她是被那个骑着老凤凰自行车（而且他妈的还是辆女车），穿着一件脏兮兮的翻毛领皮夹克的家伙给带走的，而不是去了什么长堤。可那家伙到底是谁，我和其他人一直都没搞清楚。

我与唐衣澜的秘密恋爱关系，当年在住读生宿舍里的人大都不知道。每个人看我们，都像是普通同学一样，只不过经常在一起喝酒罢了。

八十年代上高中的少女，大多数也都成了发福的中年妇女。当时，一个个都比着条儿顺。唐衣澜更是个身段窈窕的黄毛丫头。在我们班里，她真不算最漂亮的，只能算中等清秀。主要是有种洋气的风韵，这大概来自她家庭的西方式教育：从小就让她学钢琴。每周回家，就逼着她看当时唯一的电视英文教学节目 *Follow me*，并要求她把里面的对话全背下来。论长相，南苑比唐衣澜好看多了，不仅条儿顺，还有着东方少女那种纤弱。她们刚发育的乳房在身体的左右交叉，几乎能让我们想起代数课里穿越十字坐标之间的弧线。

唐衣澜本来有个绰号“糖衣”，因为大家都觉得她笑起来很甜。可她说走就走，事先也没跟任何人打招呼。要不是在路上偶然遇到我，恐怕那自行车后座上的最后一句寒暄，我也是听不到的。

后来，山川也跟我打听过，那骑自行车的孙子长什么样，像是几中的孩子，他身高大概多少，胖子还是瘦子。我说：“没看清楚呀。”

“你再仔细想想，丫穿什么衣服？”山川嘴里的烟已经烧到尽头，他一扭头，把烟蒂直接从嘴里朝远处吐出去，继续追问道。烟蒂从空中划起一道抛物线，在七八米外才落地，溅起火星。

“好像……穿了一翻毛领皮夹克？”

“裤子呢？”

“没看清楚。”

“鞋呢，皮鞋还是球鞋？”

“没看清楚。”

“看样子像多大岁数？是不是东城的？”

“真没看清楚。”

“操，你咋啥都没看清楚。整个一废物点心。”

山川愤愤地嘟囔了一句。他对我倒是从来不发火，这里有唐衣澜的缘故。记得有天深夜，我们在路边卤煮火烧地摊喝完了酒，唐衣澜喝多了，面飞红霞，噘着嘴冲他嚷嚷道：“山川，别人的事你可以不管，以后钉子的事，就是我的事。他要是遇到什么麻烦，你任何时候都不许不管。你跟钉子过不去，就——是——跟——我——过不去，听见没？”

“行，放心吧。不就是丁度一个人吗？有我在，没人会找他别扭。”李山川支吾着，并古怪地瞅了我一眼，嘴角动了一下，欲言又止。

“也包括你，山川，你也不许找钉子的别扭。”唐衣澜又说。

“我？我干吗要找他别扭。”李山川笑答。

“那没准。谁知道你以后会不会？你得给我保证。”

“好……我保证。”

“还有，你少抽点烟。又是酒又是烟，嘴里老是臭烘烘的。给你这个。”唐衣澜说着，从书包里拿出一块绿箭口香糖。当初，这也算是刚在商店里露面的新鲜玩意。

“这啥，泡泡糖？”李山川问。

“差不多吧，不过是美国的。”

“操，咋这么崇洋媚外呀，泡泡糖还非得吃美国的？”李山川用眼角瞟了一下。

“你吃还是不吃？不吃，以后甭跟我说话。”唐衣澜似乎生气了，“来，我们自己吃。”她一边说，一边给身边每个人都发了一块，也包括我。

绿箭是薄荷味的，刚入嘴时我也不适应，连喉咙带牙龈都凉飕飕，跟吃麻药似的。

“行行，你让我吃我就吃呗。”

看见我们都在吃了，山川便赶紧抓过来一块塞进嘴里。但他嚼了几下，眉头皱起来，显得很难受。他干脆一口将口香糖吞了下去。虽然他也喝得不少，但在唐衣澜面前，总是唯唯诺诺地保持冷静。他过去从来不叫我的外号“钉子”，只叫我本名丁度。据说跟李山川特别近的人，他才会叫外号，这一点他和大家都不太一样。几乎所有住读生平时都习惯叫我外号。可李山川好像是要刻意与我保持陌生感，从来不叫。自唐衣澜发话之后，我才在他嘴里成了“钉子”。

“钉子，你等着，哪天我要是找到那骑自行车的家伙，非割他一只耳朵，砍他一条胳膊不可。”山川后来恶狠狠地对我说。

在“糖衣炮弹打向西方资本主义生活方式”并消失于其生活方式之后的数月里，迷惘的山川的确曾从父母所在的食堂里偷出一把满尺菜刀，背在旧军包里。他经常出没在槐柏树大街上，在唐衣澜过去的家楼下瞎转悠，在附近学校或者胡同里，到处乱瞅乱找各种穿翻毛领空军皮夹克的人。他曾躲在黑暗拐角处抱着刀流泪、骂人或自言自语。这是他第一次刻意准备想用锐器伤人，而非钝器。在找到翻毛领皮夹克之前，他经常和认错的人争吵，乃至更频繁地动手打人。不过他始终没机会用那菜刀。我也下意识地盼着山川哪天能提着那厮的耳朵或者一条胳膊，大摇大摆地走到槐柏树街上来。仿佛他的恨就是我的恨。也许人自己做不到的事，就会暗中在心里托付给某个能做到的人，并视其为自己内心的化身吧。

然而几个月过去了，没有结果。接着一年过去了，乃至两年三年过去了。书包里的菜刀都生锈了，山川也从来没有真正发现那家伙的一点踪影。

“你没去唐衣澜她家问问？你家跟她家不是世交吗？”有一天，我问他。

“我去问过，她家是举家都出去了。事先一点迹象都没有。”山川说。

“那你怎么知道的？”

“是我爸告诉我的，他们单位里的人都知道。”

自唐衣澜消失后，李山川的脾气就一天比一天坏，打架时出手也越来越歹毒。他的情绪由沮丧而至暴躁，由暴躁而至荒谬。反正除了我，谁也别跟他提糖衣走的事，一提就急眼，见谁揍谁。他有一种颜面尽失的羞辱感。好在人都有麻木的本能。渐渐提的人少了，他打人的机会也就少了。更多的时候，是他一个人坐在学校篮球场角落里发呆、抽烟，或者拿着几瓶啤酒看别人打球。冷不丁地他会歇斯底里地喊一声“好球”，要不就狂笑几声，骂某个打球的人“操，傻逼”。他平日里脏话连篇，对跟他毫无关系的人也骂不绝口，就像一个毫无任何教养的地痞，声音大得吓人一跳。本来他身边总是围着几个跟着他混的少年，可他乱发脾气之后，大家也都渐渐疏远他了。大家对他只能惹不起躲得起。打篮球的人要是谁看不惯他在喝倒彩，回嚷一句，他就直接先几个酒瓶子砸过去，然后扑过去按住人家就狠揍。打得累了，但仍无聊透顶，他便让打输了的人跪玻璃，或者吃玻璃。他这样的结果，就是搞得篮球场到处是碎玻璃碴子和血迹，没法打球了。

我记忆中的少年李山川是从不会笑的。他只有在看到别人的血时，嘴角边会迸发出一种恶毒的弯曲。我不能确定那是不是笑。

说起来，这都是我们十五六岁时的事。当初年少气盛，为恋爱、面子和暴力从来不计后果。但时间会磨平所有的焦虑和激烈心绪，把人变成一块圆滑的鹅卵石。记得山川后来决定和南苑在一起后，我曾坦诚地对他们说："其实，我和唐衣澜也谈过一阵恋爱。当然，我们只到接吻为止。"

"鬼才信呢，"南苑插嘴道，"你经常半夜爬窗过来，啥也没干？"

"真没做什么。我爬窗也只是跟她躺一起聊天。"我争辩道。

"行了，别说了。我早就知道你们那点破事。"山川好像一点也不吃惊。不过看他的样子，也不是完全相信我的话。"只要糖衣高兴，就由着她好了。"他又给自己找补了一句，想显得很大度。

"那你当时一点都不生气？"我问。

"说不生气是假。可我也管不了她呀。"

"她这种不辞而别，你肯定巨恨吧？"

"准确地说，也不是恨。就是一种被蒙蔽的烦躁。因为从小到大，糖衣就没有离开过我的视线。忽然她不打招呼就消失了，我真的很不适应。"

"那你以后打算怎么办？"

山川看了一眼南苑，说："不知道。反正有她呢。"

“还继续找那个翻毛领皮夹克吗？”

山川这时已经不太抽烟了，而是嘴里经常咀嚼着一块味道都变淡了的绿箭口香糖。他吃口香糖的样子总让我觉得有点可笑。听了我这句话，他沉默了一会儿，忽然伸出脖子，吸了口气，像吐烟蒂一样将吃完的口香糖吐出去，大概有十米之远。空气中飘浮着一股淡淡的混合着薄荷气的唾沫星子。他傻乎乎地咧嘴笑起来，说：“当然得要找啊，要不老子这口恶气怎么出得去。”

那些年，市面上的人迷信廉价打口磁带、喇叭裤、录像厅或者万宝路，而对我们这些住读生则更具体，迷信的则是全盘西化、现代诗、蹦迪、烫一种前面是卷后面像扫帚的头，在宿舍里跳贴面舞或者“性早熟”行为。其实当初谁也不可能真正成熟，可都喜欢摆出一副已经看破世道大无畏的样子。在集体宿舍内，最典型的表达早熟的方式之一便是“爬窗”。所谓爬窗，当然是住校生的专利，即到半夜时，男生沿着宿舍窗口外面的水管、窗台或砖缝爬到女生宿舍去，也有胆子大的女生从那边爬过来。这非常危险，因宿舍都在三楼或四楼，底下是纯水泥地。一旦失手掉下去，摔不死也得摔个残废。但确有不少热恋中的孩子完全不在乎。一到了三更天，便有人开始爬窗。宿舍楼附近的几盏路灯早已被男生破坏掉了，四周一片漆黑。那时，男女生宿舍都是十点就熄灯锁门，传达室内二十四小时有人看门，严令禁止男女生互相串门进入。十点是所有恋爱中的少男少女最兴奋的时辰，岂能睡得着？于是，白天他们会约好，大概晚上几点爬过去幽会。有时碰巧，两边互相都有人在半空同时向对面爬，壁虎游墙似的。大家在墙上遇到了，还会互相打招呼，甚至聊几句。唐衣澜在时，我也沿着墙爬到她们宿舍去过好几次。那可真是一段飞檐走壁的日子。但她走后，那面墙就成了我的“姹紫嫣红，断壁残垣”，再没想爬过。

更没想到的是，南苑后来也爬窗。这在当时是一件大事。

唐衣澜走后，南苑乘虚而入，便长期跟着山川混。她迷恋山川身上的那股狠劲。但山川心里只想着消失的糖衣和那个不见踪影的翻毛领皮夹克，对南苑的痴情本来毫不在乎，也心不在焉。南苑生得小巧玲珑，脸小，胆子也小，这是人所共知的。最初，为了婉拒她的追求和软磨硬泡，山川索性说：“我这人，整天惹是生非的，跟着我对你有啥好处？钉子那人不错，我觉得你们倒是挺合适的。不如……”

“我不怕，”南苑没听他说完，就插嘴道，“再说，我又不是糖衣，不会离开你。钉子不也是喜欢糖衣吗？他又不喜欢我。”

“那好吧，你要是真有勇气跟我好，那你就半夜爬窗过来好了。你敢爬过来，我就敢跟你睡觉。”山川见劝说没用，敷衍地答道。因他心里谅南苑那种女孩也不敢。说这话时，已是唐衣澜离开后近两年的事了。那天下午，他俩都在篮球场晒太阳。

“你……你还真让我从那么高的地方爬过去？”

“可不是真的嘛。害怕就算了。”

“你是男的，你怎么不爬过来找我呢？”

“是你想跟我好，又不是我想跟你好。干吗要我爬？”

“那我爬……多危险呀！”

“这算啥危险。要是整天跟我在一起，比这危险多了。你想，我梁子结得多了，不定啥时候就有人来找我寻仇。弄不好再把你给卷进去，多不值。”

“你这是欺负人。”南苑急得几乎带出了哭腔。

“别。你要是不愿意爬就算了，千万别说我欺负你。我现在本来就没心情。再说，我从不欺负女孩。”山川见自己策略成功，心里暗自得意，说完就转身离开了。南苑就这样被尴尬地留在篮球场上，眼里转着泪，如一个黑暗的旋涡。

山川的宿舍在四楼北边靠拐角处，而南苑所在的女生宿舍在三楼西边。她要爬到山川的窗口去，除了长远的攀登外，最后还必须转过一段只有砖缝的墙拐角，才能够着山川宿舍的窗台。这别说对女生，即使对男生也很危险。山川料定南苑没这胆量。可就在当晚，他躺在宿舍床上，刚抽完烟要睡觉——其实他也睡不着，满脑子还是他和糖衣过去的事——忽然听见窗棂在哐当当地响。天气已到十一月底，他以为半夜刮风了，起身去关窗。走过去，却看见窗台上扒着一只女孩的手。顺着手再往外看，只见是南苑吊在窗台下面。她满脸满脖子是汗水，脸上也蹭得全都是墙上的脏土黑灰，像个可怜的幽灵似的，一手拍着窗框，一只脚踩在一截墙角拐弯的水管上，另一只脚还悬空。

“我操，你还真爬过来呀！”李山川惊讶不已。

“傻看什么，还不拉我一把！”南苑仰头看见山川，急忙压低声音道。

李山川赶紧打开窗，伸手把南苑拽上来。南苑一进到室内，脚一落地，后怕的眼泪也随即滚落下来。她先是本能地抬手就给了李山川一记耳光。山川一愣。然后她又抱着山川的头长久激烈地亲吻起来，像要把对方的骨髓都一口吸干净似的。

是男的估计都拒绝不了这发疯的痴情，尤其南苑说得上是个幽雅的少女。何况李山川在这两年里心情极度郁闷，对糖衣的不辞而别始终未能释怀。当晚，南苑就在李山川宿舍里住了一宿，天亮前又顺着原道从墙外爬回去。后来，为了表示公平，李山川也常在半夜爬窗过去找南苑幽会。他们先约定每周每人爬两次，轮流冒险。但总的来说还是山川爬得多。再后来就基本上是山川爬了，南苑只是偶尔才爬一次。集体宿舍里这种事很多，同宿舍的人大家都互相支持，也互相保密。他俩爬窗的时间大概有一年吧。山川什么都对我说，所以我还算了解内情。

然而常行河畔，必要湿脚；久走夜路，自然撞鬼。糖衣走后第三年，春日的傍晚，山川因又和校外的什么人打架，却寡不敌众，大腿上不小心挨人砍了一刀。刀口并不太深，但伤到了腿筋。南苑雇了一辆三轮车拖着血淋淋的他去医院，缝针、照 X 光、上药、包扎。医生说此腿以后可能会有问题，因外侧的筋脉断了。打破伤风针前，还要做皮试。山川最怕皮试，有点神经过敏，可又不得不打。之后，他又吃了点镇痛剂，到夜里才回到宿舍，躺下来休息。看他累得睡着了，南苑才离开。本来那天按他俩的约定，是该山川爬窗的。深夜里，南苑放心不下山川的伤势，于是决定自己爬窗过去看看他。可实在没想到，墙拐弯处的半截水管，因去年冬天太冷，已经冻裂。加上长年失修，早已锈得失去了韧性。南苑大概是觉得自己对那面坑坑洼洼的破墙早已轻车熟路了，便大意了。她都没试一下就习惯性地一脚踩上去，水管断开，她顺着四楼墙的拐角掉了下去。

山川因镇痛剂过量和皮试过敏，早已昏头涨脑。他恍惚听到窗外有人尖叫，以及一种重物沉闷的落地声。他还以为是过敏后，自己耳鸣产生的幻听。他只觉得伤口一下一下地跳动着疼，好像有怪物要从腿中的筋肉里钻出来。

他只翻了个身，便又蒙着被子继续昏睡下去。

南苑摔成了严重脑震荡，凌晨被发现后送到医院，但已抢救无效。她的死引起校内师生的哗然。过去有过爬窗行为的人，只要被人告发，无论男女，无论有无证据，全都会被一一审查，给予严重警告处分、休学或开除。

李山川因此事影响恶劣，不仅违反了学校纪律，而且还间接导致出了人命，加上他过去的众多恶迹，早已声名狼藉，于是被勒令退学，干脆点说就是开除。接着，我有两三个月都没见到他。最后一次见到他，也是在槐柏树大街上。几乎就在唐衣澜拿着冰棍朝我挥手的同一个地点，同一个经纬度上。他坐在一辆缓慢而过的警车后窗里。当年的槐柏树街很窄，两边靠满了黑压压的自行车。警车从中间过，得一点点往前滑行。我远远看见山川举起戴手铐的手，抓着车后窗玻璃内的铁栏。他似乎也看见了我。他迅速站起身，把脸和嘴都几乎贴在了玻璃上。但是警车是不会为他或我停下来的。我看见他的嘴在铁栏后快速地嚅动着，不知他是想叫住我，叮嘱一点什么事，是欲言又止的犹豫，还是他被抓时刚巧也在咀嚼着一块绿箭口香糖。

注：此后，关于山川忽然被捕之事，我仿佛曾记录过一些。但时间久远，手稿也在历次搬家中受潮并涂改过，很多地方便都已模糊不清，难以辨识了，故我也想不起当年到底还发生过什么，只能暂时将残缺的手稿贴在此处，权作参考。

残　稿

□年，□□□□□□，□街□□□一群群飞翔的铁、爬行的铁、□□□铁、旋转着□□的铁。那一年□□□很多人。听□□□□□说，□□李山川被□□的原因，是与一群素不相识的孩子与恋人□□□□□□□□□□□□□或冲着铁□□□□□等。

他为□□要□□□？~~铁在无言中被省略了。~~

为表达对这铁的沉默、歉意与□□，在此□□□□后来写□□□□诗，来作为对那□□□的回光返照吧：

在一九□□□□隆冬，我用一把□铁壶烧水
蒸汽将窗外的□□□与树全都变为一线白堤~~（白痴？）~~

院子里常有恶霸、猫与□□的狂澜闪现
~~岁月发出咕嘟咕嘟的怪声，如一个喉炎病人~~

捏住天空之鼻后，你还在学□□洗耳吗？
还在读□□□□□□□吗？那支代替挖耳勺的笔呢？

鱼王呢？□□□呢？虫牙呢？骑在□□牌自行车上
捋着胡子反扑喷泉的□□□□□□□呢？

~~花输媚、月分光，曾在露台上砍伤过夜晚的~~
~~少年，如今已栖居于发福的赘肉之中子~~

腐烂是大街的会阴，麻木是胡同的腋窝
风像个流氓，歪头斜眼，甩着袖子“征”过□□

中学时代，我整夜都在和万家灯火下围棋
我发现□□全都是些被□□提掉的人

诗写的是与山川完全□□，甚至□□□□的一种生活。不过，我记得当时所有同学都会下围棋，只有山川除外。除非在喝酒，□□□□没有耐心在同一个地方坐下来哪怕□□□小时。~~我和他见面，也通常都是在走廊、在篮球场或在街上。~~他就像一枚被自身暴力驱动的“征子”，明知道这样走下去没有意义，可非要反复折磨自己。

多年以后，唐衣澜终于回来了。此时，离南苑之死已过去二十五年，离李山川之死也已过去有十一年了。山川因“□□□□□□□□□□□”入狱，先被判了□□年，后来减刑为九年。待我接他出狱时，他已是一个□□□得非常温和、腼腆、宁静的人了。

他一出来就说想吃卤煮火烧。吃时递给他筷子，他会诚恳地低着头，双手接过来，并说“谢谢”。他走路不再外八字横着走了，而是内八字，不过的确有点瘸，是当年的刀伤留下的后遗症。因这微微的瘸，走在街上，也总容易碰到人。但现在他会先主动说对不起，还朝人家鞠躬。当初他被开除后，也没有机会再学什么专业。在监狱中，他却学得一身与机械学有关的本领。他会修各种应用机械如钟表、锁、电扇、缝纫机、照相机、空调、吸尘器、冰箱等，乃至各种工业用齿轮机、水泵、螺旋桨、锅炉、拖拉机甚至反应釜。可惜出狱犯人到处都受歧视。山川的为人虽然变得非常谦卑，却似乎仍不愿过仰人鼻息的生活。我曾帮他四处寻找适合他的公司或单位，却都被他拒绝了。

他说他宁愿一个人在路边修自行车，也不愿低三下四求人。我们高中同学里，大多数后来都上了大学，各自找的工作都不错，有当医生的、去外企当老板的、搞艺术的、做新闻媒体的、当了演员的、去海外做贸易的、搞 IT 行业的、在大学当教授的。数山川混得最不济。后来他还真就在路边摆摊，专修自行车、摩托车兼配钥匙之类。

“你没事儿吧，还真他妈干这行啊？”我惊讶地问他。

他则调侃道：“我现在只会干这个。”忽然像是想起什么似的，又说：“还记得糖衣当年不就是跟着一个骑凤凰女车的人走的吗？对，就是那个翻毛领皮夹克。我就干这个，没准哪天就碰到那家伙来修车呢？那可不好说。”说完他自己先笑得不行。

我知道他现在还说这种话，完全是在自嘲。

人到中年的山川，后来有特别精确的起居作息时间：每日早晨六点肯定起床，走路一小时，洗个冷水澡，然后去买菜做饭，读点机械学原理方面的书、当天的报纸或者流行的推理小说。午饭以后，他就开始在槐柏树街边一棵枣树下修自行车，一直修到六点多，然后回家吃晚饭，再洗个冷水澡。看两个小时电视，而且只看新闻频道。晚上十点，准时上床，熄灯睡觉，就这一点仍跟我们上学时一样。不过，牢狱生活还是给他落下了不少病根：才三十岁出头时，他满嘴的牙便坏了，黑了，后来掉了一半；平时抽烟更凶了；多处静脉曲张，有心脏病加胃病。随着年代更迭，景物流逝，早在九十年代末，修自行车的人就越来越少了。槐柏树街上，生意冷清，除了当初的公园还在，其他的居民楼、城墙、路灯、石板、杂货店、烟摊、电影院和我们当年活动的每条胡同，全都拆干净了。整个西城，早已不是我们少年时代生活的那个样子。最后那几年，山川每至清明，都会去西郊给南苑扫扫墓，有时会独自在她墓前喝上一瓶酒。自那个玩笑之后，他再也没在我面前提过唐衣澜。当然，他也始终都没结婚。

2002 年冬，山川意外地在修车点和路人发生冲突，不知为何跟一个停在路边的保时捷司机动手打起来。他已很多年没发过脾气了。听说，那司机只有一只耳朵。另一只耳朵剩下小半截，像块补丁似的贴在鬓角上。我搞不清楚那人会不会是山川过去打架时结的什么仇人。也许他是路过，偶然认出了山川，见他这么潦倒，于是寻衅滋事来了？警察拒绝向我陈述实情。我只知道事后，山川作为有前科的人被带到派出所做笔录，一直到深夜。凌晨回到家中后，他觉得异常疲劳。他想抽烟，发现刚好烟盒里没有了。外面静悄悄的，商店都还没开门。他拿起一块绿箭口香糖来嚼了几口，想暂时缓解烟瘾，然后躺下打盹，就再也没能起来。尸检报告说，他可能是死于急性肾衰竭，也可能是太困了，都没来得及将那块口香糖吐掉就睡着了。结果不小心，这块口香糖在他打呼噜时半吞到了喉咙，再噎住了嗓子，于是窒息而死。他只有三十二岁。我跟山川父母商量后，通过墓园的朋友找关系，把他的骨灰和南苑葬在了一起。

2013 年 8 月的一个周末，我应邀去双子座大厦参加一个图书公司的酒会。等酒会结束时，我已喝到基本忘记了车停在哪儿的地步。我在考虑该不该找个代驾。我摇摇晃晃下到三层地库里，转悠了半天，也找不到自己的车。掏出手机，想要给一个代驾打电话，让他来帮我找。这时，忽然听见身后不远处有人在叫："喂，钉子，是你吗？"

声音来自地下的黑暗，让我觉得像是酒后的幻听。很多年了，还知道我这绰号的人，除了中学时代的几个同学外，不可能有别人。而中学时代的同学死的死，散的散，早已都没了联系。我转身看，黑洞洞的地库里，真有点阴森。在离我大概十几二十米的地方，站着一位穿着猩红色露背裙的中年妇女。她有点发福，甚至可以说有点臃肿。走近之后，我看见她手里拿着一根烟，化了淡妆的脸色倒是很光润，只略微有些血丝，像一种转基因的西红柿。

“怎么，我现在丑得连你都想假装不认识我了吗？”她说。

“你？唐……衣澜？”我脱口而出，却是个问句。尽管我确信这一定是她，可又因为醉酒的恶感而有点不敢相信自己。再说，眼前这个女人的气息非常自由无羁，几乎算是半裸着的露背装，与我这样在某公司里待了许多年的人，完全不像是一种动物。

“还好，你还没把我的名字记错。”

“怎么，真是你呀？”我觉得酒都醒了一半。

“你要这么说，那就算是吧。”她干笑了一声，拿出一根烟来点上。

“你怎么会在这里？”

“我也想问呢，怎么会在这儿遇到你了？”

“我一直在国内呀，我又没去美国。你啥时候回来的？简直太意外了。”

“我也刚回来不久，一年多吧。老待在外面也没意思。”她吸了一口烟，然后用香烟代替手指在空中摆了摆，像是在否定一件什么大事。可正是这个动作，让我确定了她真的是唐衣澜，因她摆动那香烟的姿势和幅度，都和当年她拿冰棍代替手朝我摆时一样。

见我望着她发呆，她又接着问：“钉子，看你好像喝得不少。需要我帮忙吗？”

“哦，不用不用，”我说，“你看，我这不正在找代驾吗？”可我话音未落，始终举起的手机却没拿稳，掉到了地上。

“我看还是我送你吧。”她说着，一边帮我把手机捡起来。

“你没法送我。我忘了车停哪儿了。”

“那你就坐我的车，你家地址总知道吧。我车就在这儿。我先送你回去，等你明天清醒了，再自己回来取车呗。”

她说完，转身打开了旁边一辆车的车门。“上去吧。”她对我说。我记得那车似乎也是红色的，不过记不得什么牌子。一番寒暄和推辞之后，我似乎也没怎么犹豫，最终还是顺着她的话钻进了车里。仿佛中学时代唐衣澜那种说一不二的性格，对我们都是个习惯。人都有怀旧的本能，也有冷漠的本能。在车上，我们先是说笑了一阵这意外的重逢，早年的初恋经历和遗憾。但当我借着酒劲，提到南苑和李山川的死时，唐衣澜却始终没有说话。她似乎早就知道了这些事，只是静静地再听一遍而已。她一边开车一边抽烟，身手熟练，全然是一副老江湖的模样。我注意到，她车窗前放着一张照片，是她与两个混血儿孩子以及一个留着络腮胡子的洋人的合影，背景是美国长滩的海滨。

“你当年去了长堤，一直都很好吗？”我问。

“哪儿啊，我一开始也是通宵在美国的大街上卖中国春卷。”说到她自己的事时，她才开始搭我的话。

“卖春卷？”

“对啊，谋生嘛。中国春卷他们没吃过，还挺新鲜的。说起来，幸亏我小时候经常去山川家里玩，他爹妈都是单位的厨子，我就跟着学过一点。我父母去了之后不久就经常因贫困吵架。后来他们离婚了，一人‘嫁’一老外，分道扬镳，去了芝加哥和旧金山，就把我一个人扔在长滩的大学里住读。我的生活费奖学金都不够啊，只能再干点私活。不少美国佬经常半夜出来找东西吃，有的还爱跟我瞎聊。那时我就是一个十五六岁的中国小姑娘，懂啥呀？英文也不好，对周围充满了恐惧感。一会儿来个痞子，一会儿来个黑人，一会儿又是巡夜的警察。你根本分不清找你的人是善意、恶意的，是爱你的还是只想跟你上床的。不过我还是跟一个人好上了。再后来，我就嫁给了他。结果没想到他是一犹太人。你想想，一个美国长滩土生土长的犹太佬，他为了泡我，整宿蹲在路边吃中国春卷。”唐衣澜说着，自己也不禁笑出声来，有点失态。她手里的烟蒂几乎都拿不住了，火星震得掉到了裙子上。

“怎么，犹太佬很可笑吗？”我诧异地问。

“不。是他们的风俗太怪了。”

“风俗怪，怎么怪了？”

“一言难尽。就拿新婚之夜来说吧，并不是同床共枕。”

“入洞房都不同床共枕，那能做什么？”

“倒是什么都做，但却不是躺着的。你能想象一下吗？”

“我可想象不出来。”

“是在夫妻俩人之间，用一块白床单隔着。”

“用床单隔着？那还能做什么？”

“在床单上挖有一个洞。”她说着，又憋不住要笑了，“然后你要做什么，都通过这个洞里来做。女人需要时，就叉开双腿，对准洞口边。男人需要时，就把他那玩意从洞口那边伸过来。两人互相之间根本看不见对方的脸，只能看见器官。”

“犹太人的风俗还真他妈挺梦幻呀，比咱们当年爬窗还梦幻。”我也不禁跟着笑起来。不过我俩似乎都在回避着什么。我俩完全不谈当年的恋情。尤其是我最不想谈。我甚至觉得，谈山川和南苑就等于是在谈我们自己。

“你现在怎么样？”她问，“有家有业吧？”

“我一直都还行。”

“有孩子吗？”

“还没有。”

“那你可该要了呀。”她说，显得很为我着想似的，“你都四十多了吧，现在还不要孩子可太晚了。我那两个孩子都上中学了。”

“嗯，我们也在考虑。”

“考虑啥呀，再考虑就老了。”

“老了，也是幸运者。总好过那些死了的。”我说。

唐衣澜听到这里，又沉默了。车飞驰在午夜的西城，快得简直有点像在漂移飙车。她很快就开到了我住的那条街上。那条街是单行道，我就让她把车就停在路口，怕里面狭窄不好退出来。我开门走下去，忽然感到一阵恶心，扶住路边的树吐了起来。

“钉子，你不要紧吧？”她也开门走下来。

“嗨，老了呗。不胜酒力了。一会儿就好。”我觉得头疼欲裂。

“那我先走了啊。对了，告诉我一下你的电话。”她拿出手机，准备给我拨一下。我咽了一口唾沫，说了号码。我一边说她一边按键。听见我身上的手机响后，她就挂断了。然后说：“行了，你存一下。咱们随时可以联系，有空再聚。”

“好，谢谢……”我没说完，又觉得恶心。可看见她走上车，关上车门，我却忽然向她喊道：“那什么，我说……”

“什么？”她把头钻出车窗，“还有事吗？”

“我就是想问问，”我犹豫了一下，还是决定说出来，“山川当时对你那么好，你走时为啥就不能告诉他一声？”

“我是怕他受不了呀。他从小太稀罕我了。”

“你走后，他的确过得很不好。”

“那起码对他也是一种希望，以为我哪天就回来了。再说，告诉你不也就跟告诉他一样吗，你还能不跟他说？”唐衣澜的车始终没熄火，也还没踩油门。她抬头看看我，又说：“你们和其他同学，当时可能都觉得是他怕我，其实是我怕他。他的痴情让我觉得可怕。我从小就把他当朋友，但真的一点都不想跟他谈恋爱。我走到哪儿，他就跟到哪儿，形影不离。如果有人欺负我，他就恨不得能杀了对方。有人喜欢我，他也恨不得杀了对方。包括对你，要不是我以绝交相威胁，他恐怕早就对你大打出手了。你想，我每天就活在一种被监视的感觉里。他对我越好，我就越怕他失望。这些事南苑其实都知道。那丫头单纯，她喜欢山川倒是真的，所以我索性把山川让给她算了。我要是在，如果毕业后不和山川结婚，恐怕他会杀了我全家的。所以，我最后选择的也只能是逃。”

“那……当年我们最后见面时，那个在自行车后座带着你的家伙，到底是谁呀？”我忽然又冒出一句。

唐衣澜听我这么问，愣了一下，笑道：“什么，什么自行车后座？你大概记错了吧？根本没这么个人啊。”

“就是那个穿翻毛领皮夹克的家伙呀。”我提醒说。

“皮夹克？我说钉子，当时就我一人骑着自行车呀。我们家走时谁也没告诉，因为我父母怕人找麻烦。意外遇到了你，一时冲动，我才跟你打了个招呼，泄露了行踪。哪里来的什么翻毛领皮夹克?”她有些诧异，忽然又取笑道，“是不是你跟山川当年太爱我了，就假想出来这么个人，以便你们发泄对我消失的不满呀?哈，行了不聊了，我该走了。改天约，咱们去给山川他们扫墓。”唐衣澜说完，一踩油门便离开了。可听她这么一说，连我也对自己往事的真实性产生了怀疑。仿佛这几十年里，我和山川对糖衣的印象，只是一次过敏。直到第二日清晨，我躺在床上，打开手机，注视昨晚她留下的号码时，仍不知究竟该不该保存这一份早已消失的记忆。我看着“未接电话”四个字，就如看着皮试时的针刺入手腕时，逐渐鼓起的红疙瘩，只能感到一阵阵波澜壮阔的痛点与眩晕。

2015 年 5 月

狮吼九千赫

狮吼声出现的那一年，我的背景聚集着一声不吭的芸芸众生。尽管在这之前，我也有听到过很多次吼声，但这一次却是例外。这一次只存在过一时。然后，从消失直到消失。

在每一个仓皇时代，感性总会像身体中含蓄的暴君一样使我们忧伤。密集的温柔如一层层铁铸的柔姿纱，常常为我们遮掩一些不可言传的生活。在某种情绪发作时，我几乎随时都在向理性潜逃。这并不荒诞。万物并非不可思议，仅仅是巨大的偶然与缄默。唉，愿你们信任我无意杜撰一篇小说。

听，莫名的吼声：远不可及的内心喧嚣。

说来简单，某日，我找到了一台沉重且老化的红木壳杂牌旧收音机，但它的调频却多不胜数。我将它安置于画、酒与花之间，终日选台收听。当所有人迷于影视、图书、电脑或尖端技术之美时，我却对这古老的发音器颇感兴趣。我有些爱不释手，觉得它有一种反物质特有的抽象意志。它是一块被时间关押起来的，本来能四处飘荡的铁。

我不停地扭动着调频旋钮，各种杂音与无穷无尽远方的信息便会依次呈现，宛如一切生活的咆哮。就在多年前，一件更奇妙的事情曾经发生过——在一个短波的、细微至极的千赫频道中，我突然听见了一种难以形容的吼叫声，由模糊渐渐清晰。没错，就是吼叫声，只是不知来自何物。这个频道本不存在，可那天忽然就有了。短波波段一般是从两千七百千赫到一万八千千赫之间出现，每九千赫一个台。理论上，短波段电台在收音机度盘上占据的位置都很小。而我这个就更小了，几乎在好几个九千赫之间夹杂着。当时我惶恐地调整天线、位置与清晰度，直到它彻底流露。那吼声显然不是说的母语或任何外语，却人人都似乎听得懂。那吼声似乎不是任何生物的发音，仅仅是一种物理共鸣。它有某些残暴的质感，似乎也在强行推广一个什么“音乐”。

我手足无措，在房间中心听得心惊胆战。

可惜，那吼声也不能用文字记录。我只能尽量转述它的精神与气息。我听过太多音乐。音乐与音乐之间，还常常互相补充、冲突、充满悖论与矛盾，分不清谁是美的，谁是丑的。每一种音乐都觉得自己有道理，可也许“道理”这两个字，本身就有问题。

但那奇异而率性的吼声并非音乐，也没有问题。

那吼声的频率是急促的。也许出自某架震荡的机器。也许那边有一个人，苍白而孤寂的叛逆使他在放肆地呼喊。我注定必须听下去。我相信，那吼声并非在掩饰对寂静的畏惧。当时我正好处于朝代与朝代的夹缝里，整个远东像一片巨大的衔接处，人人忙于成为联结别人的人。我则仰卧在大木椅上，出于怀旧的激情和好奇开始了这次收听。我的确听到了我们从来就不愿去理解，也很难理解的道理。无名的道理。我的精神似乎也只在那一天，受到过那吼声的影响。

勉强而言，可谓寂静世界瞬息万变，只有我一个人能侧耳倾听：那吼声决不是某一个人单纯的尖叫，也不是任何电波密码，而是无穷无尽的泛滥的挽救声，犹如现场录制的一场什么起义、骚乱、革命或仪式，可并无任何意义，只有轰响而纯一的分贝，如怨如诉。那吼声像万人殊途同归时的哭喊，夹杂着无数咬啮、口号、情话与咒骂向我放射。无声的万物都出来给那吼声以补充，其中有树枝、禽兽及游弋着的花鸟虫鱼。那吼声里，甚至还有我们在那个年代的所有辛苦、宣誓与怨恨。那吼声无边无垠，却在一种持续不断的震动中飘出，极度纯粹，又柔和得像一个兄弟的歌。我尚未感动，却也不自觉地流了一滴假惺惺的泪。吼声到底想要说什么呀？它并没说清楚，仿佛它只是在发一场脾气。它来得那么突然，那么隐秘，险些被视为一个抽象的声音之敌。也许它是我唯一可信任的声音？但它对我可毫不关心。在那吼声下，数代人都会逝去得不留痕迹。

当然还有另一种可能，即吼声也是虚构的。是我的耳朵出了问题。

我把音量开到最大。于是，细节显露了。一个特殊的、伟大而刺耳的声音开始了长达几个小时的狂热呼啸。这样的狂热是近于野兽的，却又与人本身密切相联。狂热的喉咙振聋发聩，高度紧张的呼喊横扫蛛网般的耳膜，急于催化收音机边上的我。我感到自己正身临其境于一个不可言传的场景。这场景有一块庞大的版图。不是地理的版图，而是听觉的版图。我当时是怎样能忍受着这狮子吼的？如今已忘了。只记得它们那种铁蹄般的噪声践踏，美妙地震荡着我僵化多年的心。我像是听见了唯一一次，也是最后一次众亡灵跨千年的呼声，宛若来自自然史中一切灭亡者惨叫的深情；那吼声里是对满史书的美人、奸雄、烈士与僧道们的怀念吗？无法证实。那吼声中不乏高士的苦闷及小市民之喜悦吗？也未可知。总之，全部的悲痛的波段，都被这一几乎恐怖的扩音器表达着。整整一天一夜，万物坍塌的震动，皆重现于这场罕见的吼叫里。它是一场虚无的巨型演说。它是一场奢侈的共鸣和声学大挥霍，犹如列国被毁灭时的沸腾，或十万八千恶魔、天龙八部围绕世尊圆寂时的喧嚷，像犹太众生出埃及记那样浩然，比金帐汗国蒙古骑兵火烧中亚诸部落的血战更壮观。吼声的悲剧多如牛毛，却又统归于这一次带电的倾诉。那么多饱含人与自然的、洞彻肺腑的柔情，全在这一次怒吼中倒出来，仿佛就为了我一个人。我索性将音量开到极限。于是又听到了其中有狂热的队伍步伐与肉搏喊杀时的吼声；有浩浩荡荡的武器、火药、机械与新思潮的吼声；有滚木礌石、撒金币、砸门、玩具拆卸、汽车飞驰与动物园飞禽走兽的吼声。各种建筑这个世界的基本粒子互相碰撞，一切自诩的智慧，都在这场歇斯底里中崩溃。我被震得晕眩，高频的声波像令人陶醉的强刺激，让我甘愿为之投入。我完全爱上了那吼声，如膜拜某种不世出的郑卫之声，斑斓的大混乱之音。

不，这一点都不荒诞，这很正常。因那吼声中，从没有一句对我的强迫。它一直是温柔地发出来。它的情绪无所不包。它亲切地汇成了一束浓郁而残暴的音柱，贯穿我的耳朵。一开始我并不懂得那吼声到底要说什么。后来我则逐渐怀疑，那吼声也许是要控制我，让我放弃世界上的其他声音？那吼声不停地对我讲着它高速振动的意义，扫荡了绵绵情话，又还原为超稳定结构。

我的确曾有些被感动了。因仅此一次可怕的嘹亮，已足够让我一生为寂静而多愁善感。我不可能摆脱它。我身不由己，无法关掉收音机。而且我深信，当时绝不止我一个人听到过这歇斯底里的秘密的吼声。最后，一天一夜连续不断地播放，让这架已很破旧的仪器终于崩溃了。集成电路板上与音箱之间一个小电子玻璃管被烧灭了。

吼声突然停止，一片死寂。

但我尚处于极度迷醉的状态中。见指示灯忽然熄灭，于是我匆忙地从抽屉里翻出工具来修理。我记得，过了两三小时后，那破收音机才恢复常态。我疯了一样重新寻找那个淹没在千赫中的渺小频道。遗憾，那吼声像一座听觉的桃花源，再也不能听到了。短波信号消失得一干二净，只剩下一种电流的巨大盲音在嘶喊。盲音与吼声不可同日而语，前者像大街上的人群在遇到车祸时所发出的那种普通的尖叫一样，毫无意义。而后者则是可以与人间最深奥的寂静并驾齐驱的。

而且，就像在磁铁或电池中取消了正极，负极也会跟着同时消失一样，自那空谷足音般的巨大吼声消失后，多少年来，我也再没理解过什么是寂静。

1994 年于北京西半壁街斗室，初稿

2020 年修改

切梦刀笔记（七十则）

按：本卷异想之笔记，为昔年笔记体志怪《懒慢抄》之姊妹篇，或曰“补遗与续编”，亦可独立成篇。名“切梦刀”，盖取自其中一则故事之题耳，窃以为拿来纸头上摔打，便可作玄想、忧思及一切横空写作之隐喻吧。戊戌年秋。

一、髓焰之肉

1934年夏，武县人何从周在嵇山下得一巨鹅卵石，方圆有五六尺，表面光滑，唯顶上生有野草一丛，其叶色猩红，不知是何植物。其石侧面有一孔，状若农家灶台之火门。孔口透明，类似水晶眼。何抱石贴脸，望孔内观之，隐约见石中似有火苗燃烧，幽暗剔透如赤色之翡翠，闪耀夺目似古墓之磷光。莫非石中藏有异物？何急寻工匠斫之。石头打开后，火焰竟立刻化为黑色粉末，眨眼遂灭。再视之，见石内已空无一物，唯火灼之处，石壁柔软漆黑，触之如肉，并散发出令人作呕的臭味。两三日后，石顶野草亦枯萎而死。何顿觉扫兴，遂弃石于山谷之中。数月后，何又遇嵇山老人，询之此事。老人曰：“此石火本名‘髓焰’，其烧黑处，俗名曰‘石茸’或‘石太岁’，乃数万年地下菌类变异而成，咸丰年间曾有记载。得者若安置于室，可令家中冬暖夏凉。内壁火烧之肉可为长生药引，价值连城。”何闻言，急返山谷去寻残石。但见残片中之石肉早已被山中虫蛇鸟兽啃食一光，遂后悔不迭。

二、占婆图书馆

十九世纪越南占婆人武装分子在山中有一座洞穴图书馆，其中堆满了占婆历代先贤最伟大的文献资料和孤本典籍。如果部队需要移动，那山洞便也会跟着移动，而洞口则永远都隐藏在印度支那山林瀑布之中。尽管如此，占婆人仍派重兵把守洞口，因这洞内的书，是一切占婆思想的种子、教义和元气之火。

三、哥德巴赫的飞翔姿势

1996 年，诗人徐迟自杀身亡。他的死也是一种“哥德巴赫猜想”。据说他死前拒绝一切社交、读书或上网，只是一直在研究宪法，并为当前社会的各种堕落现象而感到不理解。但我认为他其实并非因为研究宪法或绝望而死，而是为了追求当年当天午夜（即他是在当年 12 月 12 日深夜 12 点整准时自杀的）那个时间数字而死。12+12+12=36。午夜 12 点也就是 24 点，也可以叫 0 点。徐迟或也是具有玄学倾向的诗人。《哥德巴赫猜想》里面有一句云：“自然科学的皇后是数学。”既然数学是皇后，那么皇帝又是谁？神学、哲学、文学还是玄学？十二、二十四与三十六，也都是中国传统数学与文化中的关键数字。据说他在自杀之前，曾对医院的护士说：“花盛则谢，光极则暗，转折之前最好的收场是飞起来。”说完，徐迟还做了个飞翔的姿势，然后半夜从病房的窗户跳了下去。但徐迟为何会追求一定要在那个时刻跳楼？飞翔的姿势才是钥匙。

四、叱咤女首艳本

在琉球德岛的纪伊国书屋，大清国留日学生魏屿，曾见过一册江户时代插图类物语，属东瀛古籍，描绘某个有恋尸癖的战国武士，每遇战事结束后，便带伤与敌国亡军家眷中被砍下的女子之首级性交。首级或放在桌上，或提在手里，或在法场上刚与身体分离。其图手工白描，铁线功夫一流，意境则怪诞邪恶，阴森可怖，令人过目不忘。据称其书本名曰《叱咤女首艳本物语》，全文用汉字书写，插图则有一百二十幅之多。魏屿曾于日俄战争时期归国，并花重金将此书购得，带回福建家乡。本欲夜深人静时，自己翻此怪书来消遣。后魏偶将书示于亲友，遂被族中长者发现。众人群起而攻之，视为妖魔猥亵之物，迫其焚烧了事。

五、独轮车之帆

据李约瑟《文明的滴定》所言，是汉代的中国人第一次给独轮车安装了桅杆和风帆，并且启发了约翰·弥尔顿（John Milton）写下诗句：

……在丝绸之国（Sericana）的荒原上
中国人乘风扬帆
驾着藤车飘然前进

由此证明“人类能以每小时四十英里以上的速度旅行而不受什么明显伤害”。李约瑟甚至还认为，安装了风帆的独轮车虽然在中国没留给大家什么印象，但“却激发了现代科学创始人的想象力，不用多久，现代科学就会制造出时速四百英里的飞机和四千英里的火箭（也源自中国）”（见该书第 81—82 页，商务印书馆，2016 年）。后世如达·芬奇之素描机械手稿、凡尔纳之热气球、蒸汽朋克、桨轮船或水陆两栖气垫船等，盖皆源于此。

六、土耳其定向仪（突厥罗盘）

奥斯曼土耳其时期，巴尔干半岛女兵塞汗·阿赫斯卡（Seyhan Ahiska）曾因战乱和敌军的追击而在内姆鲁特山（Nemrut）山间迷路。后遇到一当地老人，用以树枝编成的六角形机械旋车为其指点迷津，方得以脱身。机械旋车各角上挂有鸟羽、虎牙、树叶、匕首、发簪与梭子等物，分别代表山中（或全部人世间）的六条路。此车可在山风中随着老人默默叨念的咒语自动旋转。风停语止时，其中一物坠落，便是最佳之路。阿赫斯卡说这东西在当地就叫土耳其定向仪。而在中国人的概念中，因土耳其（Turkey）即古代游牧匈奴中的突厥人（Turkut）之后裔，故有学者认为此物即唐时文献中之“突厥罗盘”。隋大业十一年（公元 615 年）八月，隋炀帝巡狩北塞期间，突厥首领始毕可汗的军师曾用此罗盘为向导，引领军队攻克了雁门郡三十九座城池，并将一支羽箭射到了御驾亲征的杨广马前，令当时中国的皇帝吓得放声大哭。

七、掌心雷

史载清乾嘉诗人王昙，性格怪异。钱泳曾云其“好游侠，兼通兵家言。善弓矢，上马如飞。慷慨悲歌，不可一世”（《烟霞万古楼文集序》)。王少时曾从喇嘛学法术，据说能作“掌心雷”。嘉庆元年白莲教作乱，左都御史吴省钦曾向和珅举荐王昙，谓其能用“五雷法”制服教民。可惜恰逢和珅失势，并被嘉庆赐死，王昙因而被牵连，遂仕途断绝，从此白衣终老。掌心雷亦失传。

八、切梦刀

民国十七年，虞山道士郎中罗霞远，自称能收集山中午夜之风，蓄于大木匣之中。凡遇到常做噩梦盗汗之患者，罗便启开木匣，伸头进去作深吸气，称之为“取风”，然后为患者“切梦”：具体方法是于午时三刻间，令患者午睡，待患者熟睡之时，罗以所吸之风吹其病身与头。风过后，噩梦即化为平淡无奇之白日梦，连续数日，病可痊愈。唯患者皮肉及脸部常有血痕，如被刀划伤。罗云，此法最初为唐代诗人施肩吾所发明，因施《闺情诗》有名句曰：“三更风作切梦刀，万转愁成系肠线。”

九、黑火

元顺帝二年春，邹县三清观曾发生火灾，一夜间道士与典籍皆毁于洞窟中。其失火不知缘由，唯村人云：火色漆黑，状若年轻妇人飞散之长发。

十、青蚨与赵鹊

青蚨形状像蝉，也叫蚁蜗。汉人杨孚《异物志》载：“生青海诸山，雌雄长处不相舍，青金色，人采得以法末之，用涂钱，以货易于人，昼用夜归。”另，晋人干宝《搜神记》卷十三云：“南方有虫，名嫩蝎，一名恻蝎，又名青陈。形似蝉而稍大，味辛美，可食。生子必依草叶，大如蚕子。取其子，母即飞来，不以远近。虽潜取其子，母必知处。以母血涂钱八十一文，以子血涂钱八十一文，每市物，或先用母钱，或先用子钱，皆复飞归，轮转无已。故淮南子术以之还钱，名曰青蚨。”因古代有此类记载，后晚清年间，南粤海峰漕运工有名赵鹊者，常年在码头纠集市井恶徒，有二三百人，专以放高利贷为营生，其帮中一切旗帜、符号、书牒乃至帮众身上刺青文身等，皆有青蚨图案，时人谓之“青蚨帮”。据说，青蚨帮每遇高利贷交易不顺时，便按古法进山中猎取青蚨母子，涂于银元之上，并去市场中交易，以图吉利，且屡试不爽。而赵鹊等人对借贷终不能还者，则一律暗害并沉入河中，手段毒辣，即便对筹集经费之革命党人亦如此。故辛亥年后，为肃清南粤治安，赵鹊及其门徒遂被陈炯明部所灭。

十一、天厕之疑

罪人须扫厕所，此自古有之。刘安谋反，甚至死后也要在天上扫厕所。如明人杨慎《萩林伐山》载：“淮南王刘安，以鸡犬升天，天帝罚之，使守天厕。”由此可见，神仙也是要出恭的，否则要厕所何用？只据说仙人从不饮食，其粪溺又从何来呢？又云神仙亦饮食，如有仙人露、蟠桃会以及各种民间贡品。可历来又有“供心神知，供果人吃”的道理，加上最起码男神仙排泄小便，必然须用生殖器官。神仙也有生殖器吗？除了排泄，也能生殖吗？故实不知如何算是神仙排泄之物。

十二、机械女轱辘头

东瀛人依田百川在《谭海》中所载浅草寺之“轱辘头”，略与吾国之《搜神记》、《酉阳杂俎》、《岛夷志略》或《赤雅》等书中之飞头蛮、飞头獠或落头民皆有所不同，为一女机械人偶，因“其躯矮短不与头类，盖其躯系木制，有人从幔中伸缩其头耳”。

十三、人肉炮弹与占星术

1345年夏天，以“黄祸”之名让罗马人闻风丧胆的蒙古帝国骑兵，已经打到了欧洲地图的边缘。他们将偶然引发战争的意大利商人，以及东罗马帝国的守军团水桶般地围困在卡法城墙内。可忽然，一个早晨，卡法守军吃惊地发现蒙古人在城下摆开了特殊的攻势。他们不再使用云梯，也不再无谓地让成千上万的鞑靼士兵蚁附城墙，血腥强攻，而是在城墙外架起了一排排三人多高的巨大的木质抛石机。他们似乎要向城里发射炮弹，可是又没发。又过了不久，随着蒙古王子一声令下，无数致命的“炮弹”向城内飞去。刹那间，罗马守军们一个个全都惊呆了。因为那些“炮弹”竟然全都是一些蒙古士兵腐烂的尸体。蒙古人为什么要这么做呢？只因为这些尸体已经感染了一种可怕的瘟疫。东罗马帝国的人还没反应过来是怎么回事，就被一具具正在腐烂的尸体再次传染。因为一场“炮弹”下来，城里就会堆满更多恶臭的死尸。凡不小心沾染上这些尸体的人，就开始时出现寒战、头痛，继而发热、谵妄或昏迷，然后皮肤广泛出血，身长恶疮，呼吸衰竭；快则两三天，多则四五天，就纷纷死亡。死后皮肤常呈黑紫色。于是，这可怕的瘟疫得到了一个著名的、令后世之人也会谈虎色变的名字：黑死病。当时的欧洲人并不知道，这就是鼠疫。这是中世纪欧洲历史上最骇人听闻的恐怖灾难。到了 1348 年以后，随着战争、农业歉收、饥荒和其他流行病的暴发（包括十字军与犹太人传入的麻风病、坏血病、麦角中毒、舞蹈狂、出汗病与流行性感冒等），孱弱的欧洲举步维艰。在短短两年内，仅黑死病就把欧洲近三分之一的人口送入了地狱，有二千多万人因此死亡。但对鼠疫流行的原因，还有另一些说法，譬如认为是来自星辰或超人。如薄伽丘在《十日谈》开篇之语，或意大利人卡斯蒂廖尼在《医学史》所言："其中最突出的说法认为原因是 1345 年 3 月 24 日土星、木星和火星的会合所致，当时占星学盛行，自然说这是灾难。"（见该书第 360 页，广西师范大学出版社，2003 年）

十四、悲乔叶哭

宋时高丽国南方有树，古名"悲乔"，凡有亡人葬于树下，则其枝叶必泉涌流液，状若雨天树梢之淋漓，人谓之"叶哭"。后蒙古铁骑南下，恐其不吉，尽数砍伐之。

十五、煮宫

明人裴衎著《炼庵录》一卷，其中有"煮宫"一文，详述明以前大内方士们如何通过在宫殿四周或地下钻孔打穴，画符念咒，并秘密于孔穴中安置硫黄磷硝烘烤殿宇，以此改变朝中人物命运乃至国家大事之法。此书本藏于湖州陆心源皕宋楼，1907 年，陆家经营的缫丝厂亏空，钱庄倒闭，陆心源之子陆树藩急需变卖家产抵债，于是该藏书楼五万余册古籍尽数被日本三菱财团（及岩崎氏东京静嘉堂文库）以十万八千元低价囊括而去，此异书亦再不知下落。

十六、过庭鳅

清初浙南落第秀才蒲念孙，本性衣食疏懒。仕途无望后，每日晨昏临帖如痴。其案头常放有一方水盂，经年不洗，内壁墨垢隆起，黑若膏药。某夜，蒲实在觉得水盂太脏，于是前往村头小溪清洗。倒盂之时，忽见一物，头大而尾细，六足如鳍，通体透明若黑水晶，附着盂内，状如壁虎游墙。见周围墨垢尽除后，便急跃入溪中不见。蒲询之长者，谓此物现身并不算不吉，其名曰“过庭鳅”。乃因唐时大书家孙过庭也曾遇到过一次，故名。据说书斋能养得此物者，于笔墨上便可独占鳌头，失之则一事无成。

十七、毛发的数量

五十年代末，国人服饰已逐渐蜕变。豫州长衫裁缝吕三鬓因生意清冷，门可罗雀，闲暇无聊中曾于店内自数其浑身毛发，共得精确之总数为 2175032 根。其中头发 120164 根；眉毛、睫毛、鼻毛、耳毛与胡须 9564 根；阴毛、腋毛、胸毛及肛毛则有 15728 根；余下皆为汗毛。但他是如何做到的？无人知晓。

十八、罗昞的事

承德女子罗昞自述：1983 年夏天的一个下午，她在烈日暴晒的大街拐角曾被一排忽然出现的树木、房屋、汽车与路灯的阴影所包围，举步维艰，时间长达十几分钟。路过的人，看她焦灼惊恐、原地旋转的样子，都停下来围观。于是她周围的阴影越来越多。直到有一朵云偶尔将太阳遮蔽，将所有阴影融为一片灰色时，她方得脱身。

十九、筷子猪

1992年夏天，广州大街上曾有怪人流行赶“筷子猪”（一说“筷子虫”）。此为我曾亲眼目睹之事：两位乡村打扮的妇人，身背黑皮包，沿着人群聚集的大排档街游荡。当时我正坐在街边吃饭。妇人见我邻座一微胖青年，便忽然停下脚步，上前对他说：“肥仔，你眼里有虫，若不快赶出来，不久会生病失明。”青年大笑，不信。妇人便从怀中取出两根筷子，一根放到青年眼睑下，一根则从眼皮处往下捻赶。两根筷子不断交叉运行，就像我们平时用剪刀一般。俄顷，见二三白虫，肥若新蛆，从青年眼中被挤出，并顺着筷子爬上爬下。妇人迅速将肥虫收入随身所带的瓶中。旁观者多言：“不要信她们，她们是赶筷子猪的，此江湖手段，不过为了骗钱。”但拿筷子的妇人也未见索要钱财，而是带虫离开了。

二十、人

“一人脑后见腮，一人当门无齿，更有多人鼻孔没半边。”语见《福建高僧录》。

二十一、左臂

隋开皇十三年至唐贞观年间，安徽舒州“东吴第一峰”司空山下曾有“左臂帮”，常行剪径之事，民为之惧。该帮祠堂乃一山洞，洞内供奉一条貌似被油炸过的断臂。其臂筋骨虬结如腊肉，枯槁如石，色黑如墨。一说乃其帮洞主名姬昆者之父（父名失传），因早年占山为王时，与人赌油锅捞钱，手臂筋骨皮尽废，遂留于此。他家也正因此才一时独霸了司空山。但还有一说，即姬昆自称：曾拜流亡的禅宗二祖慧可为祖师。因当年正逢北周武帝灭佛，加另外三宗迫害，慧可为躲法难，曾隐居司空山，后建无相寺。慧可俗名姬光，号神光，少年时为一儒生，博览群籍。后遇达摩祖师，立雪断臂，但犹未忘“身体发肤受之父母”之孝。姬光落发后，曾秘密命人将残臂收敛起来，涂蜡风干后，送还洛阳虎牢（今荥阳西北）父母家，暂供于祠堂。其母终日对臂哀叹哭泣不已。北周灭北齐时，战乱频繁，姬家祖业被毁，父母先后去世。此臂幸被一姬家仆人于火中救出，跋山涉水，又送还慧可，藏于无相寺中。慧可后来活了一百零七岁。姬昆，原名周昆，本乃司空山下村头一泼皮无赖。二祖慧可在遇到僧璨之前，曾遭遇周昆及其徒众拦路，欲劫钱财。慧可身无长物，出右臂，掌中忽现奇火，击树则断，遇石便毁。后又以禅法度之，令昆及众人惊恐不已，遂拜为神仙异人，执弟子礼。北周法难间，昆惧官府深究，未敢随慧可剃发，故无法名。二祖圆寂时，衣钵传与三祖僧璨，唯以一条风干之断臂遗昆，令其自修法脉，只参“左臂”二字。周昆后云：“自入二祖门下，便改姓姬，以示老衲亦为慧可俗家弟子也。”又云，慧可生前还曾与他一偈，曰：“泥牛入海洗胴，纸鸢一线吾宗，马蹄疾时山远，浅草剪断家风。噫！或聚或散或逢，即左即右即中，路边与君相遇，也是本来迎送。”昆豁然有所悟，常于口中默念。隋末，战乱又起，昆苦无生计，再次揭竿，靠剪径为生，但常以劫来财物金银赈济灾民，无论所得多少，自己只留当日一食，余皆散与众人。洞内所供即慧可所遗之左臂，故又名“左臂洞”。昆不幸于唐贞观年间为其门下某徒所害，洞内人因争夺洞主自相残杀，相继散亡，左臂自此亦不知所终。

二十二、肺鱼之象征

擅长杜撰火星人袭击地球的英国学者兼小说家 H.G. 威尔斯，因“我们并不确切知道地球上的生命是怎样开始的”，也无法判断人类到底是从猩猩变的还是从水里走出来的，于是在其《世界史纲》关于“最早的陆生动物”的起首，只好用肺鱼（Lungfish，包括非洲肺鱼和澳洲肺鱼）来象征。因肺鱼是正在进化中的动物，它在河水中跟其他鱼一样用腮呼吸，当河水干涸时，仍在泥土中“靠吞咽流入肺鳔的空气维持生命，直到河水回来”。（见该书第 38 页，商务印书馆，1982 年）威尔斯大概认为人、火星生物和肺鱼是一个祖先，这也是人类为什么会得腮腺炎的根源。

二十三、鬼敲钟与郭子仪

吾友老贺与李式衡饮茶间云：辛未年九月去西宁，曾深入黄南州藏地探访，留宿一晚。当夜，衡公于一宾馆内酣睡，偶然侧身时，曾“梦见一年幼之女魂，悬浮邻床，言说自己从黄南跟随至此，幽闭于窗外溪中，并讲了种种身世与经历。梦中幼女求衡公为其打开窗帘，以便脱身。衡公惊讶，颤巍巍走到窗前，回头看见邻床竟满是血色飞蛾，后随一道红光从窗帘开启处飞出。次日清晨，阳光从窗帘缝隙间入，照于衡公身上，梦中之境，恍如隔世，又历历在目”。此事蹊跷，尤类明清笔记中，那些野鬼觅阳躯还魂之传奇。老贺对此难忘，回京辗转数月，最终得五言叙事诗《登东山》一首记之，其中有“弱质任西东，豆蔻鬼敲钟。隆务花做骨，黄南望门空”之句，颇得乐府意思。

衡公另有一事，即曾于午休时，偶入一挂花门帘之窄门。门内有一人用餐，背对窄门而坐。问其名，曰：“郭子仪。”待回头时，见其貌黄皮尖脸，短髭须，目光机敏若黄鼠狼。衡公大惊恐，退走于门。但一掀开门帘，门外竟是一面墙。衡公惊觉而醒，方知是午后梦魇。是日，衡公出门上街，见路边丛中正好穿过一物，定睛与之注视良久，忽闪身不见。自此，衡公每与友人提及黄鼠狼时，便称“郭子仪”。

二十四、晋砖中的阿Q正史

阿Q本名谢桂（或谢阿桂、阿贵），据周作人说：“阿桂姓谢，这是我查了民国四年的日记才记起来的。”他平时是赤脚、赤背、系短布裤，头上盘着辫子，“说起来有点面善”，并不瘦而且还有点胖。阿桂的主业是打短工，也常做点偷鸡摸狗的小事。他还从事过一点雅事，譬如曾卖给周作人古砖。据知堂日记云，在民国四年十一月的十六日、十九日、廿日和十二月廿五日这几天，阿桂曾分别带来好几块砖来卖给他，其中一块是东晋砖，上有"'永和十年大岁在甲寅，某月某章孟高作，孟南成'，共十九字。字有讹，顶有双鱼，两面各平列八鱼形"；两块是梁代"天监（鉴）二年癸未"时断砖；还有一块砖是赵宋时代之物。知堂因阿桂的砖卖得便宜（以五角或一元收之），所以"对于他是不无好意的"。虽然后来他见油水不大，也就不拿砖来了。至于《阿Q正传》中的很多事（如向吴妈下跪），其实都是谢阿桂身边其他人的事，后来都拿来归在他账下。因"先贤说过，恶居下流，天下之恶皆归焉"。为了文学的魅力，鲁迅亦"未能免俗"吧。（事见周作人《关于阿Q》，原载1940年3月1日《中国文艺》第二卷第一期）

另：绍兴（会稽）一带谢氏，其宗族家谱所奉祖先，一般都为东汉荆州刺史谢夷吾（《后汉书》有传），以及西晋大臣谢衡（即谢安祖父，官拜太子少傅，文学家）。谢阿桂家或是他们的后裔，也未可知。故小说中所言"我们先前——比你阔多了"，也算是实情。

二十五、有物混成

当年国民革命军第八混成旅旅长秦德符，早年父母双亡，曾入道观学仙。后不耐三清寂寞，还俗从军。北伐失败后，秦又再次披发出家，当了个野道士。一旦人问及："君对行伍戎马生涯有何感慨？"秦便答："我的混成旅即天兵。老子所谓'有物混成，先天地生'，此混成正乃彼混成也。"众皆不解其意，秦也从不解释。

二十六、纸楼祭

清道光年间华昌县举人彭宇敏，早年嗜书若狂，自晨至昏，手不释卷，且每日必细心打扫书中蠹鱼与污垢，爱书甚切。一日坐园中夜读，见墙头忽现一白脸长者，自称乃“司书鬼长恩”[①]。恩云：“念君痴书爱纸，特赠与纸楼一座，待君百年后，可以此代刍狗，令乡人寄托哀思，为君招魂。”言必，袖中出一纸楼，初不盈尺，落园中空地便急长，通体透明如新造之生宣，约有八九层，亭台窗棂，雕梁画栋，隐隐若现。彭伸手捉之，则又缩回如书卷大小。彭于咸丰三年病逝，享年九十七岁。出殡时，彭家人遵遗嘱，出纸楼欲烧为奠。俄顷，但见纸楼速长，其高若城外小丘。楼接寰宇，自下至上皆有阶梯，人皆可登楼顶一观，尽览华昌街道与山水。此事哗然，近乡一带来登楼凭吊者，一时络绎不绝。直至头七过后，有一人欲登第五层时，忽觉脚下变软，竟坠楼而下，摔断双足。纸楼随即折叠坍塌崩溃，众人观之，唯见满地废纸屑耳。

二十七、仙人弹琴

传说民国监狱里，有一种想象丰富的酷刑叫“仙人弹琴”，即用铁丝从睾丸穿过，吊在受刑人的耳朵上，然后用手拨拉，像弹琴一样。

---

① 明无名氏《致虚阁杂俎》：“司书鬼曰长恩，除夕呼其名而祭之，鼠不敢啮，蠹虫不生。”如鲁迅有《祭书神文》。清人傅以礼藏书处称“长恩阁”，编有《长恩阁丛书》。林则徐为庄有麟的藏书楼题名为“长恩书室”。

二十八、Steam-punk话本人物造型

说时迟，那时快：但见来人头插雉鸡羽毛斗笠，足蹬一双长筒多耳雨靴，身披明式云锦绣龙袍，腰里别着雕花玉佩、蛇皮鞭、手机和一把折叠冲锋枪；出门骑的是四匹马拉的直升机，就住在全木质卯榫结构的飞碟上。据说他吃的是钢铁凉拌面，喝的是铜汁煮沱茶，走在城里却大谈山林幽美闲生涯，说起话来能把俺们村的黄段子切口和拉丁语全扯上；手到擒来之处，百花与火箭齐喷；杀人不眨眼时，美元与国粹同麻。

二十九、罗袜

“凌波微步，罗袜生尘”本为魏陈思王曹子建名句。后明嘉靖年间，罗教始祖罗清（梦鸿）死后，江西与福建有得其真传者，去鞋独穿其所遗之袜，可疾行于雪地而不留足痕。罗教内弟子则称此秘法为“罗袜功”。

三十、雨的朝代

据说：“最直接影响大清朝脱轨的第一个原因是下雨，天不断地下雨，夏天都是雨，不光是辛亥年的夏天下雨，辛亥的前一年1910年的夏天也一直在下雨，1909年也是连年的大雨，湖北、湖南因水成灾……到了1911年夏天，南京城可以划船，武汉城可以划船，甚至连东三省也因雨成灾。仅长江流域就有几百万饥民。夸张一点儿说，是一场雨压垮了一个朝代。”（参见傅国涌文《1911，洪水滔天的前夜》，中国经营报，2017年10月10日）

三十一、吞象奴

清末，南粤有自柬埔寨暹粒乡间来人，号“吞象奴”。其人短小若侏儒，可身裹一袭芭蕉叶，令所驯之象吞己入腹，收敛呼吸，过夜方从象尾后肛钻出，竟丝毫无伤。

三十二、阿拉伯移动光轨仪

古阿拉伯物理学家阿尔哈曾（Alhazen，965—1040），不仅发现空气也有重量、透镜原理，还撰有七卷本《光学全书》等著作。他认为所有的光线都来自太阳，人能看见物体，不过是因为物体反射了阳光。而所有的光，本质上都可以折叠、弯曲和流动，因光体与液体是一样的。据说他死在埃及时的前一年，曾发明过一架可令光线在直射时拐弯的大型机器“移动光轨仪”，有五米多高，七米多长，内部交叉安放着一百三十多个不规则透镜和机械装置零件。透过这架仪器，可让一束阳光，从一座楼顶部的天窗照进来，然后光线陆续流变，慢慢经过每层楼的许多个走廊或弯道（传闻多达十七处），最终还能照亮此楼最底层、最里面的一间屋子，甚至还能延伸到地下室里。此仪器本由萨拉丁藏于开罗宫内，但在十三世纪中叶，当阿尤布王朝被蒙古西征军打垮时失踪或被窃，从此下落不明。

三十三、藏画与纳肝

据冈仓天心在《茶之书》里记载，在茶道隆盛的安土桃山时代，有一位武士，在细川侯[①]宫殿内看护雪村的名画《达摩图》，但因其疏忽，宫殿发生了火灾。“武士决定不惜一切抢救这幅杰作，他冲进熊熊燃烧的殿堂，抢出了这卷挂轴，却发现此时已没有出路，所有路都被火焰封死了。于是，他先撕下衣袖包好画，然后抽出剑，剖开自己的身体，从伤口将画塞进自己的腹内。火终于熄灭后，在余烟弥漫的灰烬中，人们发现他躺的地方，已是一具被烧得半焦的尸体，幸在尸体内却藏着那幅免于火灾的杰作。”在东方观念中，肉身始终只是为思想或美学服务的工具。然而，现代人早已不能理解古人对于“忠”的概念。就像如今很多人甚至去怀疑屈子投江，是否乃因他对楚怀王有畸恋？这种看似后现代的解构主义思维，实际上已不可能触及传统君臣伦理学与士大夫“文以载道”的根本了，只能算误读。因现代性思想多起源于“背叛”（无论思想革命、艺术革命还是社会革命）。但一切以背叛、造反与颠覆起家的领袖们，到了最后，一旦当他也高高在上时，便又都变得像黑社会老大的友谊之道，最在意的仍旧是手下人之忠诚，其次才是他们的能力。正如小孩子都爱叛逆，一旦为人父母后，又都

① 细川侯，原名细川忠心，日本安土桃山时代武将，曾跟随织田信长和丰臣秀吉，1620年出家为僧，法名三斋宗立。另弘演之事，见于《韩诗外传》《论衡》等书。另如《吕氏春秋·忠廉》载：“卫懿公有臣曰弘演，有所于使。翟人攻卫，其民曰：‘君之所予位禄者，鹤也；所贵富者，宫人也。君使宫人与鹤战，余焉能战？’遂溃而去。翟人至，及懿公于荣泽，杀之，尽食其肉，独舍其肝。弘演至，报使于肝，毕，呼天而啼，尽哀而止，曰：‘臣请为襮。’因自杀，先出其腹实，内懿公之肝。桓公闻之曰：‘卫之亡也，以为无道也。今有臣若此，不可不存。’于是复立卫于楚丘。弘演可谓忠矣，杀身出生以殉其君。非徒殉其君也，又命卫之宗庙复立，祭祀不绝，可谓有功矣。”

希望自己的儿女子孙能对老人们孝顺。年深月久，当背叛取代忠诚，成为普遍世态和习以为常的美学时，大家也就厌倦了。而自由仍然不见踪影。这个奇怪的悖论，就像六十年代的“造反军”和“忠字舞”一样，总是同时在大地上并行。除了在家庭婚姻观上，尚不得不保留一点“忠”以外，大部分被“革命”洗脑的近当代人，已经不信任“忠”的意义，也完全不能认同汉人马融《忠经》里那种单一的阐释。现代人的忠信基本建立在“交易”的基础上，不能理解任何一种无反馈、无回报的意识形态。如武士藏画之事，虽然可能是一出戏剧，但也会令人想起中国春秋时“弘演纳肝”的典故。卫国被翟人攻陷，翟人在仇恨中群起而攻之，斩杀并吃掉了卫懿公的肉，只剩下一块肝脏尚没吃完。因那时国君若亡，必须有棺椁才符合礼法，否则便算“暴尸”。此臣子之罪。卫国大夫弘演见状，于是剖腹，忍着巨大的痛苦先把自己的内脏拽出来，然后再把卫懿公的肝脏塞进去，以身殉君臣之道，以自己的肉身充当了君王的灵柩。这在今日看来几乎是极端变态、固执、残忍的对“忠”的血腥表达，在过去大概就像甘愿殉笔而写“崔杼弑其君”的齐太史兄弟一样，只是士大夫们的基本人格，是一个东方人的常识。而在后人看来，既然卫懿公已死，弘演完全可以不这么做。做了也没意义。就像宫殿已失火，武士不抢救那张画，也在情理之中。齐太史可以不写，最起码他的弟弟们可以向崔杼妥协。到底有何要紧？然而只要世有崔杼弑君，便会有齐太史；世有翟人吃人，便会有弘演纳肝；世有火宅与名画的矛盾，便会有守殿武士。无论是忠于历史、忠于周礼还是忠于艺术，都不是后世所批判的“愚忠”或被脸谱化的“封建卫道士”，而只是对规矩、秩序与法则的尊重。这一点，现代人则选择了放弃。

三十四、明月

宗祇[①]当年临终前，面对夜色与苍穹，只黯然吟唱了一句：“仰望明月心激奋。”足见其与明月之间，隐藏着一桩惊人的秘密。

三十五、窄门、矮扉与悬关

五代时淮西有茶人名牛在石，其舍二门，一窄一矮；其窄者仅能容人挤身而入，门框能挤得人胸背生疼；其矮者低于狗洞，入者须颔首屈膝爬入。问曰何故？牛答曰：“矮扉可让远客知三月谦恭，窄门则令来人得一年谨慎。此法常屡试不爽，茶在其次。”后又凿一门，高悬壁上，圆若窟窿，但并无云梯垫石，故访者只能徒手摸藤条攀墙爬入。然其门略高，常令来人望而却步。问此门何解？牛答曰：“此乃‘悬关’，悬关如玄关，从此门入者，或可悟三秋之道，得一生高瞻远瞩之见识。奈何所来之人，皆嫌此墙麻烦，高不可攀，宁选窄门与矮扉之苦累猥琐，从未有敢选此空中妙洞也，真乃吾茶道之大憾。”

---

① 饭尾宗祇（1421—1502），日本室町时代连歌师，别号自然斋、种玉庵。川端康成在《不灭的美》中特别记录了其弟子宗长关于宗祇临终时的状态：“大约过了夜半，我见宗祇师痛苦万状，便把他摇醒。他说刚才做了一个梦，梦见定家卿时，他吟诵了一句和歌：‘一命能绝我即绝。’听者以为式子内亲王的御歌。他又沉吟了一句：‘仰望明月心激奋。’可能是《表佐千句》里的前句，我无法对上。他开玩笑说：‘大家来对吧。’说罢，就像灯火熄灭一样断了气。”

三十六、内经：宏大叙事小说

吾识一友，常数月难见踪影，询之，则云在家专写“宏大叙事小说”。问其具体大到何等地步，书名是什么？答曰：“古云‘其大无外，其小无内’，我写的全是大时间或大时代下的内部机密，不能直言，故书名为‘内经’。”

三十七、名古屋泳骨

“泳骨”为传统日膳，即切割一些鱼肉生吃，而鱼放回缸中仍活。食者一边观其游泳之骨骸，一边食生鱼片，可谓残酷料理。旧年见过一名古屋厨师，制“泳骨”手法精湛，可尽去河豚之肉，仍令其骨在水中遨游数日不死。后有一厨与之打赌，称不仅对鱼，对一般鸡鸭禽类或也可为此，即在海岸边捉一海鸟，先去毛，尽割其肉，翅膀则割至透明如蝉翼，唯留头与内脏不割。当时观者如潮：只见该厨将鸟残扔向空中，其骨骸在疼痛中急腾于海上，哀鸣良久，若滑翔之机械，数小时后方坠海而亡。

三十八、衡功

正如印度教有“举手巴巴”，可令一手终身举起不落。吾国滇南山中则有“衡功”，能终三十余年劈叉（下一字腿）而不起身。作之者称此古法也，因：“作之不止，乃成君子；作之不变，习与体成；习与体成，则自然也。”[①] 故而以此修炼。

---

① 据《资治通鉴·秦纪一》载：“魏安釐王问天下之高士于子顺，子顺曰：世无其人也；抑可以为次，其鲁仲连乎！王曰：鲁仲连强作之者，非体自然也。子顺曰：人皆作之。作之不止，乃成君子；作之不变，习与体成；习与体成，则自然也。”

三十九、鸽叔

民国夔州多鸽子，江中有赤石滩，红若晚霞，附近鸽子常聚集此处，食其石谷子。滩头住一老者，红发红皮肤，自称与所养之鸽鸠同食其石，且能入胃即化，与一般蔬菜无异。人不知其名，只称其为“鸽叔”。

四十、没踪迹处莫藏身

随岁月流逝，对三岛乃至谷崎的喜爱已渐渐淡了，而对川端、芥川的感觉（就像对紫式部）却依旧如故，甚至更趋浓烈。当然如子午兄言：“谷崎也是一种涂了浓妆的川端。”其余日本作家大致也以此浓淡而现分野。这就像少年时都喜欢一阵子山本常朝或安部公房，只有中年以后才会重新去慢慢读向井去来，读清少纳言。若不谈中国，这么多年过去了，论小说家，十九到二十世纪西方各类怪力乱神早已尽收眼底。但看来看去，最终一生所爱的还是有限的那几个旧人，如契诃夫、哈代、司汤达、帕斯捷尔纳克、加缪、黑塞、海明威、索尔·贝娄或普鲁斯特等。好像坐在十九世纪小说正殿里的只有三种人，一种是神像（如陀思妥耶夫斯基、雨果那种经典作家；如果追溯到十八世纪以前，如薄伽丘、劳伦斯－斯特恩或塞万提斯等，那便多不胜数），但只能像石头一样拿来崇拜，冰冷而伟大，吾辈无法触及；一种是异人（诸如萨德、霍桑、麦尔维尔、爱伦·坡、霍夫曼、H.G. 威尔斯、埃德温·艾伯特、卡夫卡、康拉德、亨利·米勒、塞利纳、索尔仁尼琴、戈尔丁、法郎士、博尔赫斯、卡尔维诺、让－热内、穆齐尔、赫拉巴尔、波拉尼奥、帕维奇、布扎蒂、纳博科夫、托马斯·品钦、布尔加科夫、贝克特、乔伊斯、拉什迪、山多尔、科塔萨尔、马尔克斯、萨拉马戈、安德森、福克纳、塞林格、鲁尔福、埃柯、卡达莱、麦克尤恩、唐·德尼罗、卡特……各种怪杰作家、恶德孤僻、博学、叛逆或以一切语言革命反世俗之奇思妙想者，未来主义、荒诞派与超现实主义作家群，包括当代那些稀有罕见的小作家，能写《禅与摩托车维修技术》、《周期表》或《乌克兰拖拉机简史》者，这个名单可以开到好几页），读时或许会惊叹佩服，年深日久后也终如过眼云烟；还有一种就是我们始终会喜欢的那一类，他们就像我们身边的师友、兄弟乃至恋人，仿佛每个读者都与他们之间存在着一种伟大的友谊，随时都可以交流。因他们的作品最有平常心，故而也是最难的。相对而言，所谓“怪杰异人”，其实往往是多数。而从十九到二十世纪真正能进入我们情感，乃至最终变成一种“情结”的那种旧人式的小说家，就像第一流的交响乐作曲家（包括进入现代主义以后的），能够真称之为“Great Composer”者，始终都没有超过二十个。正如船子和尚所言：“钓尽江波，金鳞始遇。”至于川端与三岛的师徒关系，倒是有点类似唐宋禅宗师徒之间的关系，甚至还真有点像船子和尚最后的行动——见夹山善会上岸有所迟疑，便大呼一声“阇梨”，然后翻船溺水而逝，以此向门徒开示真理。船子曰“须藏身处没踪迹，没踪迹处莫藏身”。即不执两边，不独一事。为人生之文学，又何尝不是如此？不过川端与三岛的默契是颠倒的，即徒弟先自戕，然后师父再往生。两人生前已尽得天下荣誉，最终的选择完全都是为了思想和美学。和汉文学虽各有千秋，但仅此一点，近现代中国几乎无人敢与之对应了。

四十一、镜卜

《月令萃编》卷十八有“镜卜”一则，引《熙朝乐事》云：“除夕更深人静，或祷灶请方，抱镜出门，窥听市人无意之言，以卜来岁休咎。”但镜子无耳，如何能收取人言？此外还有鸡骨卜等，皆未说明方法。

四十二、选择派教义

上古叙利亚早期犹太教有“选择派”，亦称偶然派，其教义基本只有一个观念，即：“造物主”早已安排了一切，本无须选择。但因同情人类的智慧，便把“选择”（或偶然性）也发明出来交给他们，好让他们不至于在本来无从选择的世界上太过无聊。而一切文明皆诞生于这种看似偶然、其实必然的选择。

四十三、赤翼黑鳍

九十年代，我曾于镰仓旧书店见过一册翻得发黑的和刻本怪书，书名作《冠注赤翼黑鳍录》。湛蓝的封面已满是斑点污渍，发黄的题签也残破了一半。勉强可看清作者似乎叫涩泽雨雄，扉页上写着出版于明治十七年。书里面有不少奇怪的海洋生物插图。其中有一种长约三米的大鱼，嘴长如鸟喙，长有黑色的鳍，鳍上有密集的红色羽毛，大可遮蔽其身。据说此鱼并不能飞，但鳍可以像鸭子那样浮游在水面上，用嘴直接呼吸空气。

四十四、鲁迅号导弹

鲁者，莽也；迅者，捷也。最大力量与最快速度，正是古代战争中滚木礌石，或天落陨石的性质。豫州友人王奎曾言：“以后可制一导弹，也以此命名，可炮打太阳系。”

四十五、蛋糕的日子

1986 年冬，我第一次读到的菲利普·拉金的诗《读书习惯》（*A Study of Reading Habits*），倒是给了我一点意外。此诗当时收录于人文社版《英国诗选》，王佐良先生的译文虽不能说多好，但在语言贫乏的八十时代也算过得去：

有一阵，把鼻子埋在书里，
解脱了许多烦恼，除了上学，
眼睛看坏了也不在乎，
反正我知道我能保持警觉，
更有那一手右拳特别得意，
大我一倍的坏蛋也能对付。

后来，戴上了深度近视眼镜，
邪恶成了我的游戏，
我和我的黑大氅、亮刺刀，
在黑暗中大干一气，
多少女人挡不住我男性的猛劲，
我把她们切开如蛋糕。

现在不读什么了：什么公子恶霸
欺侮美人，然后英雄来了
把他收拾；什么不争气的胆小鬼
却成了店主；这一套
都太熟悉了；见鬼去吧，
书只是废话一堆。

一个人的“读书习惯”是个小问题。Habits 这个词，也可以译为“瘾”。孟子说“尽信书不如无书”，此意或与拉金相通。这首诗的深意，其实比拉金著名的《日子》更能给人留下一种意象刺激。尤其是“切开如蛋糕”之句，因拉金几乎是在第二段“语言的暴力”中完成了一则具有萨德或霍夫曼小说气质的志怪故事。我曾说过：其实拉金除了“何为日子？……日子就是医生与教士，穿着白大褂在田野上飞奔”（这个译本是谁的，我记不得了，不是王佐良。不过其意象往往会让我想起卡夫卡小说《乡村医生》中的恐怖场景）这一句之外，好像也没有给我们留下什么大的记忆和影响。我错了。事实上，《读书习惯》对早年情绪的影响或许还是有的。拉金似乎想消解后期浪漫主义、象征主义乃至现代主义小说中的伪善。正如王佐良在《英国诗史》里所言：拉金“以回到以哈代为代表的英国传统的方式写出了一种新的英国诗”。西方新诗写读书的作品很多，如里尔克的《读书人》一诗，则完全是布尔乔亚式的宁静。虽然此作甚至被帕斯捷尔纳克郑重其事地引入了自传《人与事》，但似乎并不觉得多好。而其他同类题材如博尔赫斯《读者》里的“我只为我读过的书自豪”等，仿佛只能算是“腐儒之语”。虽然我无论怎样熬夜读书，都不能像拉金那样戴上眼镜，但当初现实中的事都不如拉金的这首诗句子更猛烈，更接近当年我被南北不同地域、气候、脾气与激情所撕裂的日子。

四十六、六维与机器

按学者卢元心先生推算，到2032年后，一切古籍整理校对等工作很有可能被智能机器人霸占，但是“明辨是非”大概暂时还不会。即便机器人输入了各类善恶是非程序，古往今来道德谱系，但还是不太可能做到人性的“明辨”或者“明明德”这样的高度。为什么？卢先生说：“因为这个需要天赋自发的情感，以及从情感里自省。机器人要是能‘从情感里自省’，他就不可能毁灭人类，而是与人类合作共存了。况且，世界往往被善恶简单界定。譬如善人只懂两点之间最短的距离是一条直线，这是二维。恶人或许会懂得两点之间最短距离是拓扑空间，可以直接反转重叠。但这也只是三维。而鬼神佛道，从来不认为有两个点，既非一亦非无数，它们在三维以上，据说是六维。英国神学家与作家Edwin A. Abbott的《平面国》肯定是一本具有先见之明的书，虽是观念小说，其意义不亚于《未来简史》。时间与绝对速度是四维，情感与记忆（包括未来预言）是五维。机器智能极有可能轻易达到四维，从而消解一般意义上只停留在三维的人类。但是五维，机器很难抵达。即便抵达了也是荒谬的，因为非自发，即只能制造和构建，而不能通过性别基因与血统繁殖和传承。它甚至不能像花一样传粉。机器是独立个体，这一点它甚至不能超越细胞的天赋。它四肢发达大脑也发达，甚至可以做出可供性行为的模拟恋人，感知几可乱真，但很遗憾，它没有真正意义上的生殖器。况且，人类从三维还有可能直接达到六维以上，就像门前门后，即以传统宗教和对超自然奥秘的领悟，重新为自己的存在方式洗牌，成为‘妖魔’。所以一切都难下定论。你说谁最终会胜出？鬼神佛道之觉醒是一种伟大的思维结构，像一种先验主义的山河大地。故无论对机器还是人，真正的问题都只有一个：到此作甚？”

四十七、螃蟹

按照涩泽龙彦在《三岛由纪夫追记》中的回忆，三岛过度嗜血，当年拼命锻炼身体，只是为了变成一只螃蟹：浑身肌肉如铠甲，而且不再有血的人。

四十八、海豹

民国十三年夏，襄阳南有荀姓者，自湖中偶然捕得一物，鱼形有爪，通体骨肉透明如赤水晶，长约三尺，名曰“海豹”。荀养其于家中后花园大缸内数年，常举家观之，以为逸乐。然此物嗜盐，不喜淡水。每日，必往缸内撒盐，且以咸肉或腌菜饲之。每食盐后，必浮出水面，面色如雪，张口发声，音若小儿之呲笑。惜此物于 1946 年禁盐令时期死去。

四十九、霍屯督阴唇

据说：十九世纪二十年代，非洲妇女萨提耶·巴尔特曼曾被当成“霍屯督的维纳斯”，在欧洲各剧院赤裸展出。当时，在查尔斯·怀特那些人常谈论的“巨大生物链”中，“霍屯督”是最低级别的同义词。而证明巴尔特曼及其他非洲人在这个阶梯中处于低下的，有如类人猿地位的，就是她的生殖器——尤其是她的“霍屯督唇板”，即肥大的大阴唇、小阴唇，以及发达的向前伸出的臀部。1815年，年仅二十五岁的巴尔特曼死后，她的身体由乔治·居维叶作全面的解剖，居维叶是法国科学院的常务秘书，也是当时首屈一指的种族理论家。在居维叶长达十六页的验尸报告中，有九页都是关于巴尔特曼性器官的解剖。从她那著名的大阴唇到颤动的弹性臀部，一直到“有如类人猿”的阴蒂。其中只有一小段描述她的大脑。居维叶把巴尔特曼分解了的生殖器陈列在巴黎人体博物馆里。桑德·L.吉尔曼在《性欲：插图记录》中还写道，此事的明显意图是借以证明“最低等人种”的生殖器与“最高级猿类——猩猩”的生殖器官相类。因此，同所有非洲人一样，巴尔特曼的存在被简化成了她自己的一个器官。（见美国学者戴维·M.弗里德曼《男根文化史》）

五十、钼麑

唐以前，耿县有巨槐，高约五丈，名为“钼槐”[①]。若斫

① 按《左传》载晋灵公宠任之大夫屠岸贾献计害赵盾，曰：“臣有客钼麑者，家贫，臣常接济之，其感臣之惠，愿效死力，可使行刺相国。”是夜，灵公和屠岸贾密召钼麑，赐酒食，告以“赵盾专权欺主，今使汝往刺，不可误事”。钼麑领命后潜于赵府左右。五更，见重门洞开，钼麑进中门，见堂上灯光影影，赵盾朝衣正笏，端坐待旦。钼麑大惊，退出门外，叹曰：“恭敬如此，忠义之臣也！刺杀忠臣，则为不义；受君命而弃之，则为不信。不信不义，何以立于天地之间哉？”乃呼于门曰：“钼麑也，宁违君命，不忍杀忠臣，我今自杀，恐有后来者，相国谨防之！”言罢，向门前大槐触去，脑浆迸裂而死。

其为薪，则火烟中有血腥味。其木主干间常有蟠瘿，大若人头，县农谓此乃当年钼麑刺赵自尽时，其头所触之处。斫之，此瘿坚如黑铁，且重比石岩，可令刀斧之刃立损。后人常种钼槐于山中，待成材后，取此蟠瘿埋于卜居之地，以为镇宅之物，名曰“钼瘿”。

五十一、元儒

隋末途安人刘康存素慕儒行，终日诵读六经，必正襟危坐。死时遗嘱族人，必以正襟危坐之姿入土，故奠者专门为他定制一具坐棺。三年后，有乱军掘墓，开棺视刘血肉皆腐，唯骸骨坐姿仍保持不变，触之僵硬如石，世称“元儒”。

五十二、黑能量

The flat earth society 关于“地球是平的”的理论乃至信仰已经全球闻名，其实也和中国的“盖天说”差不多。但这个组织不仅认为有一种叫反月亮（anti-moon）的东西在导致月食；还说有一种叫黑能量（dark energy）的东西，在为平圆盘一般的地球提供其旋转的加速度，这个加速度是 9.8 米 / 秒。究竟什么是黑能量，不知道。唯有加速度，好像确是今日世界运行、历史演进乃至每个人从小到老之人生所感受到的样子：如小时候我们常觉得总也长不大，时间很慢，日长如小年。但随着年纪越大，就越觉得快。从中年到变老，仿佛就是一眨眼的事。

五十三、云阶

清末泸州有修炼汉密者李希，自称能以烧一炷香之烟雾，于空中建梯，高可盈丈，亦能念咒攀登而上，夜观乾象，谓之“云阶”。然人未亲见，多有不信。某日，见李希额头、胳膊皆有伤痕血迹。诘之，曰：“因子夜登云阶观天太久，见巴蜀三月后将有刀兵之乱，忧国时浑然已忘香已燃尽，故而跌下摔破所致。”

五十四、乳房缓刑

公元前四世纪古希腊有一位名费蕊茵（Phryne）之妓女，被情人密告渎神，这在当时是死罪。审判时，替她辩护的海波伊迪斯（Hypereides）并无佳绩，眼看法官已经要判费蕊茵死刑了，海波伊迪斯遂要求将费蕊茵带上庭来，直到众人都可以看到她时，忽然一把撕破她的内衣，让她的乳房袒露在众人眼前。结果，费蕊茵以其美丽耀眼的胸部，再加上海波伊迪斯的雄辩，竟激发了法官们的同情心，没判她死刑。费蕊茵被释后，雅典遂立法：禁止被告在庭上裸露乳房或私处，以免对司法造成影响。（见亚隆《乳房的历史》）

五十五、秃顶

1981 年冬，渝州第二监狱中有少年犯名张开山者，年仅十五岁即生秃顶，百会穴一带头皮锃亮如雪。问其何故，曰：“离魂若散时，可在此镜鉴。”众皆不解。

五十六、火柴占

郴州人谷麟自称，能于黑夜中以火柴照人脸占卜吉凶，即划燃火光，瞬间明灭时，能见人脸忽露真相或假相，吉相或凶相。此法于八十年代尚灵。后坊间火柴渐少，便或以打火机代之，却屡有不验。

五十七、蛇入后庭

据黑河老妪樊某自述：1970 年夏插队期间，她在田野中大解时，曾遇毒蛇袭击。蛇在其后盘桓多时，见其欲起身时，忽然钻入其肛门中，且快若闪电，没至七寸。樊某大惊，急以手拽蛇尾，将其狠命拉出来摔死在石头上。但樊某亦中毒，自臀腰至股肱麻木无觉，黑如焦木。后被送至卫生站住院数月，方得脱险。

五十八、哑兔

清末辽东奎城有独耳山猫，喜食蝙蝠肉，名曰“哑兔”。此物因天生无喉，素年沉默不叫一声。若以红布蒙其双眼，独耳则可闻十里之外兵燹，有血光则嘶，其音若野兔龇牙。义和拳乱时，拳民沿途杀教民，奎城二毛子名“郭琼生”（音译）者捕得此猫藏于家中，饲之以蝙蝠肉，遇兔嘶则避于地窖之中，故得以幸存。

五十九、提头行者

旧时盂县因饥荒而骚乱，饥民互相砍杀无数。其中有名李商者，断头后，雨中自提其头行走数里，至雨停方毙。

六十、巨型河童

东瀛河童，最初起源于《本草》所载湖北之“水虎”，为楚中水怪，一般为三尺孩童大小。日本文学多有描写，尤以芥川龙之介与火野苇平等之书为最。琉球 1993 年曾有人于海边见巨型河童，无甲壳，长九尺，头部凹陷若反，脸亦如孩童。

六十一、火地岛“女食”

达尔文在 1833 年 3 月 30 日写给姐姐卡罗琳·达尔文的信中记载过：“这些火地岛人都是吃人肉的人，所以我们有充分的理由认为，他们这种吃人的本性所达到的程度，直到现在还是世界上所没有听到过的。琴米·白登早已同马太讲过，他们在冬季里有时就吃食妇女。的确也是这样：在他们当中，妇女所占的比例数字很少。前几天有一个捕捉海豹的船主人对舰长说道，他的船曾经有一个火地岛上的男孩，也讲到同样的情形。他们曾经问那个男孩说：‘为什么不去吃狗呢？’而他就回答说：‘狗会捕捉海獭，女人一些事情也干不成，男人又非常饿。’他说道，他们用烟去熏死她们。这两次多么清楚明白的叙述，而且都是被男孩所说的，以致使人不得不相信。恐怕从来也没有听到过比它更加残忍的情形了：在夏季里，这些妇女像奴隶一样替男人工作，去收集食物；而到了冬季，她们有时竟会被男人吃掉。”（见《查理士·达尔文和在贝格尔舰上的旅行》第 78 页，科学出版社，1958 年）

六十二、撒尿庙（或江绍原爱经九种）

以下数条资料，原文故事皆见于民国学者江绍原《民俗与迷信》（北京出版社，2016 年）所载过去于《新女性》上所刊之文：

1. **土**：即在恋人（男性）去后，女子不令人见，私跟踪之，路上的土经他踏过，当然留有足迹。这土，她应小心收集了去，置于花盆中而植 Everlastings，应极力爱护培养之，花开得愈多愈茂盛，男子爱她的心便愈增加。

2. **蜘蛛**：处女单身入林中，捉一蜘蛛，放在空芦管内带回家。然后脱去衣衫，默想诸圣，对着管画十字三次，并念咒语请蜘蛛帮忙找到未婚夫，否则就压扁它。

3. **水与火**：南人说北女因睡炕上而淫，北人说南方女子因近水而淫。

4. **龙虱**：食龙虱，可令“妇人貌美，能媚男子”。（此条摘自清人周亮工《闽小记》）

5. **阴门骨**：鄞县张家潭渔民过去有风俗，即凡属大帆船或捕鱼船下水，船上挂帆之桅杆顶上，须嵌有妇人之阴门骨一枚，据说可以避免飓风及龙王作怪。后有人云，此地历代多有盗墓者伪装盗金银，实乃盗此骨。如该县冯家某公十八岁之女，因病新死，入其墓，盗其阴门骨。此事曾令全市哗然。

6. **衣服**：一般家庭洗衣服，放衣服，都要把男人衣服放置在上面。男人的帽子也不能放到女人胯下。因“女人秽物也”。

7. **唾沫：**如今俗间流行各种“吸爱术”，如任何人，如果对方不爱自己，便可“把你的口涎私给他或她吃，他或她便渐渐地来爱你，而且渐渐地会听从你的命令了”。乃至“用小便渣代口涎，也有奇效”。又：梦中若与意中人交欢，醒来时，可“急起向床下唾一口涎，把鞋压着所唾的涎。这样，便可使对方同时也得到同样的梦”。

8. **尿神：**据《絮语》（当时的一本“嫖界指南”）记载，上海某小东门外有一条街名“撒尿弄”，依壁修成过一座“撒尿庙”，吴中妓女若因门庭冷清，便会去庙里，为自己的皮肉生意秘密祈祷。另又据说“以往彼处烧香者，皆系雏妓也。是日有客做花头，即引为大利”。只是因年深月久，撒尿庙的原址已很难寻到。

9. **符：**据一部讲禳镇术的书《桃花镇》所载，若女子嫌弃丈夫（如嫌他貌丑、家贫、无才或不举等），“不行房事，宜用正月雪水一升，蛇蜻蜓二只，二人发一两，青红替身二个，五和香一两，安瓶内，于房中深一尺埋之，上有浑心石一块盖之，书符三道，于柏木板上悬，房永美也”。符字图为九叠篆：“奉敕令非煞鬼。”又据《百镇》卷四云，如果寺院道观里出了淫乱的僧道，可“用猴心狗心，以香炉盛之，埋于山门下，深三尺，以钉子合定，用山下土盖之”，便能令他们断了淫邪之念。

六十三、讲话

2003年公布的一项实验报告称，亚特兰大的一只黑猩猩突然开始“讲话”，因为它发明了四个“单词”或固定的声音，分别表示“葡萄”“香蕉”“果汁”和“是”。（见彼得·沃森《思想史》第58页，译林出版社，2018年）

六十四、王旷怀

明末鄠县青皮山，有放羊莽汉名王长，身高九尺，手长过膝，力逾五牛，常自诩能以己之怀，抱空旷之地十余丈，怀中可走人车、纵鸡犬、风过骨肉则轰响若啸。人皆不信，以哂其嘘。王养羊二十余头，某日遇山中暴雨，但见王以怀抱羊，层层叠叠，累如一座棉花之丘，趺宕而归，众人方叹服。后多以“王旷怀”呼之。又有村中小儿数十人，偶于林中嬉戏良久。自晨至昏，不见踪影。村人父母急切，寻于山间，但见王独自一人和衣袖手酣睡于巨石之上。诘之，王大惊，遂敞开胸怀，只见众小儿一一从其腋下或怀中钻出。王笑而起，长揖鞠躬云：“今午睡入心，梦中与小子们恣意玩耍，不觉日落，勿怪勿怪。”

六十五、肩神

西哲琉善云：各民族信仰各自的神，弗里基亚人祭月亮、埃塞俄比亚人祭白天、库勒涅人祭法勒斯（阳具图腾像）、亚述人祭鸽子、波斯人祭火、埃及人祭水、孟菲斯人祭公牛、珀路西翁人则以葱头为自己的神；在一些城市里，白鹤或鳄鱼是神，在另一些城市里，狗头狒狒、猫儿或猴子是神。此外，各村庄的情形也不一样，一些人以左肩为神，另一些住在对面村庄的人则以右肩为神；一些人尊半个头骨为神，另一些人则尊陶杯或陶碗为神。[①]其余皆不足怪，唯有以半边肩膀为神，最令人称奇，能让人想起阿米亥的诗："假如我忘记你，耶路撒冷，就让我的右侧被忘记。让我的右侧忘记，让我的左侧记忆。"此"肩神"还能与《尔雅·释地》所言"比肩之民"相媲美，即："北方有比肩民焉，迭食而迭望。"因郭璞注云：比肩民"即半体之人，各有一目、一鼻、一孔、一臂、一脚，亦犹鱼鸟之相合，更望备惊急"。

六十六、肉胎

世间皆以哪吒生于肉球为奇。而更奇者，乃是清人任松如所编《水经注异闻录》卷一所载"千子"，云：恒水上流有一国，其国王小夫人生一肉胎，大夫人因嫉妒，说是怪胎，弃之江中。恒水下游某国王游观时，见水上漂着一个木盒子，打开一看，里面的肉胎中已生出一千个男婴。后来这些男孩长大后，个个勇猛无比，并去征伐上流之国。上流之国王忧虑，而小夫人则登上城楼，自称为众人母，并解衣捋乳，令双乳乳汁呈五百道，尽入千子口，遂罢战。

六十七、雾大人

儿时在渝州江上，曾听闻老人言有"雾大人"，江上大雾起时，它便会从山间与岸边慢慢地走过。雾气无形，自然也没有身体。但它走过之后，脚印会留在沙地上。它的脚印自然非

---

① 见《琉善哲学文选》第189页，罗念生等译，商务印书馆，1980年。

人形脚印，也不似任何飞禽走兽的爪印或蹄印，而是一条条细细的线。更有骇人者：据说迎面遭遇“雾大人”之人，会在未来的生活中有破相之灾，乃至完全失去自己的脸。

六十八、独目小僧与食睛

柳田国男所撰《独目小僧》（原文为“一目小僧”）及《独目五郎考》两篇中所涉及的各种“一目一条腿”的精怪，包括独目连神、单眼鱼、蛇或红色一目的小童等，乃主要谈此怪在东瀛之发源。但此物之原型，或应为《山海经》之“一目国”或“一目民”。因《山海经·海外北经》云：“一目国在其（烛阴）东，一目中其面而居。”《山海经·海内北经》：“鬼国在贰负之尸北，为物人面而一目。”另《大荒北经》云：“有人一目，当面中生。一曰是威姓，少昊之子，食黍。”柳田国男只误写了他“听说”《山海经》里有个独脚鬼名“山操”（应为夔、山魈或山猱），可见他并未读过此书。而且《山海经》中一目之怪很多，幻化为牛羊豹蛇或人类，如讙、辣辣、蜚、诸犍、比翼以及一臂国（其人皆一臂、一目、一鼻孔）等，远不止一处。在中国历史上，皇帝即龙，梁元帝萧绎因一目失明，被称为“独眼龙”，后来这个词被用来泛指所有只剩下一只眼睛的残疾人，包括僧道、强盗或普通人。梁元帝因早年封湘东王，故也称“湘东一目”。他也是著名的文学家与藏书家，后因与西魏反目，战乱失败后将所藏十四万卷图书全部焚毁，此为中古最大的焚书与文化破坏事件。他的理由是“读书太多，以致有今日之祸”。当然这些与古希腊神话中的独眼巨人基克洛普斯家族（Cyclops）并无关系，而在西方海盗传奇中那些独眼船长，也据说是因长期在大海上漂泊，靠观测天文与夺目的太阳辨别航向，久而久之，一只眼睛被阳光灼伤生疾，故而变成“独眼龙”的。的确，大凡独眼、一目的形象，始终都会令人产生某种惊悚感，后来东瀛恐怖片演绎出的井中贞子也如此，远非“小僧”或“秃僧”所能尽述。一目在中间的是天生的，而眇一目或伤一目，则不能算神灵。大约因人都习惯了对称的美学，而不对称——或半残则意味着是怪物（包括独眼、独臂或独腿等）。如卡尔维诺《分成两半的子爵》，半善半恶，似乎也是在这个概念上成就了魔幻的魅力。记得儿时读三国，读到曹魏猛将夏侯惇在攻打吕布时，因左目中箭，拔箭时又不小心把自己眼珠也扯出来，于是大喝一声“父精母血，不可弃也”，竟将眼珠带肉一口吞掉，至今仍然觉得又敬佩、又可怖。因若是平时，慢说眼睛受伤，哪怕是不小心被风吹进了一粒灰尘，普通人也是要流泪不止，难受多时的。如何能忍痛“自食其睛”？夏侯惇是个喜爱外表的人，后常在照镜子时见自己变成一目将军而发脾气，摔镜子，不喜欢被人称为“盲夏侯”。按理说，独眼的夏侯惇，在战场上可能会更加令人敬畏，只是他如何没有被民间演绎为某种独目精怪？有些可惜。因这历史本身也像是一则志怪了。

六十九、海粮记

海水为什么是咸的？据敦煌经卷《大楼炭经》卷七载：海里有大鱼拉屎撒尿，使海水变咸。原文为：“海水何故咸？海中有大鱼，身长四千里者、八千里者、万二千里者、万六千里者、二万四千里者、二万八千里者、三万二千里者，皆清净溺海中，故海水咸。”我尝读偏僻古籍，亦偶见此说。然有称此物鱼头在太平洋，鱼尾在印度洋，双鳍拍打而成大洋之漩涡，背孔吹气而为龙卷之台风，吞吐鱼虾不可计量。此物古名大者曰“鼎鳌”，小者名“雪鲚”，徐福东渡时曾见之，因恐其袭击而转舵。大鱼飓风之下，失去航线，故得遇蓬莱而永不归秦。蒙古王府藏本元人撒都剌佚作《天池纪闻录》卷三有载此事。另如幕府本《溟沧夜话》所载：此大鱼即“汉籍《庄子》所言‘北冥有鱼，其名为鲲’之鱼也”，于四千年前琉球海中所现二三次，堪称第一莽怪。其翻腾时，本州沿岸数千里，空中有海物随风乱下，大者如巨鲸、白鲨与海豹，小者如带鱼、海星、乌贼与虾蟹等，皆倾盆如雨，触地而亡。此事最后一次出现是 1592 年，丰臣秀吉率十六万人攻打朝鲜，朝鲜半岛饿殍遍野。战后，忽见有巨鳍震山，空中无数鱼虾飞落，漆黑若长夜，覆盖海岸线达七八个时辰。高丽有人称乱下之鱼虾为“海粮”，因战乱灾民得以食之而幸存。

七十、阳明土

民国二年，南阳一前清秀才李偏，曾称自家老宅中后花园之泥土为“阳明土”，因若以此土栽种花草植物，皆能于未发芽前先命其名，而后便可见土中其木自生、其花自开、其果自落。此土细腻如淀粉，雪白过处子之肌肤，无水亦能自湿，也称“未然土”。后逢淮水决堤，洪水冲垮老宅，裹挟李偏及花园而去，此土遂随波逐流而没。

2018 年—2019 年

图书在版编目（CIP）数据

恋人与铁 / 杨典著. -- 北京：作家出版社，2022.5
ISBN 978-7-5212-1548-9

Ⅰ. ①恋… Ⅱ. ①杨… Ⅲ. ①短篇小说-小说集-中国-当代 Ⅳ. ①I247.7

中国版本图书馆 CIP 数据核字（2021）第 196581 号

恋人与铁

作　　者：杨　典
责任编辑：赵　超
特约编辑：赵文文
装帧设计：吴元瑛
出版发行：作家出版社有限公司
社　　址：北京农展馆南里 10 号　　　邮　　编：100125
电话传真：86-10-65067186（发行中心及邮购部）
86-10-65004079（总编室）
E-mail: zuojia@zuojia.net.cn
http: //www.zuojiachubanshe.com
印　　刷：河北鹏润印刷有限公司
成品尺寸：135×195
字　　数：223 千
印　　张：10.5
版　　次：2022 年 5 月第 1 版
印　　次：2022 年 5 月第 1 次印刷
ISBN 978-7-5212-1548-9
定　　价：59.00 元